Förändrad och bränd

Mikaela Nykvist

Roman

Runsorina Books
Runsorserien del 2

www.runsorina.com

ISBN 978-952-68819-3-5
© Mikaela Nykvist

1:a utgåvan, 2018
Inlaga och omslag: Petra Långfors / Peppy Design
Omslagsfoto: Privat
Tryckt hos: BoD – Books on Demand, Norderstedt, Tyskland

Utgiven med stöd av Eugène, Elisabeth och Birgit Nygréns stiftelse

Persongalleri

Grönbergs familj
Magda: enda levande dottern
Jakob: Magdas far, skomakare
Lisbet: Alfreds och Elnas dotter
Elmer: Alfred och Elnas son

Döda:
Elna: Dog i barnsäng, mor till Lisbet och Elmer
Anna: Dog i branden 1852
Signe: Mor till systrarna Grönberg, dog i barnsäng när Anna föddes

Karlssons familj
Alfred: Son i huset, far till Lisbet och Elmer
Stina: Alfreds mor
Ragnar: Alfreds far
Lisbet: Alfreds och Elnas dotter
Elmer: Alfred och Elnas son
Knut Eriksson: Pojke som flyttar in

Adlerhjelms & Palmlöfs familjer
Amalia, född Adlerhjelm, gift Palmlöf
Edvin, son till Amalia och Carl
Faster Francesca, Amalias faster
Lasse: Gift med Francesca

Död:
Carl Palmlöf: Amalias man, försvunnen på sjöresa

I
Sommaren 1857

Att det kan vara så svårt. Allt han vill är att skjuta, bli beskjuten och att skrika så högt att halsen blir sjuk. Men nej. Hur han än letar efter kriget, så är det över. Föregående sommar härjade Krimkriget och det regnade kanonkulor över Sveaborg, Åland och flera nordliga kuststäder. Men allt tyder nu på att kriget är slut. Nu när Alfred är redo att offra sitt liv för sitt fosterland.

Han sitter, ensam och isolerad på en rödskimrande klippa i Ålands skärgård, på en gudsförgäten plats, som han inte ens vet namnet på. Han vet inte exakt var han befinner sig, men egentligen är platsen nästintill plågsamt vacker. Alfreds uppgift är att söka upp en utpost och föra signalisten till fastlandet. Men allt tyder på att stationen är sprängd och att ingen människa längre finns kvar på ön. Huruvida det är eget folk som sprängt stationen eller om det är fienden, det vet han inte.

Hungern river tarmarna och händerna svider efter den långa rodden som tagit honom ut till denna lilla ö. Tacksamt nog kan han göra upp en liten eld i en sänka mellan klipporna, eftersom sommarnatten alltjämt är ljus. Måsfåglarna går till ro till natten, medan svalornas våldsamma flygövningar och glädjetjut blir att livligare. Alfred iakttar en svala som ser ut som om den flyter i luften, när den plötsligt slår några blixtsnabba vingslag och återfår farten. Svalorna flyger högt. Det betyder att även morgondagen blir vacker.

När han sitter där på klippan känner han sig som om han är den sista personen kvar i världen. Insikten kommer inte som någon blixt från klar himmel, utan det är mera en process som grott i honom under ett par veckor. Han är en smitare, en ynkrygg och någon nytta har han inte gjort som soldat, medan han har övergett sina många, tunga plikter hemma. Han har inte skrivit mer än ett brev hem till Runsor under de många månader som han varit borta hemifrån och någon adress vart de kan sända post till honom har han inte uppgett. De vet inte ens om han lever just nu. Han känner ingen stolthet över det han gjort och där han sitter besluter han sig: Han måste ta sig hem. Men först måste han få avsked från det militära. Han kan inte desertera och riskera livhanken och bli en jagad ynkrygg. Det gångna året – från sommaren 1856 till sommaren 1857 – har varit mörkt, kallt och fel i hans liv. Men nästa år ska han se till att få allt på rätt köl igen.

Det är Elnas fel att han sitter där han sitter. Hur Alfred än försökte få fatt i livet som ensamstående far till två lindebarn, blev det bara ett fummel i blindo. Han orkade inte ens vara hemma och se barnen som en ständig påminnelse om det som hänt. Han är arg på Elna som övergav honom när han behövde henne som mest. Han känner också en oerhörd skuld över sin delaktighet i att hon blev havande igen så snart efter den första, svåra förlossningen. Hade han klarat av att låta bli henne, hade hon nog levt fortfarande.

Nu har han gått ifrån barnen, föräldrarna, Jakob och Magda. Han har övergivit sin gård och sin såg och bara åkt iväg, utan att ge dem någon förklaring. Som en feg usling. Det krävs mod att gå ut i krig, men det krävs större mod att stå rakryggad i snålblåsten. Han valde att kröka ryggen, packa sin väska och söka döden. Men döden fann han inte – eller den fann inte honom – även om han ville. Han fann bara insikten om sin egen svaghet.

Alfred suckar tungt, struntar i elden och lägger sig ner i gräset med sin väska under huvudet. Han äter den sista biten hårt svartbröd som han har i sin väska. Han tuggar den långsamt och försöker intala sig att han blir mätt av den lilla brödbiten. Han sluter ögonen och somnar till ljudet av svalornas svirrande, vågornas monotona kluckande och surret av tusentals knott.

När Alfred vaknar tidigt nästa morgon har han bestämt sig. Han ska ta sig hem, till Runsor, han ska hem till höstskörden – fast han vet egentligen inte om någon har sått hans åkrar eller satt potatis. Men han hoppas det. Han tror dock att fader Ragnar tog över där han gav upp. Eller svärfar Jakob. Fast egentligen vet han inte om han ska kalla Jakob svärfar mer nu när Elna är död. Men det finns ingen benämning på fadern till ens döda fru, så det får duga med svärfar. Tankarna virvlar runt i en oändlig vals i huvudet, men munnen har inte format många ord sedan detta års början. Det känns som om tungan har rostat fast uppe i gommen, som om orden inte finns kvar. Som om orden dog och begravdes med Elna. Det enda han känner i munnen numera är den galla som stiger upp i strupen när han tänker på sina försummade förpliktelser gentemot sin familj och sin gård. För att få stopp på de virriga tankarna klär han av sig vartenda klädesplagg och rusar med våldsam fart ner för en av de vackert slipade rödgranitklipporna och dyker ner i det friska åländska havet. Han tar några simtag, skakar på huvudet och frustar våldsamt. Han ligger kvar och känner svalkan en god stund, klättrar sedan med möda upp för den hala klippan. Sedan sitter han i solen på en klippa och låter solvärmen torka honom torr. Han blickar ner över sin kropp och noterar att han magrat; revbenen avtecknar sig numera tydligt under huden.

När han klätt sig igen, går han ytterligare ett varv runt ön och söker tillika något att äta. Han hittar både smultron och harsyra som han plockar i sig och färskvatten hittar han i en liten sänka. Det smakar till och med ganska gott.

När han har förvissat sig om att ingen gömmer sig på ön går han tillbaka till sin båt, skjuter hårt ifrån och sätter sig vid årorna. Han startar den långa resan hem. Hem till en familj som han ber ska ta emot honom trots hans svek och trots hans svaghet. Den enda trösten i eländet är att hans barn är för små för att förstå och minnas att han övergav dem när de behövde honom som mest. Han tänker också på Fjalar, fölet som föddes den sista sommaren när allt var bra. Under många ensliga, mörka nätter har han tänkt på hästen. Drömmen om att åter få stryka hästens lena päls är stark.

***

Att det skulle bli tungt att sköta sin systers två små barn, det hade Magda förstått redan när hon tog på sig rollen. Men hon hade inte förstått vilken oerhörd glädje och kärlek hon skulle få ta del av tillsammans med de två små hjälplösa och egentligen också föräldralösa barnen. Men de har ju sin far kvar i livet, tror och hoppas Magda och alla andra som bor ute på gården. De pratar i alla fall om Alfred som om han levde.

Lisbet kan numera gå och leka och hon är redan en duktig liten flicka. Istället för att lära sig säga "mamma" säger hon något som liknar Magda. Den som inte känner dem tror säkert att hon kallar Magda för mamma.

Magda spenderar största delen av sin tid med barnen. Den tid som blir över läser hon böcker och arbetar vidare med Elnas te. Hon har ännu inte gett upp sin dröm om att bli lärarinna i en flickskola, men det får bli av lite senare än planerat.

Eftersom Magda skötte om sin lillasyster Anna efter att deras egen mor dog, klarar hon nu att sköta Elnas moderlösa barn med van hand. Lilla Anna dog i Wasa brand sommaren 1852 så även hon är borta. Magda är nu den enda systern som är kvar i livet, trots att de ursprungligen var tre.

Magdas far, Jakob, har fått många fåror i ansiktet under våren som gått. Men han pysslar på med sitt skomakeri ändå, samtidigt som han hjälper till på gården och sågen när han hinner och det behövs. Han arbetar ofta långa och tunga dagar och försöker fylla upp de luckor som uppstått. Det är nämligen många sysslor som hörde till det saknade unga paret Elna och Alfred som faller på någon annan – eller som i värsta fall blir ogjorda.

Alla på gården bär på många tunga känslor som gräver hål i deras bröst. Men de måste orka vidare för sin egen och för barnens skull. De väntar hem Alfred, men ingen vet exakt när han kommer. Om han kommer.

Förväntningarna på att Alfreds hemkomst ska lösa många problem är stora. Ingen av dem tar till sig det faktum att han reste för att han inte klarade av trycket som alla krav innebar.

Magda flyttade ut ur lillstugan som hon och fadern delade och in hos Karlssons. Hon sover numera i Elnas och Alfreds kammare med barnen. När Alfred kommer hem får de fundera hur de vill ha det. Den dagen den sorgen. Ingen av dem hyser minsta tilltro till att Alfred klarar av att sköta om barnen när han återvänder. Om han återvänder. Men det spelar ingen roll vad han gör, bara han kommer hem och ser till att arbeta med gården och sågen igen. Han kan gärna gifta om sig, om han hittar en ny kvinna. Så resoneras det på gården.

Magda har haft många tunga stunder sedan hon miste sin storasyster. Tomrummet på insidan, hjälplösheten och den oerhörda grämelsen över att stå ensam kvar har likt ett tärande, växande hål av vanmakt skapat en virvelstorm i hennes sinne. Men likt alla andra stormar bedarrar även hennes inre storm med tiden. Känslorna övergår sakta men säkert till en jämn, plågande värk.

En sommarkväll när hennes jämnåriga träffas och svärmar i sommarnatten sitter hon, uttröttad och hålögd, och stirrar framför sig medan hon återigen tänker på hur det blev, när allt föll ihop som ett korthus i vinden. Hur hennes eget liv har gått i stå och hur hon inte längre kan planera för sin egen framtid eller ett eget liv fyllt med det hon vill och önskar. Hon känner sig både bitter och sorgsen på samma gång. Magda känner sig fångad.

2
Tillbaka till 1854 - 1856

Magda hade sett på Elna att hon inte hade några krafter till den andra förlossningen. Men hon hade själv hoppats och trott att den första förlossningen som skedde så kort tid innan den andra, skulle ha berett väg för det andra barnet så att den senare förlossningen skulle gå lättare. Och visst, i och för sig gick förlossningen ganska lätt, men det var den där arma efterbörden som satt så hårt, som dödade henne.

Alfred mötte Magda i dörren. Hon hade fått ta den lilla gossen i famnen och såg på honom med den där blicken. Genast han såg henne stå där med barnet i famnen hade han förstått vad som hade hänt. Han rusade förbi Magda och gossen raka vägen in till Elna där han skrek, gormade och till sist började slå på den insomnade hustrun, i ett desperat försök att få henne att komma tillbaka till honom och barnen. Det var hans egen mor som slutligen fick honom att sluta slå och som drog ut honom ur kammaren.

Utan att ge sin nyfödda son en blick, gick han ut ur huset och kom inte tillbaka förrän nästa kväll, både kall och utsvulten, men framförallt var han tyst.

Elnas far, Jakob, blev den som fick se till att få dottern i jorden. Den första helgen i advent år 1854 förde de Elna till den sista vilan. Hon fick sin plats invid modern och systern, eftersom Alfred inte tog sig samman och skaffade en egen familjegrav till sin familj. Jakob pratade länge och väl med kyrkoherden och de bestämde gemensamt att hålla en minnesstund för Elna i kapellet vid Kapellbackens begravningsplats. Det var en lång färd från gården i Runsor till begravningsplatsen och kapellet. De små barnen stannade hemma med barnpigan.

Magda vakade många timmar natten innan begravningen. Barnen var oroliga, alldeles som om de känt på sig att något var i görningen. Hålögd och mörk i sinnet steg hon upp i gryningen för att göra sig klar för begravningen. Hon satt en stund på sängkanten innan hon orkade sätta igång. Tankarna sysselsatte sig med de svårigheter i vardagen som de hade fått i och med Elnas död. Hur tungt det var när barnen var små och Alfred som betedde sig som en svagsint. Hon tyckte inte att änklingar brukade vara så slagna av sorg som han verkade vara. Men kanske han redan innan var evinnerligt trött och detta blev droppen som fick bägaren att rinna över.

När hon kom in i köket satt Alfreds mor, Stina, vid bordet med en kopp av Elnas te framför sig.

"God morgon, det finns så det räcker till dig med", sa Stina med morgonknarrig röst samtidigt som hon nickade mot en kittel med te.

"Tack", svarade Magda kort och gott, hällde upp te och slog sig ner mittemot Stina. De teg en god stund. När Magda hade suckat tillräckligt många gånger tog Stina till orda.

"Orkar du genom den här dagen och orkar du med arbetsbördan som du har fått med barnen?" Magda teg en stund innan hon svarade.

"Ja, jag både orkar och orkar inte. Men det spelar ingen roll vad jag mäktar med, dagarna kommer en efter en oberoende av min ork och barnen behöver mig alla dessa dagar. Därför stiger jag upp och sätter igång med arbetet, varje dag, utan att grubbla på det", svarade hon.

Stina bara nickade till svar. De drack ur sitt te under tystnad medan de knaprade i sig en bit torkat rågbröd och plockade fram mjöl, smör och socker för att ännu hinna baka småbröd inför begravningen. Det duger inte att bjuda på bara bröd på en begravning.

Männen hade inte dykt upp än, de visste inte ens om Alfred befann sig i huset eller var han höll hus. Han kanske sov ute vid sågen för att inte behöva höra barnen.

Eftersom Elnas kista redan stod ute vid kapellet, behövde de inte lasta den på släden när de åkte iväg den dagen. Prästen hade förberett allt inför begravningen och de plockade upp honom vid Haga prästgård.

Magda var behärskad och försökte hålla huvudet högt genom ceremonin, men ytan brast när prästen stämde upp den nya, vackra psalmen Närmare Gud till dig...

*"... Änglar där vinkar mig, närmare, Gud, till dig, närmare, Gud, till dig, närmare dig..." (*Psalm 319)*

I sitt stilla sinne förbannade hon den Gud som kallade alla flickor i hennes familj till sig, hon ville ju ha dem alla kvar i livet. En efter en hade de lämnat henne. Magda kände sig som den mest ensamma och värdelösa människan på jorden. I nästa ögonblick bad hon om förlåtelse för sina hädiska tankar.

Den djupa, svarta gropen som männen hade grävt på förhand gapade som ett svart hål. Det hade varit ett mödosamt arbete i den frusna marken och männen hade eldat många brasor för att tina upp den sandiga jorden. Männen sänkte ner Elnas kista i marken med sammanbitna miner.

Magda hörde att prästen sade något och att folk grät runt omkring henne. Men själv stod hon som fastfrusen, oförmögen att delta i det som pågick. Någon tog henne i handen och sade att de skulle gå. Hon följde lydigt efter.

När kistan var lagd i jorden åkte de hem. Alla satt tysta i släden och i vars och ens huvud spåddes en mörk framtid för den lilla familjen ute i Runsor. Som i ett töcken tog sig Magda sedan genom begravningskaffet. Tack och lov var hon fullt sysselsatt med att se till, att det fanns kaffe och bröd till alla gäster och behövde inte tänka på vad som pågick.

Vardagen är obarmhärtig och den kommer till alla och envar oberoende om det passar eller ej. Så även i denna familj.

Tiden släpade sig fram. Folket på gården kom sakta mak in i nya rutiner och alla hjälptes åt med barnen och gården. Eller nästan alla, för Alfred gjorde inte sin del av arbetet.

* * *

Efter att Elna dog och pojken föddes, gick Alfred omkring i en hjärndimma som gjorde att han inte fungerade som han skulle. Han strövade omkring i skogen, trots att det var ganska djup snö och han höll på att förfrysa sina tår. Han var inte med och planerade begravningen och han tog inte hand om sina barn. Men det värsta av allt var att han inte ens tänkte på, att han försummade dessa saker.

Det enda som snurrade i hans huvud var våldsamma känslor av skuld och självförebråelser. Dagarna övergick i veckor och veckorna blev snart månader utan att han drog sitt strå till stacken.

Det var då som planen föddes. Planen på att dö, men på ett ärofyllt sätt. Han hade ju läst i Vasa Tidningen om Krimkriget och hur kusten besköts sommaren innan och han förstod att Åland och Helsingfors varit illa ansatta av kriget och beskjutningarna. Det var till fronten han skulle bege sig. Alfred skulle slåss för sitt land och offra sitt liv för en god sak på kuppen.

Militären hade fortfarande en mottagning i hovrätten i Wasa, så han begav sig dit.

Han hade inte sagt ett ord på långa tider. Därför visste han nästan inte hur han skulle få munnen och tungan att forma ord. Han stod och harklade rösten en bra stund innan ljudet lät normalt. När det blev hans tur stod han och vred sin mössa i händerna.

"Jo, om herrn ursäktar, jag skulle vilja bege mig ut i kriget och försvara vårt land. Jag kunde bege mig till Helsingfors eller till Åland", sa han rakt på sak.

Mannen på andra sidan bordet synade honom uppifrån och ner, och teg en stund.

"Jaha, säger han det? Kan Ni kriga, har Ni gjort militärtjänst och vilken typ av åtaganden lämnar Ni ogjorda på hemmaplan om Ni reser?"

Frågorna var inte speciellt positiva för Alfred.

"Jag har inte krigat, inte varit i armén och jag har en gård att sköta som min far tar hand om", svarade han och hoppade medvetet över sågen och barnen i sitt svar.

"Det var ju inte mycket att komma med", svarade militären mittemot honom, men gav honom ändå ett papper.

"Kan Ni skriva?" frågade han.

"Ja herrn."

"Fyll i detta papper, lämna det på bordet när Ni går, så hör vi av oss brevledes till Er om någon vecka. Vi går genom alla svar noggrant innan vi avgör något", svarade han.

Det var svåra frågor i formuläret och det tog Alfred lång tid att skriva alla svar. När han gick ut genom dörren var han helt övertygad om att de inte skulle acceptera honom som duglig för kriget.

Alfred avslöjade inget om sin plan för familjen. Han tänkte inte heller berätta när han skulle åka iväg – om han blev kallad. Han planerade att skriva ett kort brev som han lämnade på bordet och sedan bara ge sig iväg utan att prata med dem. Han förstod nog att det var både fegt och fult, men det var det enda sättet.

Alfred väntade ivrigt på att få brev från staben, men det dröjde. Det kändes som om det dröjde en hel evighet. Men så äntligen anlände det väntade brevet.

"Alfred, du har fått post från de militära myndigheterna", sade hans far en dag. Sättet han betonade meningen på fick den att låta som en fråga. Men Alfred bara nappade åt sig brevet, gjorde en helomvändning och försvann ut med brevet. Ragnar följde inte efter honom. För några månader sedan skulle han ha gjort det, men inte längre. Fadern suckade bara tungt bakom hans rygg och gav upp utan att försöka.

Med skakande händer öppnade Alfred brevet. Han blundade och drog efter andan innan han läste texten, rädd för att inte bli antagen. Alfred läste brevet två gånger innan han vågade förstå att han var antagen som soldat, men att han först skulle skolas upp innan han kunde bege sig ut i kriget. Skolningen skulle hållas i Helsingfors och den startade om två veckor. Inkluderat med brevet fanns en lång lista över material som han skulle komma att behöva. Vissa saker skulle han att få från statsmakten, andra var han tvungen att skaffa själv.

En notis fanns bifogad. Där stod att det främst handlade om vaktarbete, eftersom freden verkade vara nära och inga fiender var kvar i Finland.

Då det inte fanns någon stad att handla i efter att Wasa brunnit ner, beslöt Alfred att göra sina inköp i Helsingfors.

En liten lön skulle han också få från statsmakten för sin krigstjänstgöring. Det var inget han hade räknat med, så det var en riktigt positiv nyhet.

Alfred hade aldrig varit i huvudstaden tidigare och han var inte på det klara med hur han skulle ta sig dit på bara två veckor. Han beslöt därför för att uppsöka statsmaktens kontor igen för att höra sig för om de hade några förslag. Han tog därför med sig brevet och begav sig redan nästa dag till mottagningen. Han mötte samma man vid disken som han gjorde gången innan.

"Jaså, herrn blev visst antagen, gratulerar", sa han när Alfred visade honom brevet.

"Tack, tack!" svarade Alfred och berättade sedan om sina funderingar. Han fick höra att det visst gick en båt till Helsingfors som flera andra ämnade resa med och att Alfred också fick plats på den. Innan Alfred gick ut från kontoret tittade statstjänstemannen på honom och skakade på huvudet.

"Jag har varit med så många år att jag vet att när det dyker upp sådana som Ni – med jagad blick, tunghäfta och en gård hemma som de överger – så bådar det sällan gott. Oftast är Ni bara på jakt efter döden, men är för hariga för att ta livet av er. Så gå Ni ut i kriget som frivillig, jag hoppas att Ni finner det Ni söker", sade han, samtidigt som han spände sina isblå ögon i Alfred.

Alfred kände hur han ögonblickligen rodnade och pulsen steg högt.

"Jag försäkrar er herrn, jag gör detta av kärlek till mitt fosterland", ljög

Alfred, bockade och gick ut.

Så var det avgjort och Alfred steg på en båttransport till Helsingfors i början av juni år 1856.

* * *

Nyheten om Elnas död nådde Amalia sent. Ingen kom att tänka på att skriva till henne när det hände. Det hade tidigare varit Elnas uppgift att skriva till Amalia.

Det var Magda som nu tog tag i saken och skrev en kort notis till henne för att meddela om det som hänt.

Kära fru Palmberg,   *Runsor, Maj 1856*

Jag vill bara kort meddela Er att min syster, Elna Karlsson (förut Grönberg), avled vid nedkomsten av sitt och Alfreds andra barn, syskon till Lisbet. Barnet blev en pojke som har fått namnet Elmer. Familjen går genom tunga tider och det är svårt att finna tröst. Barnen som bara är små, står nu utan både mor och mormor, så jag försöker göra mitt bästa för att vara hos dem.

Med vänlig hälsning

Magda Grönberg

Brevet nådde Amalia flera veckor efter att Magda skrev det. Elna hade då vilat i sin grav i flera månader.

Det var en solig sommardag i Stockholm. Amalia hade packat sina och lilla ettårige Edvins saker för att åka ut till föräldrarnas skärgårdshus för en längre tid. De behövde komma bort, få andas lantluft, havsbris och få lite färg på kinderna. Amalia hade planerat, handlat och packat i en veckas tid för den tillfälliga flytten och allt var nu klart. Skjutsen skulle gå senare på dagen. De skulle bara äta lunch först så att Edvin sedan skulle somna gott i skjutsen och Amalia kunde sitta i lugn och ro.

Till stugan gick det att ta sig både per båt och häst, men sedan havet tog Carl ifrån henne, undvek hon helst att åka båt. Hon insåg att hon förr eller senare måste stiga i en båt igen, men så länge det gick att undvika gjorde hon det. Därför skulle de nu åka ut i hästskjuts. Det tog flera timmar, men i en bekväm skjuts var resan inte så illa.

Innan de åkte hann hon få posten i sin hand. Det mesta lämnade hon liggande, men hon såg det lilla kuvertet från Finland, präntat med en obekant handstil, så hon tog sin utsirade pennkniv och sprättade upp kuvertet. Det var bara en kort, liten notis som hon läste på ett par sekunder. Hon drog häftigt efter andan och sjönk ner på närmaste stol när hon läst texten. Hon läste den igen. Elna var död. Hur kunde det vara möjligt? Hon hade varit död ganska länge redan.

Tankarna snurrade omkring i huvudet och det var som om Amalias synfält krympte. Tankarna irrade från Elnas öde, till de moderlösa barnen, till Alfred som säkert våndats i sin sorg och ensamhet. Ett stadium som hon kände till allt för väl.

Hon satt kvar, alldeles matt i hela kroppen, ända tills både barnpigan och chauffören stod framför henne redo att åka. Edvin var mätt och belåten, men hade börjat med sitt trötta knorrande, så hon måste obönhörligt ta sig tillbaka till verkligheten och börja fungera. Brevet stack hon ner i sin kjolficka, hon måste läsa det om igen och svara på det. Kanske kunde hon sända något till deras hem.

Skjutsen startade och Edvin somnade på en bädd de gjort på golvet i vagnen. Vartefter de kom längre bort från stadens larm och lukter släppte Amalias spänningar. Det var vackert på den svenska landsbygden; ängar fyllda med sommarblomster kantade med respektingivande ekar och vajande björkar.

Hon tänkte på smekmånaden i Frankrike och jämförde medelhavsmiljön med den svenska naturen. Valet var lätt, hon var svensk både till kropp och själ. Även om vintrarna är flera månader långa och innebär vedermödor för alla nordbor.

Snart byttes landsbygdsmiljön ut till skärgårdslandskap. De resande tog paus på ett gästhus invid en strand. Gästhuset var ganska nybyggt och fräscht och det besöktes i huvudsak av de allt vanligare sommargästerna från Stockholm; de som förde med sig goda inkomster till paret som drev stället. Eftersom gästhuset låg vid kusten serverades mest fiskrätter. Specialiteten var en gräddig fisksoppa som serverades tillsammans med rejäla mängder mjukt, vitt bröd. Brödet bakades på plats och gräddades i deras väl tilltagna stenugn. Doften från bröden, som gräddades under dagen, fick saliven att rinna även för den mest härdade.

De möttes av en välklädd kvinna i trettioårsåldern. Det såg ut att vara husmor i egen hög person.

"Vad kan vi bjuda herrskapet på?" frågade hon och visade dem till ett bord.

"Vad har ni att välja mellan?" frågade Amalia och damen berättade vad de hade för olika alternativ. Amalia valde soppan till dem alla och de åt – för ovanlighetens skull – vid samma bord, både Amalia och tjänstefolket. De åt sig mätta och fortsatte sedan färden, dästa och trötta av den goda maten och ölet som serverades till. Tankarna på Runsorborna och Elnas död snurrade runt, runt i huvudet på Amalia ända tills hon nickade till i vagnen, vaggad till sömns av den guppiga färden längs allt mindre vägar. Gruppen åkte i en ny, fin skjuts med väl tilltagen fjädring, annars hade det blivit en tung färd.

Väl framme blev de mottagna av Amalias mor som redan flyttat ut till skärgårdshuset för sommaren. Tjänarna tog hand om deras packning och Amalia och Edvin gick för att byta kläder och göra sig hemmastadda i sina rum. Edvin hade ett eget rum som han delade med barnpigan medan Amalia hade en egen kammare.

Hon bytte om till lättare klädsel och en luftigare hatt innan hon gick ner till de andra. När hon bytte kläder, prasslade brevet i hennes ficka och hon tog åter upp det och läste de få orden som fick det att sticka till inombords. Hur kunde ödet vara så märkligt att både hon och Alfred gifte sig med någon annan, som sedan hastigt rycktes ifrån dem, och att de snart stod ensamma igen? Hennes tanke nuddade vid att de kanske ändå var avsedda för varandra, eftersom de bägge var ensamma igen. Men hon suddade hastigt ut den igen. Det var en farlig tanke och hon ville inte hemfalla åt dumma fantasier igen. Hon har fantiserat alldeles tillräckligt om Runsorbonden Alfred.

"Mor, jag har fått dåliga nyheter från Runsor, stället utanför Wasa där vi vistades efter branden", inledde Amalia vid eftermiddagsteet.

"Nej men, berätta."

"Idag, precis innan jag åkte, fick jag ett brev och det visar sig att Elna – som jag köpte brudklänningstyget till – dog redan innan nyåret vid förlossningen av sitt andra barn", berättade hon för modern.

"Vad säger du, kära barn. Vad hände och hur går det för de små?" frågade modern.

"Det var ett väldigt kort brev, så jag vet inte mycket mer än att Elna är död och att hon efterlämnade två barn. Det första barnet, en dotter, är lika gammalt som Edvin och hon födde en son när hon dog. Det är så ohyggligt. Även hennes mor är död, så barnen har varken mor eller mormor. Jag ska skriva ett svar till hennes syster Magda, som sände mig brevet, och be henne berätta lite mer och även meddela mig om jag kan stå till tjänst på något vis. De kunde ju till exempel få en del av Edvins avlagda kläder till den lille gossen."

Dagarna gick sin gilla gång och familjen vilade och umgicks flitigt. Brevet gnagde i Amalias bakhuvud, men något svar blev inte skrivet. Veckorna blev snart till månader utan att hon hörde av sig.

3
Sommaren 1857

Så kom det sig att Alfreds dödsönskan i ett slag övergick i rädsla för kriget och den situation han satt sig i. Detta för att han bestämt sig för att både överleva och leva. Dimman som lagt sig över hans förstånd i och med Elnas död lättar och därmed infinner sig en lust att kämpa för sitt liv. Tankarna på barnen, gården, föräldrarna och sågen tränger undan dödslängtan och tröstlösheten, som den av honom själv påtvingade ensamheten lagt som ett tungt ok över axlarna. Hur det kommer att gå för honom när han återvänder hem igen, beror nog mycket på hur han blir mottagen. Tas han emot med öppna armar och får lov att återgå till sitt liv och bygga upp det igen, eller möts han av förebråelser och anklagelser för sitt beteende?

För han inser trots allt, att han betett sig både oansvarigt och fegt. Om alla änkor och änklingar övergav barn och hem så som han gjort, skulle samhället bli bra märkligt. Hans egen svärfar, Jakob, arbetade hårt för att hålla sina tre döttrar med mat och husrum, som om det var den mest självklara sak i världen – vilket det också är.

Vägen från kobben i den åländska skärgården hem till Runsor är lång och den kommer att ta tid. Men han inleder rodden. Den första dagen på hemresan blåser det upp en rejäl vind, om än ingen storm. Hans valkiga händer är sjuka. Han försöker pausa då och då och han stryker händerna mot det grova tyget i byxorna. Men det stillar bara värken för några sekunder. Blåsorna är blodfyllda, där de inte redan har spruckit och bar hud gnager mot årorna vid varje årtag. Han har försökt vira tyg runt händerna, men eftersom det är omöjligt att få tyget jämnt blir det snarare värre. Alfred borde ha haft ett par av Jakobs läderhandskar att trä på händerna.

Men värre än blåsorna är nog det faktum att han verkar ha rott vilse. Han har ett torftigt sjökort som han försöker följa, men det verkar inte stämma överens med utsikten han ser omkring sig. Efter att han har rott nästan hela dagen, kommer Alfred till en ö på vilken han ser några hus. Han ändrar kurs och ror långsamt mot holmen. Han skall undersöka om det finns någon där som kan säga var han är och kanske ge honom en bit mat.

Han närmar sig stranden långsamt, ser sig över axeln för att försöka upptäcka om någon står och iakttar honom, kanske i värsta fall beväpnad i väntan på det värsta. Det finns en torftig, kort brygga vid vilken han tar i land och han förtöjer sin eka med sävliga men noggranna rörelser. Inget kunde vara värre än att båten sliter sig i vinden och han strandsätts på holmen. Han noterar att det inte finns någon annan båt på stranden och antar det betyder att ingen är kvar i stugan eller att ingen bott där tidigare, utan att stugan bara använts för jakt och fiske, så han slappnar av lite.

Alfred suckar tungt och gnider sina sjuka händer. Han besluter sig för att mosa lite groblad att gnida in i såren. Han vandrar på stigen upp mot närmaste stuga, böjer sig ner efter några groblad och glömmer bort att vara uppmärksam. Samtidigt som han böjer sig ner, viner en gevärskula över huvudet på honom. Alfred kastar sig ner i gräset, rullar iväg mot en sten som ligger några meter bort. När han tagit skydd sitter han med hackande hjärta och funderar febrilt vad han ska göra. Det är första gången sedan han kom till Åland som han blir beskjuten. Inget fler skott kommer, trots att han väntar rätt länge.

"Skjut inte, jag är av eget folk och ute i fredligt ärende!" ropar Alfred till sist och väntar en stund på svar. Inget hörs och minuterna tickar förbi. Då går det upp för honom, att det ju lika bra kan vara fienden som trycker i buskarna. Han testar igen,

"Kan jag komma fram utan att du skjuter?" ropar han.

Snart hörs en liten, barnslig röst.

"Jaja, kom fram då, men händerna uppe!"

Alfred lyfter händerna över huvudet och stiger kallsvettig fram på gräsplanen.

"Hitåt", ropar rösten från husknuten.

Han går långsamt men säger inget mer. När han befinner sig några meter från huset stannar han och håller händerna kvar över huvudet. Då stiger det fram en person som gömt sig bakom husknuten. Alfred försöker låta bli att flina. Det är en trasig och lortig ung pojke, knappast mera än tio, tolv år, som står framför honom med ett gevär som är nästan lika långt som pojken från topp till tå.

"Vad gör du här, det här är vår ö", säger pojken på en bred åländsk dialekt.

"Jag är på väg till fasta Åland, men jag blev trött och hungrig och jag har ont i händerna så jag behöver en paus. Jag ska ta mig hem till Österbotten, som ligger i Finland", svarar Alfred sansat medan han håller fast den unge pojkens blick.

"Varför skjuter du på mig?" frågar han sedan.

"Det har varit lugnt här en tid nu, men förut var det svåra dagar med många fiendesoldater som tog i land. De var oftast många så då gömde jag mig bara. Jag har grävt en jordkula som jag kan stänga så att ingen hittar den", svarar pojken. "En sköt jag ihjäl", säger han och ser stolt ut.

Alfred tar ner sina händer, men blir stående på samma ställe tills pojken slutar sikta med geväret mot honom.

Efter den inledande diskussionen visar pojken, som heter Knut Eriksson, Alfred in i stugan. Väl inne hjälps de åt att sköta om Alfreds såriga händer och kokar ett par feta abborrar som Knut dragit upp tidigare under dagen. Knut rensar fiskarna med flinka fingrar. Alfred är varken bra på att rensa fisk eller villig att göra det med sina sjuka händer. Men fisken smakar gudagott i Alfreds mun och han njuter av varje tugga, trots att den hade varit ännu godare med lite mer salt och en nybakad brödbit att bryta till. När de glupskt ätit upp den goda fisken ber han den övergivna, unga pojken berätta sin historia, eftersom han förstår att det är något märkligt med att pojken är ute på holmen ensam. Alfred fattar genast tycke för den lilla pojken, som verkar vara helt ensam i världen.

"Ja, jag förstår att far har drunknat, att den lilla ekan troligen har kantrat när han drog upp nätet. Det var en stormig dag och jag fick inte följa med ut, trots att jag alltid arbetade sida vid sida med far. Han sade att det blåste för hårt, men eftersom stormen var långvarig tog maten slut. Far lade ut nätet på egen hand dagen innan och det gick bra. Även om vi var oroliga för att mista nätet."

Knut snörvlar och torkar snoret på den solkiga ärmen.

"Och mor hon dog när hon födde lillebror för många år sedan, och lillebror klarade sig inte heller. Så det var bara far och jag. Men sen försvann även far på vårvintern", fortsätter Knut.

Efter att Knut anförtrott sig till Alfred känner Alfred att också han vill dela med sig av sin historia. Så efter att han har tigit i månader, berättar han för Knut om Elna, barnen och allt han övergivit. Den svåra tunghäftan övergår i en, för Alfred, ovanlig mundiarré. Knut är bara en ung pojke, men han lyssnar avslappnat och händerna knäppta i knät. När Alfred berättat klart, lägger pojken armen runt Alfreds axlar och säger:

"Vi är likadana du och jag. Vi är inte ämnade att vara i hemmets lugna och trygga vrå, utan i stället vill livet utmana oss."

Sedan, trots sin plötsliga brådska hem, spenderar Alfred ett par dagar med Knut på den lilla holmen. Under den sista natten ligger Alfred och grubblar på den lilla gossen och hans öde ute i den karga skärgården. Han kan inte sova, utan vrider sig varv efter varv i den trånga bädden, som han delar med Knut. Den natten, i den mörkaste vargtimmen, beslutar han sig. Han ska be Knut följa med honom hem. Han ska bjuda honom arbete på sågen eller gården och tak över huvudet. Han ber en innerlig bön till Herren och ber honom se det som hans försoning för de svåra svek han gjort mot sin familj.

Nästa dag, mot kvällskvisten över deras kokta abborrar, berättar Alfred för Knut vad han tänkt sig.

"Så jag vill att du kommer hem med mig och blir del av min familj när du ingen egen har", avslutar han.

Då brister den tuffa och käcka ytan hos den, trots allt, väldigt unga pojken och han gråter. Han täcker ansiktet med händerna och drar med handen under näsan när snoret rinner. Alfred tar honom i sin famn, men säger inget utan låter honom hållas. Efter en god stund kan de fortsätta diskussionen.

"Berätta om ditt hem", ber Knut.

Och Alfred berättar. Han beskriver gården, sågen, fölet och den nedbrunna staden Wasa och han är noga med att poängtera för pojken som är född vid vattnet, att staden ligger vid kusten. Då och då avbryter Knut honom med några små frågor. När Alfred berättat klart säger Knut:

"Ja, jag följer med dig Alfred. Här kommer jag annars att antingen frysa ihjäl eller svälta ihjäl när vintern kommer. Och ingen har jag som saknar mig."

Så när Alfred fortsätter färden har han sällskap och han har också en vägvisare med sig, som dessutom – trots sin ringa ålder och storlek – ror bättre än Alfred. Skillnaden mellan en landkrabba och en skärgårdsbo är märkbar.

Innan de lämnar holmen står Knut länge och väl och ser sig om. Han har packat med sig ett litet knyte med saker och han väljer ut en slät och fin sten i rödaste granit som han stryker ner i fickan.

* * *

Det är Magdas torgdag och hon är uppe i ottan. Hon packar, plockar och sorterar. Ansvaret för Lisbet, som snart är två år och Elmer, som snart är ett år, ligger numera mest på farmor Stina och en barnpiga som heter Fia. Trots att Fia bara är tretton år är hon både tålmodig och duktig. Om sanningen ska fram, har Fia bättre hand med barnen än vad Magda anser sig själv ha. Hon känner det som om hon mest bara är irriterad och snäser av barnen när hon ska sköta om dem – även om hon älskar dem gränslöst. I synnerhet Lisbet påminner mycket om sin mamma, Magdas saknade syster Elna. Magda känner tyngden i bröstet när hon så ofta fräser till den lilla flickan.

Torgdagar är roliga, trots att de innebär mycket arbete och väder och vind kan vara utmanande vissa gånger.

Eftersom det fortfarande inte finns något permanent torg, står alla försäljare på det tillfälligt upprättade torget invid lasarettet bredvid den västra stadsporten.

Försäljarna denna dag är många och det betyder också att konkurrensen är stor. Alla har fina varor och har arbetat hårt för att tillverka eller skörda sina produkter. Men ingen annan försäljare har något te att erbjuda, så åtminstone det lär gå åt.

Stina och Magda samlar och torkar fortfarande de växter som Elna skrivit upp att hennes te ska innehålla. Men de har inte haft tid eller möjlighet att hitta på några nya blandningar sedan Elna gick bort.

Torgdagen passerar hastigt och mycket av dagen går åt till att prata och skratta med andra försäljare och kunder. Sent på dagen, precis innan hon avslutar försäljningen, kör det in ett ekipage på torget som hon inte känner igen. I kärran sitter ett antal unga män i arbetskläder och de skrattar och skränar. Den normalt ganska prudentliga och ordentliga Magda tycker genast att det är något charmigt över gänget. Hon inser ganska snart att det charmiga med dem troligen är att de flesta av dem tycks prata rikssvenska.

Hon går över till en av de andra unga kvinnorna som säljer på torget. Med brännande röda kinder och en bubblande nyfikenhet tisslar och tasslar de om de unga männen. Ungdomens blod svallar i Magdas ådror och efter det långa, tunga året efter Elnas död längtar hon efter äventyr, kärlek och skratt.

Det tar inte många minuter förrän gänget med unga män finner Magda och de andra unga kvinnorna som ställt sig i en klunga. Alldeles som om de gjorde sig redo för att männen skulle komma till dem. Den blondaste av männen är också den mest frimodiga och det är han som inleder diskussionen.

"Jaha, mina söta damer. Vad säljer ni då som står här i en klunga, kanske man kan få köpa någon av fröknarna, ni är minsann det vackraste jag har sett", säger han skrattande medan han bugar sig djupt och teatraliskt med mössan i handen.

Flickorna fnissar och Magda försöker febrilt komma på något rappt och roligt att svara, men hon drabbas av total, förarglig munhäfta. En av de andra flickorna drar till med:

"Ja, du skulle nog allt bra gärna vilja köpa oss, men se det har inte en arbetare som du råd med", och de andra flickorna skrattar vid det här laget hysteriskt. Jargongen löper på en stund tills föräldrar till några av flickorna ser vad som pågår. De vuxna kommer och sjasar iväg både flickgänget och männen.

Magda säger inte många ord, men hon får ögonen på en av de tystare männen, en lång och gänglig typ som är något så ovanligt som alldeles blond men ändå brunögd. Han ser ut att vara en av de äldsta i gänget. Deras ögon möts ett par gånger och hon känner sig alldeles förlorad i de vackra ögonen.

Hon packar ihop sina saker, gårdsdrängen hjälper till och hennes tankar sysslar konstant med blicken i de bruna ögonen.

Kärran med gänget har åkt iväg, men de vänder inte tillbaka mot Klemetsö, utan tar vägen mot stadsruinen.

Magda skyndar att göra sig klar och manar på drängen. Hon vill att de ska komma sig iväg. Om hon har tur ser hon kärran med männen igen när de åker genom kvarteren. Hon spanar och letar med blicken utan att lyckas och har nästan gett upp hoppet om att se dem igen. Men så, när Magda kommer till södra porten på vägen mot Runsor, står männens kärra där invid vägen och gänget skrålar fortfarande lika högt.

Elna ber drängen köra långsamt och hon får en ogillande blick från honom. I hans ögon är de svenska männen ett förfärligt och opålitligt gäng som man inte ska ha att göra med. De är inte att lita på eftersom de bara pratar och pratar och kan sälja sin egen mor, medan deras handlingar är svekfulla.

"Hallå fröken!" ropar den blonda, brunögda mannen.

"Hej hej!" svarar hon leende.

"Vart är ni på väg?" fortsätter han.

"Jag ska hem till gården i Runsor", svarar hon.

Den brunögda mannen tar mod till sig.

"Vad heter fröken?"

"Magda! Och vad heter herrn då?" svarar hon.

"Jag heter Sören. Vi arbetar som murare inne i staden. Just nu är vi stationerade vid hovrättsbygget", svarar han rappt.

Mer hinner de inte säga förrän drängen manar på hästen för att komma förbi gänget så fort som möjligt.

Magda fortsätter dagen med ett leende på läpparna. Hon tänker på Sören och den bruna blicken under den ljusa luggen. Hon sjunger med klar röst för barnen medan hon kokar mat och de små leker med trähästarna på golvet i köket.

På kvällen när hon sitter och borstar och flätar sitt långa, rågblonda hår, besluter hon sig för att träffa Sören igen. Hon ska träffa honom om hon så ska ta sig in till staden på eget bevåg, mot faderns och alla andras önskan.

Och det råkar sig, så som det ofta gör när två blickar möts i en intensiv känsla av samhörighet, att det är liknande tankar som rör sig i Sörens huvud, där han sitter och tiger i mitten av den skränande klungan den kvällen. Han vill träffa den unga fröken igen och han smider planer. Han ska åka till marknaden igen, så fort han får möjlighet. Flickan med sina gäckande runda höfter och smala midja har väckt ett starkt begär i honom. Någon puffar till honom och kallar honom en tråkmåns när han inte deltar i diskussionen, men det kvittar lika, hans tankar snurrar kring Magda.

* * *

Jakob sitter i sin lilla stuga ute på Karlssons gård. Han sitter som vanligt och ser ut genom fönstret, pannan är lagd i djupa veck och han suckar, omedvetet, med jämna mellanrum. Han tänker igenom det förflutna och försöker komma på vad han gjort fel när det gått så tokigt med allt. Hur hade han kunnat rädda sin fru Signe som dog när deras yngsta dotter Anna föddes? Hur hade han kunnat rädda Anna som brann inne i stadsbranden? Hur hade han kunnat rädda sin äldsta dotter Elna som dog när hon födde sitt andra barn? Och hur hade han kunnat hindra mågen, Alfred, från att fly ut i kriget efter att han förlorat Elna? Omöjliga frågor att svara på och alla händelser så tragiska, att vilken normal man som helst hade knäckts under bördan av dessa livsöden. I synnerhet om mannen söker svaren hos sig själv – när de inte står att finna ens i stjärnorna.

Jakob stiger upp ur stolen och hasar sig över golvet. Men först kastar han ett öga på gården utanför för att försäkra sig om att Magda inte är på väg över för att hälsa på. Magda bor egentligen i stugan med honom, men eftersom hon måste hjälpa till med att ta hand om Elna och Alfreds småbarn, sover hon mest inne hos dem. När han försäkrat sig om att hon inte är på väg, sträcker han in handen och gräver lite i huvudändan på sin säng. Där får han fram en liten, platt flaska. Han drar förväntansfullt in luften, håller andan en sekund och lägger flaskan till läpparna. Den starka vätskan som rinner över hans tunga får kräkreflexerna att sparka igång, men samtidigt brer ett fantastiskt lugn ut sig i kroppen. Som en välsignelse. Som ett bedövningsmedel. Han skruvar på korken efter en glupsk klunk, men ångrar sig snart och tar en rejäl klunk till. Han gömmer flaskan och känner hur han återigen ska orka möta förväntningarna. Han drar på sig läderstövlarna och går ut, redo att arbeta igen.

Jakob går via stora stugan och slänger några ord med de andra vuxna och nyper småbarnen i kinderna och säger skrattande till dem att moffa, han är nog bäst av alla han! Sen går han till sågen. Karlssons såg, som allt oftare har blivit hans arbetsplats sedan Alfred tog sitt pick och pack och stack. Han och Sven Gran, som är mästare på sågen, ser till att allt rullar. Jakob saknar sitt skomakeri så att det kniper i hjärttrakten när han tänker på det. Han kan avsky det sjungande oljudet från sågen som numera följer honom natt och dag. En dag kommer ljudet att driva honom till vansinne. Men med lite brännvin innanför västen klarar han sig bättre, då är det inte lika motigt längre. Men bara lite brännvin! Annars blir man en fyllgubbe – och det passar inte en respektabel arbetskarl som Jakob. Han kan visst hålla sig till måttliga mängder.

Sven är redan på sågen när Jakob anländer.

"God morgon Jakob! Allt väl? Vi har mängder med arbete som väntar på oss, så det är lika bra att vi bara sätter igång. Jag har startat upp maskinen."

Jakob slänger upp handen i luften till hälsning, nickar och ropar bara ett kort:

"Jaa-jaa!" till svar.

Sedan arbetar de under tystnad några timmar. Det går inte att föra en normal konversation medan man kör sågen och maskinen, de överröstar allt och alla. När männen efter några timmars ihållande arbete sätter sig ner och äter ett par brödskivor och lite kött, flyter konversationen ovanligt trögt. Jakob märker till och med att Sven är disträ.

"Hur är det fatt med Sven idag, du verkar ha tankarna på annat håll?"

"Jo, de e nog sant. Men inte tycker jag du ska behöva bekymra dig", svarar Sven, med nästan ovänlig ton.

"Nå, berätta nu. Det är inte särskilt många som talar med mig per dag, så jag hoppas att inte du också tänker sluta prata med mig", fortsätter Jakob.

"Nåja om du envisas. Jag har gått och blivit svag för din dotter, Magda. Men sen är hon så ung och ostörd och jag är en gammal ungkarl på snart trettio år", svarar Sven, med blicken envist riktad mot skospetsarna och kinderna så blossande röda, att de inte får samma färg ens av att bära stock en hel dag.

Jakob blir så tagen på sängen att han först sitter mållös några sekunder för länge. Sven springer upp och går tillbaka mot sågen. Jakob skyndar efter.

"Ja, det är dessvärre så i vår familj, att döttrarna får bestämma vem de vill ha. Om Magda någon dag berättar för mig att hon väljer dig, då blir det så", säger Jakob utan att avslöja med en enda min vad han tänker. Inombords rasar han. Den arma gubbsjuka gubbstrutten! tänker han om och om igen. Han önskar att han inte hade envisats och frågat. Han hade mått bättre av att inte känna till detta. De arbetar vidare under tystnad och Jakob försöker att inte tänka på det han hört. Men å andra sidan är Magda tuffare än de flesta unga kvinnor han mött. Därför hyser han ingen större oro över att hon skulle svepas med i något hon inte väljer själv.

När Jakob kommer hem för kvällen, sätter han sig tungt på samma stol. Men bara för att han är så upprörd över Svens ord plockar han fram morgonflaskan och tar ett par huttar. Men det, besluter han, ska inte ske någon fler dag. Flaskan är bara till för att orka komma igång på morgonen. Men snart är flaskan tom och han inser att han inte har tillräckligt till morgonsupen.

Jakob stiger ut på trappan och smyger över gårdstunet till granngården, där gubben kokar brännvin och säljer till dem som kan hålla tyst. Där köper han påfyllning. Och han köper också, för säkerhets skull, en flaska till. Bara för att undvika att besöka grannen så ofta. En gång i veckan ska säkert vara nog. Annars blir någon misstänksam. Någon kan ju tro att han är ute och jagar fruntimmer.

Eftersom granngubben är munvig tar besöket en god stund. Han bjuder Jakob till sitt bord och de sitter och äter lite mat, samtidigt som gubben fyller på klar vätska i deras muggar. När Jakob ska gå hem en timme senare vill benen inte lyda honom. Och än mindre tungan. Men sorgen känns lättare att bära. Nästa dag vaknar han senare än vanligt, med ett samvete som känns, om möjligt, ännu sämre än vanligt. Huvudet känns som ett getingbo med både ljudet och sticken. Han tar ett par huttar ur flaskan och sätter sig ner. Han känner att den tröstande drycken även får getingarna att stilla sig lite och tar en klunk till. Någon mat hinner Jakob inte med denna dag, utan han vandrar mot sågen på svajande ben.

* * *

30

Amalia sträcker på sig, hon för armarna mot taket och ner mot golvet. Hon gör några hopp och böjer sig från sida till sida. Hon måste hålla sig i form. Inte nog med att hon säkert måste gifta om sig någon dag – och vill se bra ut den dagen – hon måste dessutom vara stark för att orka med sitt frivilligarbete vid missionen. Det är tungt att koka mat och diska. Hon klär sig sedan i en slitstark och alldaglig klänning. Amalia smeker lilla Edvin över kinden, där han sitter i barnflickans famn, sedan skyndar hon iväg med spänst i stegen och ett kort hej.

Mot sin familjs vilja och inte utan strid har hon valt att gå sin egen väg, att göra något vettigt av sina dagar. Efter upplevelsen av branden i Wasa och de lidande invånarna, väcktes Amalias intresse för välgärningar. Hon grubblade länge och väl och valde organisation med omsorg. Ledningen var först tveksam till att ta in en sådan fin dam som Amalia till hjälparbetet med fattiga och hemlösa. Men hon berättade om branden i Wasa och spädde på med lite lögner om allt hon lärde sig under tiden hon bodde på landet i Runsor bland alla hemlösa. Så slutligen fick hon lov att börja hoppa in två eftermiddagar i veckan och hon har nu arbetat flera månader.

Amalia satsar helhjärtat på uppgiften och hon sköter det med en brinnande arbetslust. Borta är de valhänta försöken att diska och hantera mat, som hon uppvisade när hon som tonåring flydde Wasa och kom ut till landet. Borta är de tafatta blickarna och tunghäftan som hon hade som ung. Kvar står en tuff ung änka som tar i när det behövs.

Amalia anländer till missionen samtidigt som Matias Steen, en av de unga läkare som arbetar vid missionssällskapet. Han uppgift är att undersöka och försöka bota de stackare som har hälsoproblem.

"Se goddag fru Palmlöf", hälsar han henne, lyfter hatten av huvudet och bockar när de möts i dörren då hon stiger in.

"Goddag, goddag, herr Steen", svarar hon artigt och avfyrar det mest bländande leende hon äger.

De står på god fot och pratar ofta och gärna om olika ämnen, men Amalia är noggrann med att inte ge honom några andra signaler än rent professionella. Hon tycker om att assistera honom ibland, för han har både ett gott handlag med sjukdomar och skador, samtidigt som han kan hantera personerna utan att såra eller håna de fattiga och enkla patienterna.

Han stannar till på trappan och vänder sig om.

"Jo fru Palmlöf, det är bra att Ni kom. Jag skulle behöva assistans med en varböld senare. Hinner fru Palmlöf möjligtvis räcka mig en hand? Någon måste nämligen hantera en duk och torka vätskan medan jag klämmer", frågar han och ser på henne med smått road blick.

Amalia anar nog varifrån blicken kommer, för han har säkert redan lärt sig att hon har svårt för obehagliga uppdrag som innebär kroppsliga vätskor. I synnerhet i samband med smärta och skrik. Men det skulle hon aldrig erkänna högt för honom.

"Absolut, bara säg till när doktorn behöver mig", svarar hon och skyndar vidare mot sina väntande uppgifter.

Hon hinner glömma både doktorn och bölden när hon står och sköljer, skalar och hackar morot hela eftermiddagen och rycker därför till när hon hör honom ropa hennes namn.

"Fru Palmlöf, kan frun vänligen komma och assistera?" ropar han.

Hon snor runt, nickar kort och går för att skrubba sina händer eftersom de är fulla med jord. När hon kommer in i rummet står en ung, finnig man på golvet i läkarens mottagning. Han rodnar svårt från halsen och upp till hårfästet när hon stiger in i rummet. Den unga mannen slänger en osäker blick på doktorn och sedan på Amalia och suckar sedan tungt. Hans axlar slokar och han säger inte ett ord, så doktorn pekar på britsen som står på golvet och ber honom dra ner sina hosor och sedan ta plats.

Amalia försöker att se oberörd ut inför utsikten att den unga mannen blev beordrad att dra ner hosorna. Men hon känner ett lätt skratt bubbla upp inombords, som hon absolut inte vill släppa ut i denna situation. Det skulle förstöra den unga mannen totalt, som redan ser ut som om han hellre skulle leva med sin böld än dra ner hosorna framför Amalia. Hon försöker sända en frågande blick i riktning mot Matias, men han ser inte på henne eller så låtsas han inte förstå vad hon menar. Det känns som om tiden står stilla en lång stund, medan det i själva verket inte handlar om mer än några sekunder. Då tar ynglingen tag i byxlinningen och knycker till en gång, samtidigt som han nästan dyker ner på bristen med baken upp i vädret.

Sedan står det fullkomligt klart för Amalia varför hon är i rummet. Han har en böld på ena skinkan som är nästan lika stor som ett utländskt äpple, den är ilsket röd runt om medan själva bölden är varig och gul. Hon tappar nästan andan när hon tänker på hur ont det måste göra och hon inser varför Matias behöver hjälp.

"Jaha", säger doktorn och harklar sig omständligt.

"Vi ska putsa lite på det onda först, sen tar jag en vass kniv och skär sönder bölden och sen måste jag klämma ut varet medan fru Palmlöf assisterar med att torka bort det. Jag kan vara riktigt ärlig och berätta att det kommer att göra in i helvete ont", berättar han för patienten.

"Om fru Palmlöf ursäktar språket", fortsätter han med en blick på Amalia.

"Mm, men så kom igång då", morrar mannen med munnen mot britsen. Hans händer är hårt knutna redan innan de har inlett arbetet.

"Ja, jag har putsat klart och nu skär jag", svarar han.

Han visar Amalia en hög torktrasor och en skål i vilken hon ska placera trasorna vartefter de blir smutsiga. Hon ska försöka torka varet utan att få det på sina händer, eftersom det kan vara smittsamt. Hon sväljer och sväljer för att få ner klumpen som växer i halsen. Så tar Matias kniven stadigt i sin hand och närmar sig bölden.

Amalia tycker att bölden lyser som en marsipangris omgiven av jordgubbssylt. Associationen får henne med ens att må ännu sämre. Hon lägger torkduken på skinkan intill bölden. Så trycker doktorn med hårt handalag ner kniven rakt i mitten av det onda. Då händer flera saker samtidigt. Det sprutar var över händerna på Matias och Amalia innan de hinner dra undan dem. Mannen skriker rakt ut så det slår lock för öronen på Amalia och han snor runt på britsen så att hans dinglande lem råkar mitt i synen på Amalia. Matias torkar lugnt sina händer och tar ett fast tag om mannen, som snyftar hjälplöst, och med ett bestämt grepp om hans axlar vänder doktorn honom tillbaka på magen medan patienten protesterar högljutt.

"Nu ska du sansa dig och dra andan. Nu startar det verkligt besvärliga arbetet för nu ska vi klämma på det onda dessutom", säger doktorn – som om det vore en tröst för patienten.

De arbetar på en halv timme. Matias klämmer på bölden så att varet rinner. Amalia torkar och patienten ömsom ojar sig och ömsom svär högt och ljudligt. När det slutligen inte kommer mer vätska ur bölden putsar de såret med alkohol. Måhända är reaktionen lika våldsam då, som när doktorn satte kniven i bölden. När de är klara med bölden lägger doktorn på ett tygförband och mannen får i uppgift att återkomma för att visa upp sig igen på torsdag. Han grymtar bara till svar och haltar långsamt ut, utan att säga så mycket som tack en gång. Amalia tvättar också sina händer med alkohol och står först tyst, men kan sedan inte hålla in med sina tankar.

"Det är en oerhört fin linje mellan att hjälpa eller stjälpa en människa", säger hon tankfullt.

"Ja, det har frun rätt i. Det är svårt att skära i folk utan att kunna bedöva dem. Det finns medel, men i dessa fattiga mottagningar har vi inte tillgång till dem. Det är en synd i Guds ögon att vi gör skillnad på folk", svarar han. Amalia bara nickar till svar, men säger efter en stund:

"Kan inte doktorn bara säga Amalia?"

"Nej, men det passar sig inte...". Längre hinner han inte innan hon avbryter honom.

"Tänk att jag är ganska trött på vad som passar eller ej."

Sedan nickar hon mot honom och går tillbaka till sina morötter. Hon är djupt omtumlad av det som hon varit med om under den senaste halvtimmen. Amalia känner att det kryper i skinnet och något hugger till på baken, så hon måste lägga handen på ena skinkan i smyg och gnida lite varsamt ovanpå kjolen för att försäkra sig om att hon inte har en bula där.

4
Sommaren 1857

Efter att Alfred och Knut har rott mellan otaliga, vad som åtminstone känns som tusentals kobbar och skär, närmar de sig det fasta Åland. Knut har inte rott så långt som till fastlandet förut. Därför måste de försöka orientera sig med hjälp av det knapphändiga sjökortet och genom frågor till skärgårdsbefolkningen.

Alfred är nervös och han blir allt tystare när de närmar sig Mariehamn.

"Vad tänker du på?" frågar Knut honom när Alfred suttit tyst och bara rott en god stund.

Alfred hatar den frågan, men han vill inte vara otrevlig mot Knut, så han svarar honom, efter några sekunders tystnad.

"Ja du Knut, mina tankar dansar mellan vad jag ska säga till mitt befäl och vad jag ska säga när jag kommer hem. Det känns som om jag är skyldig alla en ursäkt för mitt beteende."

Knut nickar och, likt den unga pojke han är, svarar han utifrån sin egen verklighet.

"Alfred må vara skyldig ursäkter och förklaringar till annat folk, men du är inte skyldig mig något alls, tvärtom är det jag som är skyldig dig. Men jag tänker varken tacka eller bocka än, för jag vet inte exakt vart du för mig och vad du tänker göra av mig. Vad jag vet kan jag ännu råka illa ut i din vård."

Alfred bara grymtar något oigenkännligt till svar, samtidigt som han böjer sig fram och rufsar den pigga unga pojken i det vildvuxna håret. Knut nöjer sig med det svaret och han ler spjuveraktigt.

När de ror in mot arméns bas i Mariehamn stoppas de av en patrull.

"Uppge namn och ert ärende här!"

Alfred för handen mot pannan i något som liknar en honnör.

"Alfred Karlsson, tillhör det finländska försvaret, här för att avlägga rapport!" svarar han i ett försök att låta officiell.

"Klart, äntra!" lyder det korta svaret.

Så Alfred ror vidare. Direkt de har förtöjt försvarets båt, väljer han ut en passande grässlänt där Knut får sitta och vänta.

"Gå ingen väg, jag kommer så fort jag är klar, men det kan i värsta fall dröja", uppmanar han Knut och går mot befälens baracker. Det dröjer högst en halvtimme, en bävande halvtimme för Alfreds del, sedan får han lov att gå in till sitt närmaste befäl. Han blir stående innanför dörren, rak i ryggen som en fura, och blicken fäst ovanför befälets huvud, i väntan på att få tilltala mannen.

"Ledig, rapportera!" ryter befälet mittemot honom, och det får inte Alfred att slappna av över huvud taget. Även om han försöker se lite ledigare ut i sin stående ställning.

"Ja fänrik! Inget att rapportera. Utposten jag har kontrollerat var tom, där fanns vare sig fiende eller eget folk längre."

"Varför har han varit borta så länge?" frågar fänriken och Alfred känner svetten bryta ut. Han vågar inte nämna Knut, för då skulle de säkert hindra pojken att följa med hem till Wasa.

"Jag rodde vilse, fänrik. Det tog mig flera dagar längre än räknat eftersom jag inte träffade på någon att fråga om vägen", svarar han, med lätt darr på stämman.

"Klara saker, det låter klantigt. Var det något annat?" frågar fänriken hårt och Alfred förstår att det är nu det gäller.

"Ja herr fänrik. Jag tänkte anhålla om avsked från det militära. Jag vill inte kriga mer. Om det går för sig?" säger Alfred utan att våga rikta blicken mot fänrikens ansikte, rädd för vad han ska se.

"Jaså, har Karlsson fått nog nu?" svarar han. Alfred rycker till för det låter nästan som om fänriken har skratt i rösten.

"Ja fänrik!" säger Alfred med stark röst, för att låta riktigt övertygande.

Han är beredd på att det han eventuellt inte får sluta direkt.

"Nåväl, kriget är slut sedan över ett år tillbaka och vi kommer att avsluta spaningarna nu. Karlsson är en av de sista frivilliga kvar. Jag har förundrat mig över att Ni velat fortsätta så här pass länge. Karlsson kan gå via vår skrivare och få papper på att ni åter är civil. Tack för att Ni uppoffrat er tid för fäderneslandet", säger fänriken och trycker Alfreds hand. Alfred bara nickar och gör honnör innan han lämnar rummet.

Hans hjärna hinner inte med. Men han stapplar lydigt ut ur rummet och stänger dörren med en alltför ljudlig smäll. Han bryr sig inte stort, han är civil nu. Och han lever, trots att han har varit i krig. Även om han aldrig ens sett en strid. Den farligaste situationen uppstod när Knut sköt mot honom.

Efter att Alfred har fått sina papper av sekreteraren och inkasserat lön av ekonomimästaren, stiger han ut på trappan, iförd sina gamla paltor. Knut känner inte igen honom utan uniform när han smyger upp bakom honom igen en timme senare. Alfred tar ett skutt och landar rakt framför Knuts fötter.

"JA, jag är fri!" jublar han med låg röst så att ingen skall ta illa upp.

"Nu ska vi äta och sen ska jag köpa mig nya kläder och stövlar", besluter Alfred. Så de knallar iväg.

Den ensamma mannen lägger varsamt en skyddande hand på den unga pojkens axel. Pojken accepterar det utan ett ord, men han noterar det som sker. Det är längesedan något sett till Knuts bästa.

Alfred bokar plats för överfart till Helsingfors redan nästa dag. Seglatsen tar ett par dagar i vackert sommarväder och det är en ren njutning att iaktta skären, utan att behöva ro så att skinnet flagnar. Knut och Alfred pratar nästan oavbrutet och Alfred kommer på sig själv med att skratta högt och bullrande åt Knuts roliga historier och sköna humor. De har varit så svältfödda på mänsklig kontakt bägge två under en lång tid, att de nu inte kan få nog av att umgås. Knut känns som den lillebror Alfred aldrig fick och han litar på att mor och far ska ta honom till sig när de kommer hem till Runsor.

Väl framme i Helsingfors stannar de ett par dagar för att se sig omkring. Knut har aldrig varit i en större stad förut och Alfred åkte bara genom staden när han tog värvning.

De bekantar sig också med Sveaborg. Fästningen blev illa ansatt under kriget och Alfred kan känna kalla kårar krypa längs ryggen, när han minns hur han för ett år sedan längtade efter att bli träffad i huvudet av en kanonkula. Han skäms över denna feghet och besluter sig för att aldrig erkänna hur pass innerligt han sökte döden, utan att finna den.

De har sina sovplatser på ett billigt pensionat med många sängar i samma rum och Alfred kan känna hur det kryper på kroppen när han ligger i sängen. Han suckar och hoppas att de inte tar med sig lössen hem till Runsor.

När de två dagarna i Helsingfors är över, hoppar de ombord på nästa båt som startar sin långsamma färd mot Brändö och Alfreds hemstad Wasa.

Han känner en isande kyla i ådrorna när han tänker på det onda som har hänt staden, hemmet, familjen och hur han själv inte stod pall, utan svek som en ynkrygg. Och nu kommer han hem igen, med svansen mellan benen och tror att han ska kunna ta vid där han slutade och låtsas som om inget har hänt. Är det ens möjligt? Han måste försöka i iallafall.

* * *

Magda har oftare än vanligt rört sig på torget invid den östra porten. Hon längtar efter att stöta på Sören igen. Efter ett par veckor dyker han äntligen upp. Han kommer fram till henne direkt, utan krusiduller eller försök att få det att se ut som om han är där i andra ärenden.

"Hej, minns fröken Magda mig längre?" frågar han rakt på sak med en allvarlig min och en osäker blick.

"Hej Sören, javisst minns jag dig. Vad är det som tar dig till torget här ute i obygden idag?" frågar hon, för att ha något att säga som för diskussionen vidare.

"Jag ska vara ärlig; jag kom för att få träffa dig. Jag har inte klarat av att glömma dina vackra drag och din mjuka röst", säger han, medan hans blick synar henne uppifrån och ner. Hon känner sig nästan illa till mods under hans blick, men hon ruskar av sig känslan lika snabbt som den uppstår.

"Kan du komma till Klemetsö och träffa mig någon kväll? Om kvällarna brukar vi vid vackert väder sitta och sjunga och spela i parken vid Sandviks villa. Du kunde komma med oss. Eller kanske du inte tycker om musik?" frågar han i en lång mening, utan andningspaus och med sänkt röst så att bara hon hör.

"Jag tycker mycket om musik och det låter riktigt trevligt. Men hur vet jag var och när ni är där? Jag kunde komma redan ikväll. Jag kan sända hem sakerna med drängen och ljuga att jag går hem med mina väninnor ikväll, medan jag kommer med din skjuts", föreslår Magda vågat medan det känns som om magen ska explodera av alla bubblor som åker hit och dit.

"Nej, inte idag, jag måste arbeta ikväll. Vi arbetar även kvällar nu när vädret är så fördelaktigt, säger han, med en aning röda kinder. Passar det på torsdag? Det går en skjuts härifrån mot Klemetsö klockan fyra. Jag kan möta den när den kör förbi vid Sandviks villa. Men sen vet jag inte hur vi får dig tillbaka till Runsor till kvällen. Jag måste tala med alla jag känner, kanske någon har en skjuts som går från hamnen och som ska ända hit ut. Det ska nog ordna sig, lita på mig", svarar han lite tankfullt.

"Torsdag ska väl gå bra. Jag ska ordna med det", svarar hon viskande samtidigt som hon omedvetet lutar sig lite framåt på ett familjärt sätt.

Sedan nickar Sören och blinkar flirtigt med ett öga, vänder om och går mot hamnen till. Magda vet inte vart han är på väg och hon iakttar honom ända tills han inte syns längre.

Det surrar och maler i Sörens huvud medan han gör upp planer för torsdagen. Han ska ordna med en filt att sitta på, lite gott att dricka och något att äta, kanske ost. Det ska bli en alldeles perfekt kväll som varken hon eller han själv någonsin kommer att glömma. Tvärtom kommer det som sker den kvällen att bli livsavgörande för Magda. Han går med raska steg och ett leende på läpparna hela vägen till den nya staden som är under uppbyggnad.

Magda å sin sida funderar lika mycket, men på helt andra saker. Hur ska hon ljuga om vart hon ska? Vad ska hon klä på sig och hur ska hon komma sig hem tillbaka inom kristlig tid, utan att åka fast för att hålla på med fuffens? Det får absolut inte komma ut att hon har åkt till staden för att träffa en man – en man som är både äldre än hon och till råga på allt en Sverigesvensk.

När hon kommer hem plockar hon bland sina kläder och slänger missnöjt de få klänningarna hon äger på sin säng. Då öppnar hon för första gången lådan där Elnas gamla klänningar finns undanlagda. Hon hade flera riktigt fina klänningar. Elna var både längre och hade större byst än vad Magda har, men nog kan de passa ändå. Magda drar fast dörren till kammaren och låter klänningen falla till golvet. Hon provar sedan Elnas klänningar. Hjärtat klappar i våldsam fart, det känns som om hon gör något olagligt. Skulle far se henne i Elnas kläder skulle han troligen knyta nävarna. Eller kanske inte. Det är ju bara kläder och vad är väl bättre än att de kommer till användning. Magda har provat nästan alla klänningar innan hon hittar en som passar någorlunda bra och som dessutom är väldigt fin. Det är en klänning som Elna använde väldigt sällan, mest bara när hon klädde upp sig. Den sitter riktigt bra. Kanske den skulle bli ännu bättre om hon satte in lite tyg i livet som fyller upp vid bysten. Hon står och lyfter brösten och försöker få dem att puta ut mera, men ger snart upp med en djup suck.

Så gryr torsdagens morgon, Magda vaknar med ett ryck och inser att det är idag det kommer att ske. Hon känner på sig att detta är dagen som kommer att förändra hennes framtid. Som kanske leder henne till ett fint hem i Stockholm och bort från denna bondgård och de lånade barnen som fallit på hennes lott. Men med ens ångrar hon sina otacksamma tankar. Det är ju Elnas älskade små, hon är deras närmaste och den enda likheten av mor de någonsin kommer att ha. Hon kanske kan ta med dem till Stockholm. Magda kravlar upp ur sängen och lyfter upp lilla Elmer ur sängen, där han ligger och jollrar bredvid Lisbet som ännu sover den rosiga sömnen som endast ett barn kan. Hon klär Elmer och går ut i köket för att koka gröt och inleder dagens sysslor.

Först ska hon ut på dasset och tar gossen med sig. Han är tillsammans med pigorna och korna medan hon smyger iväg några tysta minuter. Elmer är förtjust i alla djuren och han har fått en vän i hunden Bosse, som numera bor i ladugården med korna. Direkt Elmer uppenbarar sig i fähuset möter Bosse honom med svansen viftande från sida till sida så det smäller i bräderna runt båsen. Bosse har också lärt sig att inte skälla, vilket är tur eftersom pojken lätt blir skrämd.

Dagen går fort och snart är det dags för Magda att göra sig klar. Hon drar en lögn för mor Stina om att hon ska träffa vänner och att de ska planera ett bröllop. Stina ger henne en lång, frågande blick. Hennes lånade klänning och blossande kinder ser misstänkta ut.

Hon får en av drängarna att köra henne och hon viftar till männen vid sågen. Sedan stiger hon av längs en gata i den nedbrunna staden. Magda går mot kanalen till och drängen svänger kärran och åker tillbaka.

Hon hoppar sedan på med skjutsen till Klemetsö och sitter och ser sig omkring med nyfiken blick. Det är spännande att åka så långt hemifrån. Hon småpratar lite med kusken, som visar sig heta Helge.

Han berättar att han har hittat ett nytt sätt att tjäna pengar på, efter att staden brann ned och den nya staden flyttas och byggs upp sju kilometer bort. Han köpte en pigg och snabb häst, Storen heter han, och tillsammans kör de folk, fä och saker mellan den gamla och den nya staden. Helge är en pratsam man och tiden går fort, så de är plötsligt framme.

När kärran stannar vid Sandviks villa i Klemetsö frågar Helge henne försynt om hon är säker på att hon ska stiga av där ensam och om hon verkligen klarar sig, då han får syn på Sören som står och väntar på dem.

"Tack Helge, för att du frågar. Det ska nog gå riktigt bra detta", svarar hon, full av förväntan.

"Hur tar sig fröken hem tillbaka då?" fortsätter Helge, medan han studerar Sören ingående.

"Det vet jag inte riktigt än, men det ordnar sig säkert. Sören lovade att arrangera det till mig", säger hon och slutar sedan att intressera sig för Helge och gör sig klar att hoppa ner från kärran. När hon ska stiga av tar Sören emot henne och sveper ner henne från kärran, tar henne hastigt i famnen och viskar i hennes öra:

"Jag ska ta med dig till storstan Magda, då ska du få se på annat!" Hon kan inte annat än smälta och fnittra i hans famn.

De går in mot parken och möter folk lite här och där. Sören bär på en stor korg med en filt överst. Hon sneglar lite på den och undrar vad han har med sig.

"Kom med här!" utropar Sören. Han tar några skuttande steg mot ett buskage och försvinner in bakom det. Magda tittar sig omkring och stannar upp flera gånger innan hon slår sig ner bakom buskaget.

"Här har vi en underbar utsikt över vattnet, säger han", samtidigt som han brer ut filten och plockar ur korgen.

"När kommer dina vänner som du brukar sitta och spela o sjunga med?" frågar Magda efter en stund när hon inte kommer på något nytt att prata om.

"De kommer nog snart."

De småpratar ytterligare en stund, berättar om sina familjer och vad de tycker om. Magda berättar att hon är har gått i skola och drömmer om att bli lärarinna. Sören ser på henne med en sned blick och fnyser till. Hon reagerar omedelbart och drar sig tillbaka. Ingen ska komma och fnysa åt hennes innersta dröm.

"Men om du ska vara min fru kan du väl inte vara borta om dagarna och arbeta!?" säger han halvt på skämt och halvt på allvar. Magda väljer att inte svara. Hon sitter istället och ser ut över det stålgrå vattnet som stilla kluckar mot stranden i Klemetsö. Hon tycker det är ett otroligt rogivande ljud.

Efter att de har samtalat en stund plockar Sören ur sin korg. Han har bröd, ost, äpplen och en stor flaska med en dryck i. Magda skruvar på sig när hon ser flaskan och mumlar:

"Säg, vad består drycken i flaskan av?"

"Ja, jag har med mig en flaska burgundiskt rödvin, det är för ett alldeles speciellt tillfälle så som detta. Jag vill fira att vi har träffats, du och jag", svarar han allvarligt och ger henne en blick som nästan suger in henne i hans djupa inre.

"Nej men kära Sören, jag har aldrig druckit vare sig vin eller brännvin, inte vet jag om jag kan...", protesterar hon. Men hon blir avbruten när han lutar sig fram över filten och kysser henne länge på munnen. Hon har inte kyssts förut och hon känner sig väldigt tafatt. Men det känns bra.

Sedan läppjar de länge på vinet medan de bryter bröd och skär bitar av osten och äpplet. Magda känner hur tungan skrynklar sig och smaklökarna söker efter vad de ska tycka om vinet. Men hon dricker lydigt i samma takt som Sören. Hon vet inte om att hon blir berusad eller drucken av vin på samma sätt som gubbarna blir av brännvin. Snart skrattar de uppsluppet åt allt de säger och Magda tappar kontrollen helt, utan att hon ens förstår vad som händer. Hon känner sig bara så lycklig.

Eftersom det är sommar och ljusa, österbottniska nätter blir det bara en aning skymt. Myggen söker upp de unga tu som sitter och umgås på den grå, stickiga filten.

Magda blir så småningom allt mer påverkad och hon har inte en tanke på att hon borde ta sig hem, eller hur det ska ske. Parken är tömd på folk och snart är det bara Magda och Sören kvar.

Magda känner sig snart sömnig och lägger sig ner på filten. Det är inte alls särskilt skönt att ligga ner. Tvärtom börjar hela världen spinna och snurra runt när hon lägger sig ner. Plötsligt tar allt skratt och all njutning slut och hon vill bara hem. Med ens känner Magda att hon mår illa och hon kryper några meter bort mot en buske. Hon känner hur hon domnar i hela kroppen och pirret ilar under huden innan hon kräks som aldrig förr. Hon gråter och hulkar att hon vill hem.

"Visst, jag ska ta dig hem. Snart. Kom först hit en stund så ska jag stryka håret ur ögonen på dig, min vackra flicka", skrattar Sören med låg röst. Magda uppfattar inte undertonen i rösten. Hon uppfattar ingenting längre. Hon kryper tillbaka till filten och hon känner hur han styrker hennes hår. Sedan övergår han till att smeka hennes bröst. Hon protesterar och försöker sjasa undan hans hand, men utan att lyckas. Hon protesterar allt högre och han lägger plötsligt handen över hennes mun. Inte snällt eller ömt utan ganska hårt. Hon känner läpparna skava mot tänderna för varje rörelse hon gör, blodsmaken i munnen gör att hon snart tystnar.

"Nu ska du bara vara öm mot mig en stund, när jag har bjudit dig hela kvällen. Sen ska vi se till att du kommer hem. Vi ska ju gifta oss du och jag, så då är inget fel i att vänslas lite", säger han med sammanbitna tänder.

Hans händer blir allt ivrigare och framfusigare och hon försöker dra sig undan. Men Magda vågar inte ropa, för han verkar med ens hotfull och påträngande. I sin omtöcknade och druckna värld inser hon inte vad som håller på att ske. Eller hon kanske ännu är för naiv och barnslig för att förstå, för att vilja inse att hon försatt sig i en farlig situation och att hon litat för blint på en blond och brunögd man som verkat snäll.

Sören trycker ner henne mot filten. Hon har inga krafter att spjärna emot och dråsar med ryggen före mot filten. Men ens tar han tag i framstycket på hennes klänning och river, så att alla knappar flyger sin kos med ett enda "ritsch". Han drar upp hennes linne och håller nu fast henne hårt om armarna med sina händer. Han böjer sig ner och biter hårt i den ena bröstvårtan. Då skriker Magda. Det enda som skriket resulterar i, är att han plockar fram en tygboll som han trycker in i hennes mun. Han fortsätter att dra upp hennes kjol. Hon sparkar och brottas, men är liten, svag och full, så hon klarar inte av brottas mot honom.

Stjärnor dansar framför ögonen och med ens känner hon sig som om hon inte existerar i sin kropp längre. Hon svävar ovanför, likt mamma,

Anna och Elna, och ser ner på sin uselhet. Hon ser hur hon ligger där som en kraftlös ynkrygg, en dumbom som lät sig luras och som nu får sin framtid förstörd.

Magda hoppas att någon ska komma till hennes undsättning. Men icke. Hon känner plötsligt hur allt blir tusenfallt värre. Det känns som om hon går i tusen delar och smärtan som strålar ut från underlivet river henne sönder och samman. Hon inser att han fört in sin lem i henne.

Sören arbetar som i trance. Allt går som planerat, det lilla fånet trodde på allt, så det vara bara att lura in lantlollan bakom buskarna, bjuda på vin och ta för sig av det dukade bordet. Och tar för sig, det gör han. Han njuter av att känna hur hon spricker sönder och blöder. Han behöver inte många minuter på sig så är han klar och lägger sin säd inne i Magda. Sen rafsar han åt sig sina ägodelar och lämnar henne på filten. Magda är helt borta, på gränsen till medvetslös. Hon varken pratar eller gråter. Han iakttar henne en kort stund innan han viker filten över henne och slinker iväg, som en räv om natten, nöjd med dagsverket.

* * *

Jakob anländer till sågen, sent omsider. Han nickar bara ett kort hej till Sven, som ser sammanbiten ut.

"Nå inte har du väl druckit brännvin, Jakob?!" utropar Sven när han anländer.

Jakob tar till all kraft han har.

"Det är väl klart att jag inte har, det är inte görligt i samband med arbete med en sågklinga. Men jag är trött, sover dåligt", säger han medan han anstränger sig för att föra tungan rätt i mun. Men hans ögon klarar inte av att hålla kvar Svens blick. Sven står länge och iakttar Jakob innan han nickar och startar motorn och sågen.

Jakob försöker fatta tag i en stock, men faller över ändan och skrapar ansiktet mot trädstammen. Han känner den friska doften som ännu sitter kvar i barken och önskar med ens att han kunde ligga kvar länge och bara andas in doften av kåda, men han känner Svens blick bränna i bakhuvudet. I samma ögonblick hör han hur Sven stänger av sågen igen. "Ta mig fan Jakob, du är full som en alika, gå hem o sov med dig och se till att du är pigg och kry när du uppenbarar dig här i morgon klockan sju. Jämnt sju. Nykter! Marsch iväg och drick inte en droppe till på en väldigt god stund. Jag måste se om jag får tag i någon annan som kan arbeta idag. Annars blir sågen stående och det är illa med tanke på beställningarna", säger Sven med skärpa.

Han tar tag i rocken, bakom kragen på Jakob och rycker upp honom från stockarna, där han ligger kvar och skäms. Utan att yppa ett enda ord raglar Jakob iväg mot stugan.

Innan han når upp till gården svänger han av mot skogen, han lägger sig ner på en äng invid skogsbrynet, där han tänker ligga en kort stund och se på ett bi som surrar runt en smörblomma för att suga nektar.

Senare på eftermiddagen vaknar Jakob med ett ryck. Han känner sig både skamsen, kall och törstig. Han kommer ihåg bäcken som Alfred visat honom sommaren när de flyttade ut till Runsor och han beslutar sig för att vandra dit för att ta ett dopp. Skogen skänker honom tröst, den är kravlös och omsluter honom som en varm, doftande kvinnas famn. Han drömmer om tider som gått, bättre tider som ska komma och han funderar på vad han ska ta sig till. Han vågar nästan snudda vid faktumet att han denna dag för första gången har betett sig som en fyllbult. Den sanningen kunde han gott leva utan.

Jakob når bäcken, klär av sig och går långsamt ner i vattnet. Det känns kallt och obehagligt, huden knottrar sig över hela kroppen och han frustar högt när vattnet omsluter hans bakfulla lekamen. Han dricker ett par klunkar och ligger sedan kvar i vattnet en god stund, och gnider sig över hela kroppen med mossa. Han tar nya tuvor vartefter de löser upp sig och snart är vattnet runt omkring honom alldeles grumligt. Men han doftar friskt av skog och mark, i motsats till fylla och svett. När han stiger upp ur vattnet önskar han att han hade haft rena kläder att klä på sig, men det hjälps inte.

Jakob påbörjar vandringen mot den ensliga stugan. Han gör sig ingen brådska, trots att det är ganska sen kväll. Väl hemkommen gör han upp eld i spisen, tar fram rakkniven och rakar sig, byter kläder och gnider bort den tjocka hinnan på tänderna med en tygbit. När han ätit, druckit och känner sig nykter går han upp till gården för att be mor Stina klippa hans hår som hänger ner över ögonen. Hon blir förvånad när han kommer, men tar omedelbart till saxen och inleder arbetet.

"Var är Magda ikväll när hon inte syns till", frågar Jakob efter att han suttit och iakttagit nattandet av Elnas småttingar.

"Hon skulle visst ut och träffa någon vän ikväll, jag har väntat hem henne en god stund redan. Men hon är i den åldern nu att hon börjar söka sig ett eget liv, så vi får ha lite tålamod. Kanske de unga har dans någonstans ikväll", svarar Stina. Hennes trygga röst och ringa oro smittar av sig på Jakob och han nickar nöjt.

"Vad är det du har tvättat dig med Jakob, du doftar väldigt speciellt ikväll? Nästan som självaste skogen."

"Stämmer bra det, Stina. Jag tog ett bad i bäcken och gned mig med mossa. Jag var väldigt ofräsch kan jag erkänna. Det har smakat alldeles för bra med brännvinet på sistone. Jag vet inte vad jag ska ta mig till, men en sak är säker och det är att jag inte vill bli en fyllgubbe. Men jag är ingenting mera och jag känner mig oerhört vilsen och överbliven efter allas död", säger han med blicken i golvet och sökande efter tröst och visdom av Stina. Stina står länge tyst och ser på honom med en blick som till sist svämmar över. Tårarna rinner sakta ner för hennes kinder, men hon stryker snart bort dem med en bestämd rörelse.

"Ja du Jakob, om jag ska vara ärlig, så visst har det varit ett helvete. Alla dina närmaste som dog, Alfred som drog iväg och staden som brann. Hur ska man orka med det och hållas både hel och nykter?" svarar hon och stryker honom varmt över ryggen. Han har inget svar på hennes fråga, men hon väntar sig inte heller något svar.

"Hädanefter, varje gång du känner att det är dags för en sup, så kommer du till mig så ska du få av Elnas te. Jag kan också brygga färdigt så att du kan dricka av det om nätterna, när oron faller på. Om morgnarna kommer du direkt upp hit och äter bröd med te. Det är en order", säger hon häftigt och för att han säkert ska förstå att hon menar vad hon säger, stampar hon en gång i golvet så att det skallrar i faten på hyllan.

"Ja-a, då säger vi det, Stina. Jag behöver nog hjälp nu. Men säg inget till Magda, jag vill inte att hon blir besviken på mig."

När diskussionen har avslutats och de har fått i sig både te och torkat rågbröd med ost, är han på väg att gå hem för att lägga sig till sängs. Men på vägen ut stannar han till framför den tudelade spegeln. Han står och ser på sitt klippta hår, sin rakade haka och de mörka påsarna under ögonen. Han ser ut som en gammal, sliten gubbstrutt. Han känner sig även som en sådan. Han grinar med läpparna och studerar sina tänder. De var en gång vita och starka, nu är de gulbruna och han har en ful glugg efter en rutten tand.

Jakob vandrar sedan långsamt över gårdstunet. Sommarkvällen är vacker, stilla och blå. Han stannar ett ögonblick och blickar ner läng vägen. Han ser åkrarna, ängarna, skogsbrynet och sågen. Men han ser inte Magda. Han suckar tungt och undrar var hon är och varför hon inte kommer. Efter ett kort besök på uthuset går han in för att försöka få välgörande sömn. Han måste göra bättre ifrån sig på sågen imorgon.

Jakob hinner bara somna, känns det som i alla fall. Han sover en djup och drömlös sömn när han motvilligt återgår till vaket tillstånd. Det är med stort motstånd hans hjärna vaknar till liv.

"Va fan...", mumlar han sömndrucket och försöker förstå vem som stör honom. Han utgår dock från att det är Magda. Men det är mor Stina som står och ruskar honom i axeln.

"Jakob, vakna", uppmanar hon honom med stark röst.

"Ja, sluta, jag är vaken. Vad är det nu, det är ju mitt i natten", svarar han surt.

"Det är Magda, hon har inte kommit hem. Du som är far hennes får bestämma vad vi ska göra. Ska vi åka och söka eller väntar vi på morgondagen?" frågar hon och stirrar stint på honom. Jakob vet varken ut eller in på sig själv.

"Men hur ska vi hitta henne mitt i natten, var ska vi söka? Jag har ingen aning Stina. Du som är kvinna vet väl bättre än jag om hon skulle hitta på något dumt", försöker han.

"Magda är inte den typen som hittar på dumheter, men hon har också rätt få vänner. Därför vågar jag inte lita på att hon övernattar hos någon flicka. Jag vet inte, Jakob, men jag är rädd. Hon har inte gjort så här förut."

Jakob bara stirrar framför sig, han ser att en spindel spunnit ett sirligt nät i den lilla fönstergluggen och fångat en fluga till skrovmål.

"Nåväl, det är inte många timmar kvar till morgonen så vi väntar tills dess. Men om hon inte är hemma till tio, sänder vi drängen in till torget för att höra sig för", besluter han.

"Ja, vi gör så då", svarar Stina. Hon håller handen över munnen, biter ihop tänderna och skakar på huvudet när hon går ut genom den lilla dörren. Det hörs ett ljudligt gnissel från torra gångjärn när hon skjuter upp dörren.

Jakob sitter en god stund med benen under bolstret och grubblar. Det gräver i magen av obehag. Han har bara Magda kvar. Efter en hård kamp förlorar den förnuftiga Jakob. Han går tveksamt fram till kommoden och plockar fram sin ovän i nöden, för flaskan till läpparna, stannar upp, lägger bort den, men tar sedan hastigt tag i den igen och dricker några giriga klunkar. Han ska bara ta lite. Men han tar slutligen några klunkar till och snart är flaskan tom.

Men han vill inte vara sämre än att han går till sågen på utsatt tid. Jakob berättar inte för Sven om Magda och han lyckas väl med att skyla över hur mycket han har druckit denna gång.

De startar sågen, som vanligt. Jakob lägger an första stocken och står sedan och matar in stocken i sågen medan Sven står och tar emot bräderna i andra änden. Jakob tappar koncentrationen, stocken kärvar och han går för att ge den en knuff. Istället för att ta till brytredskapet för att åter få stocken på rätt köl, använder han, i ett okoncentrerat ögonblick, handen. Det går blixtsnabbt, men ändå sker allt som om det gick en evighet. Jakob känner att den handskbeklädda handen fastnar i en kvist och han hinner inte dra undan handen när sågklingan gör det som den ska. Obarmhärtigt sliter klingan itu det som matas in. Denna gång sliter den inte enbart av stocken utan även Jakobs lillfinger på vänstra handen. Han flyger som skjuten ur en kanon och landar på ryggen och blir liggande utan att säga ett ord. Han håller om sin hand och känner hur medvetandet glider bort i ett töcken.

5
Sommaren 1857

När Sven ser vad som händer med Jakobs hand flyttar han sig blixtsnabbt över golvet. Eftersom Jakob inte längre sitter fast i sågen gör han sig ingen brådska med att stänga av maskinen och stanna klingan. Han hämtar istället korgen med förbandstyg som alltid finns på sågen och han arbetar sedan metodiskt. Han har arbetat på en såg hela sitt liv och det är, tyvärr, inte första gången han ser en hand eller ett finger bli förlorare i mötet med en snurrande sågklinga.

Sven tar tag i Jakobs arm och håller den rakt upp. Sedan knyter han ett band runt handleden för att stilla blodflödet och först efter det vågar han långsamt dra handsken av den sargade handen. Han kan inte direkt avgöra om enbart lillfingret är avsågat eller om även nästa finger lossnat helt. Men lillfingret är inget att fundera på eftersom handskens finger inte längre sitter fast vid resten av handsken, det är borta och han får inte ens ögonen på var det är. När han fått av handsken kan han konstatera att ringfingret sitter fast men att det är ganska sargat. Det är ingen våldsam blödning ännu, dels för att Sven har vidtagit åtgärder men också på grund av chocken.

"Så var du full ändå, din arma odåga", säger Sven till Jakob medan han arbetar, väl medveten om att han talar för döva öron.

Först häller han brännvin över såret och putsar lite hjälpligt med en tygtrasa. Sedan tar han en lång rulle med tyg och lindar såret för att förhindra en kraftigare blödning senare. När Sven är klar tar han bort den hårda knuten och knyter istället lösare om handleden och gör sedan en liten ögla som går över nacken, så att handen ska hållas i ett upprätt läge.

När Sven arbetat klart stänger han av maskinen och springer till Karlssons gård för att hämta hjälp. Han springer ut och in i flera dörrar innan han hittar en dräng.

"Du måste fort spänna en häst för kärran och komma och hämta Jakob; han har skadat sig på sågen!", säger han och andas tungt efter språngmarschen.

Drängen agerar direkt. Sven hoppas att Jakob fortfarande ligger avtuppad eftersom han blev tvungen att lämna honom ensam. Sven har aldrig sett det gå så långsamt när en häst blivit förspänd framför en kärra och han tappar snart tålamodet och springer tillbaka mot sågen. Han andas ut när han når fram och ser att Jakob ligger exakt som förut. Med ens slår det honom att det förstås också kan betyda att gubben är död.

Sven slänger sig ner bredvid Jakob och försöker hitta livstecken hos honom. Då ser han en grov åder på halsen som pulserar och lugnar ner sig och ids inte försöka väcka honom.

När kärran anländer börjar männen fundera på hur de ska göra för att flytta Jakob. De väljer en rejäl planka och lyfter varsamt upp Jakob på den. Sven kontrollerar att handen hålls på plats och sedan tar männen i för kung och fosterland, för att orka lyfta både plankan och gubben samtidigt. När de går ner för sågverkstrappan glider plötsligt Jakob iväg och utan att männen hinner reagera dimper han i marken.

"Förbannat!" utropar Sven, och drängen ser på honom med höjda ögonbryn och förebrående blick. Men smällen får Jakob att vakna till och han sätter sig yrvaket upp.

Jakob begriper inte alls vad han gör där sittande på marken. Han är fortfarande bedövad av brännvin och mycket omtöcknad av det som hänt. Han har inte en blekblå aning om att han nyss har sågat av sig ett finger – ett finger som han behöver i sitt arbete.

Sven tar tag under armarna och lyfter upp honom. Jakob samarbetar lydigt, men inser fortfarande inte helt vad som händer. Sven och drängen lägger honom i kärran och Sven sätter sig ner invid Jakob medan drängen manar på hästen och kör iväg mot hemmet.

"Det gick riktigt illa det där hördu, men värre kunde det ha varit. Jag har sett folk som förlorat hela handen också", säger Sven till Jakob för att bryta tystnaden. Sven har inte insett att Jakob är lyckligt omedveten om skadan som har skett.

"Vad sade du, förlora handen...", inleder Jakob och försöker sätta sig upp. På samma gång märker han att handen är knuten runt halsen. Han rycker i bandet. Av de knyckiga rörelserna börjar det göra ont. Sven försöker pressa ner honom tillbaka i kärran.

"Nää, nä, låt mig vara ifred. Vad är det som har hänt", sluddrar Jakob. Han håller på att förlora medvetandet, mer på grund av rädslan och chocken över vad som har hänt, än av själva förlusten av ett finger.

"Minns du inte, du stack in handen i sågen och sågade ett finger av dig på klingan. Din dumbom!" morrar Sven till svar. Men nu svarar inte Jakob längre.

När de når gården hoppar Sven av kärran och springer in i köket. Han ber pigorna hämta ett lakan. I samma veva dyker mor Stina upp med en undrande min. Sven förklarar snabbt vad som hänt. Färgen viker från Stinas ansikte och hon delar vant ut uppgifterna till pigorna. De lyfter över Jakob på lakanet och männen bär in honom i det. De lägger honom på ett hastigt framlagt bolster på golvet i salen. Ragnar dyker upp i dörren och kräver att få veta vad som har hänt. Sven berättar. Han utesluter inte faktumet att Jakob var full på arbetet.

"Jag kan inte arbeta på en såg med en fyllgubbe, vi måste få dit någon annan", avslutar han.

"Men det är nog säkert bara en gång, eftersom Magda inte har kommit hem i natt, han var så orolig för henne. Han tog sig säkert ett par supar för att lugna ner nerverna lite tills han får veta att hon är säkert hemma igen", försvarar Stina honom. Ragnar gapar och spärrar upp ögonen.

"Kom inte flickan hem? Och ingen har sökt efter henne? Men vad är det här för hönseri!? Ni måste tala med mig om sådana saker, jag är fortfarande husbonde i detta hus och det är jag som besluter liknande saker!" Därefter svänger han på klacken och lämnar rummet. Kvar är Sven, Stina och ett par pigor.

"Måste vi sända efter läkare?" frågar Stina men svarar sedan sig själv. "Fast läkarna kommer sällan vad än som händer."

"Ja, jag tycker att vi försöker i alla fall", svarar Sven.

"Jag går ut och pratar med en av drängarna, om han kan åka", fortsätter han och stegar ut ur rummet. Men Svens tankar sysselsätter sig mest med upplysningen om att Magda inte kommit hem i natt. Han känner en svår obehagskänsla välla upp i bröstet.

Stina hukar sig ner bredvid Jakob. Hon baddar hans svettiga panna och ser på en åder på halsen att hans puls slår fort.

"Men lilla Jakob vännen, vi var ju överens du och jag. Du skulle inte dricka starkt och du skulle sköta ditt arbete. Hur blev det nu så här då? Och hur ska du klara dig utan finger? Hur går det när du ska arbeta som skomakare? Var det för det där med Magda som du drack? Ja, hon är inte hemma än, flickstackaren. Jag ska piska upp henne så hon är gul och blå när hon kommer hem. Såhär gör man inte mot gammalt folk, tösabiten. Hon ska få lära sig veta hut. Hon är ju nästan som min egen och hon är så viktig för de små", maler Stina på i en oavbruten harang.

Sven återvänder snart och berättar att drängen åkt iväg. Då vaknar Jakob igen. Han rör inte på något annat än ögonen. Sven berättar. Han berättar precis hela historien och Jakob avbryter honom inte heller. När han har berättat klart sneglar han ner på den blodfläckiga lindan. Sedan harklar han sig.

"Har Magda kommit hem än?" frågar han och söker Stinas blick. Hon önskar att hon kunde ljuga, men hon har inte hjärta att göra det.

"Nej Jakob, Magda syns inte till. Men inget bud har heller kommit så allt är säkert väl med henne. Om hon inte är här innan det är dags för mat sänder vi arbetsfolket att söka efter henne.

"Ja, jag önskar att ni kunde göra det redan nu. Det är något som inte stämmer. Jag känner det inombords, att något har hänt. Jag kan inte förlora min sista flicka. Då kan ni lika gärna såga huvudet av mig också för då vill jag inte leva längre", säger Jakob med svag röst.

"Vila du så tar vi hand om detta", tröstar Sven och klappar Jakob tafatt på huvudet. De går ut i köket, där Ragnar sitter och väntar.

"Vi måste göra något", säger Stina upprört, medan hon sysslar med att koka kaffe och ställa det hårda rågbrödet och smör på bordet.

De sitter sedan och planerar och funderar på vad de kan göra och spekulerar vitt och brett om vad som månntro skett och var Magda kan hålla sig gömd.

"Det är bara det som bekymrar mig, att hon inte är den typen av flicka som håller sig gömd för oss och inte heller den typen som inte kommer hem till natten. Därför är jag skräckslagen för vad som kan ha hänt henne", säger Stina medan hon vaggar från sida till sida på sin stol och håller sig för bägge tinningarna. Ingen av männen svarar på det hon nyss sade. Hennes tankar avbryts av att någon bultar på dörren.

* * *

Magda vaknar till sans när den nya dagen gör sig påmind. Daggen ligger som ett vått täcke över henne, måsarna skriar ut sin hunger och längtan efter fisk och solen sänder sina morgontrötta strålar över horisonten vid det spegellugna vattnet. Det är ett vackert ställe att vakna på. Med filten över sig är Magda inte ens särskilt kall. Det tar flera sekunder innan verkligheten når Magda efter att hon har vaknat. Hon är bakfull och huvudet är fyllt med gungfly och hon mår riktigt illa. Vartefter hon kommer till sans inser hon sakta men säkert hur illa ställt det är med henne. Hennes klänning är sönderriven, hennes underliv är söndertrasat, hennes läppar är sönderbitna och hennes självaktning är bruten i minsta beståndsdel. Tårarna rinner långsamt ner för kinderna, men hon rör inte på sig. Hon ligger kvar under filten med ömsom slutna ögon och ömsom blickande ut över vattnet. Hon överväger att gå ut i vattnet och dränka sig. Men hon är inte mogen för det.

Villrådigt sätter Magda sig upp, ser sig omkring och hoppas att hon inte syns ifall någon går förbi. Även om hon förtvivlat behöver en hjälpande hand känns det alltför pinsamt att någon ska se henne i detta tillstånd.

Tungan känns torr och tjock, hon försöker smacka för att få mer saliv i munnen, men det hjälper inte. Slutligen sveper hon filten om sig och söker sig länge in mot skogen i en enslig glänta med tjockt sly. Hon tränger sig genom slyet ner mot strandkanten, kvistarna rispar henne i ansiktet. Där klär hon av sig sina trasiga kläder.

Hon tvekar länge men ser sedan ner över sin nakna kropp. Hon är sig lik förutom att hon har blåmärken på armarna efter att ha blivit fasthållen och låren är nersmetade med allehanda smuts och mörka fläckar som hon kan anta är blod.

Hon vadar sedan långsamt ut i det svala vattnet. Det omsluter henne varsamt men häftigt och sänder kalla kårar längs med hela kroppen. Hon fortsätter att gå – slår en tå i en sten – tills vattnet når henne över brösten. Då stannar hon, doppar ner håret och ansiktet under ytan och gnider både huden och håret. Hon gnider sig över hela kroppen och när hon är klar lägger hon sig att flyta. Där ligger hon och flyter tills ljudet av röster når henne. Då spritter hon till för hon inser att det enda som syns av henne är ansiktet och brösten. Hon vadar långsamt mot land, medan hon håller kroppen under vattnet.

Sedan sitter Magda naken och fryser inne i buskaget medan hon väntar på att torka. Utgående från solens plats antar hon att klockan snart är sju på morgonen. Hon inser att hennes far och Karlssons saknar henne och hon undrar om de sökt eller söker efter henne.

Efter en god stund börjar hon plocka i sina kläder. De är både smutsiga och trasiga, men hon måste ohjälpligt ta sig hem i dem, några andra har hon inte. Hon sliter och drar i kläderna och håret, hon hittar inte huvudduken att gömma sig under och hon inser att det enda hon kan göra är att dra filten kring axlarna och försöka se ut som om det är meningen att hon ska vara klädd så.

Sedan vandrar Magda till platsen där hästskjutsen mot gamla Wasa stannar. Hon väntar en god stund. Hon vet inte om hon ska hoppas på att det är Helge som kommer eller ej. Med honom kan hon få åka gratis, men å andra sidan ställer han säkert många frågor. Och han har dessutom sett när Sören mötte henne.

När hon hör ljudet av hästhovarna syns kärran ännu inte. Hon känner ilningen i kroppen och det sjunger i huvudet av den skenade pulsen. Plötsligt känner hon att hon borde få uppsöka ett avträde när magen nervöst svänger sig ut och in. Men går hon sin väg nu stannar kan det hända att skjutsen inte stannar så hon står kvar och försöker ignorera den trängande nöden. Snart svänger hästen fram bakom ett buskage och Magda känner igen Storen där han kommer i maklig takt.

Hon börjar gråta när hon ser det ytligt bekanta ansiktet hos Helge. Hon suckar lättat när hon ser att det inte sitter någon annan än Helge på kärran denna morgon. När han stannar bredvid henne säger han inte ett ord men han iakttar henne oavbrutet medan han stiger ur kärran och kommer fram till henne. Han står några sekunder framför henne, utan ett ord lägger han sedan varsamt armen om henne, lyfter henne upp på kuskbocken, sätter sig bredvid, tar tömmarna och kör iväg. Fortfarande utan att säga ett ord. Magda säger heller inget, men tårarna rinner ner över kinderna och droppar ner på den gråa, orena filten.

"Har du vatten?" frågar hon med sprucken röst när hon känner törsten slita för svårt i strupen. Helge böjer sig ner och gräver fram en flaska som han ger henne. Hon dricker girigt till en början medan hon njuter av svalkan och lindringen i de sista klunkarna.

När de når marknadsplatsen i gamla Wasa åker han förbi torget och fortsätter upp längs med Torggatan.

"Var skall jag köra, visa vägen till ditt hem", säger Helge kort.

"Nej, inte ska Helge köra mig hem, det är helt onödigt, jag kan nog gå", säger hon lamt, men vet att han inte kommer att lyssna på henne.

Hon hade tänkt slinka in på gården och gömma undan det som har hänt henne utan att berätta någonting för någon. Det skulle bli hennes egen hemlighet och skam. Men eftersom han insisterar på att köra henne hem inser hon att det inte kommer att lyckas. Motvilligt visar hon vägen för Helge och han kör. De kör förbi sågen, men där är – märkligt nog – tyst denna dag. Vad kan det komma sig av, hinner hon fundera.

När de kör in på gårdstunet framför den stora mangårdsbyggnaden är det ingen som springer emot dem, som Magda hade väntat. Den enda som kommer fram med fart är hunden Bosse som hoppar och skäller när han får syn på henne. Hon klättrar av kärran och Bosse tar emot henne, han stillar sig snabbt och trycker upp nosen i grenen på henne och snusar som besatt. Till och med Bosse förstår vad som har hänt, tänker hon strävt.

Helge stiger också av kärran och går sedan med bestämda steg upp mot dörren på huset och bultar på med sin grova näve. Magda står kvar nere på gården och smeker Bosse över de lena öronen. Han ser på henne med ledsna ögon och sitter blickstilla.

Snart öppnar en av pigorna och Helge ber att få prata med husbonden. Pigans blick växlar flera gånger mellan Helge och Magda innan hon svänger om och går sin väg. Magda funderar på vem som ska dyka upp i dörren. Så dyker Ragnar, Alfreds far och gamla husbonden, upp – den person som Magda minst väntade sig se.

"Ja, vad är det som står på, vad kan jag göra för herrn?" frågar Ragnar hövligt när han får syn på Helge. Han har håret på ända och ser spänd ut.

"Jag har hittat en fröken längs vägen som jag förstår hör till hushållet, hon behöver nog hjälp. Hade hon själv fått välja skulle hon ha smugit in som en räv om natten, men jag vill se rättvisa skipad", svarar Helge och gör tillika en svepande gest mot Magda. Först då får Ragnar syn på Magda och han rycker till.

"Herre min skapare!?" utropar han och tar sig klumpigt ner för de få trappstegen och kommer fram till henne. Han tar henne i en öm armkrok och leder henne mot huset. Magda gör inget motstånd och säger heller inget.

"Herrn följer med in", kommenderar han Helge.

"Ta hand om hästen!" ropar han över axeln till en dräng som kommer lunkande.

* * *

Magda stiger över tröskeln med flackande blick och ont överallt. Hon väntar sig ovett av sin far, utskällning av mor Stina och att det ska bli ett oherrans liv innan alla ger sig av för att söka efter mannen som gjorde detta mot henne. Men istället är det knäpptyst i huset och Stina dyker inte ens upp i köket. Ingen mat står och puttrar på hällen och barnen sitter för sig själva på köksgolvet och leker med djuren utskurna ur trä som Ragnar har täljt åt dem.

"Sätt dig ner här", kommenderar Ragnar henne och pekar mot soffan i furu. Hon slår sig ner utan att yppa ett ord. Ragnar går in i sovkammaren, stänger dörren efter sig och hon hör röster som mumlar. Magdas tankar vandrar och hon går genom det som hänt om och om igen. Det gör ont ända in i själen.

För att dämpa oron och smärtan kniper hon tag i den randiga yllefilten som ligger i soffan. När det inte hjälper tar hon tag med naglarna i huden på insidan av handen och nyper med sådan kraft att det knäpper till när naglarna går genom huden och möts innanför skinnet. Hon släpper inte taget utan låter känslan klinga genom kroppen och hon njuter av ekot av smärtan som studsar genom henne och får henne att glömma det andra onda för några ögonblick.

Hon märker plötsligt att Helge står innanför dörren med blicken ut mot rummet och sammanpressade läppar. Hjälplöst rycker hon på axlarna mot honom och himlar med ögonen.

Då öppnas dörren till kammaren och ut stiger både Stina och Ragnar. Det är Ragnar som tar till orda.

"Herrn får slå sig ner vid bordet och berätta för mig vad han vet om det som uppenbarligen har hänt med tösen. Magda får gå in i kammaren med Stina. Det finns fler dåliga nyheter på denna ondskans dag som aldrig borde ha fått gry", säger han bestämt medan han går fram emot Helge. Han sträcker fram sin hand.

"Goddag, jag heter Ragnar och jag äger denna gård. Magda bor här, men vi är inte släkt.

"Ja, goddag, jag heter Helge och jag arbetar som kusk mellan Klemetsö och gamla Wasa. Jag kör hästskjuts alla dagar ett par gånger per dag Nu har jag avvikit från mitt arbete för att assistera lilla fröken här", svarar han medan männen skakar hand och nickar. Ragnar går före in mot köket och pekar på en stol till Helge.

Under tiden går Magda med släpande steg in mot kammaren, totalt oförberedd på vad som kommer att möta henne. När hon får syn på sin far drar hon häftigt efter andan och drabbas av en hostattack. De båda stirrar på varandra en god stund utan att någon av dem förmår vara den första som frågar. Stina räddar dem och med sitt babblande.

"Din far har varit med handen i sågklingan idag. Han har mist ett finger, men det var inte värre än så. Han kommer att kunna både arbeta och sköta gård och hus trots skadan. Det var en olycka, han var säkert lite trött för vi hade väntat och vakat när du inte kom dig hem. Vi har varit väldigt oroliga."

Hon slutar prata och förväntar sig tydligen att Magda ska säga något i sin tur. Men Magda kommer inte på något att säga, eftersom de tydligen vill att hon ska säga något till tröst. Hon skulle vilja sjunka ner på bädden invid sin far och gråta ut vid hans sida, utan att få några frågor eller kommentarer, men den lindade handen hindrar henne. Liksom faderns fårade ansikte. Han ser ut som om han åldrats tio år sedan hon senast såg honom. Eller sedan hon senast studerade honom. Hon har inte riktigt sett honom sedan Elna dog. Hon var kittet som höll ihop dem.

De blir avbrutna i den pinsamma tystnaden av att Ragnar kallar på henne. Hon vänder tacksamt på klacken och går tillbaka in till köket.

"Sätt dig, nu är det dags att berätta vad i fridens namn du sysslat med. Smyger omkring om nätterna. Det är ju som om du skulle be om att råka i olycka", säger Ragnar ilsket. Han avslutar med att spotta en stor loska i en av kopparna som står vid diskbaljan, innan han sätter sig ner.

Magda har försökt bygga upp en passande lögn som skulle låta bättre än sanningen, men hon inser att den blir svår att ta till. Helge som vet mycket väl när hon åkte, vem som mötte henne samt när och hur han fann henne, sitter där i köket och berättar allt han vet. Eftersom Magda inte orkar berätta tar Ragnar vid igen.

"Nu råkar det vara så lilla fröken att Helge här har berättat allt han vet för mig och jag vet att du åkte olovandes till Klemetsö och att du där möttes av en rikssvensk. Och att Helge fann dig övergiven i ett ynkligt tillstånd nästföljande morgon. Med tydliga tecken på att någon våldfört sig på ditt yttre. Vad har du att säga om detta? Jag kräver att du berättar vad som hände dig mellan den tiden som Helge lämnade av dig och plockade upp dig!" Sedan spänner han en mörk blick i Magda. Hon känner kalla kårar längs ryggen, håren reser sig på armarna och underlivet bultar och ömmar. Hon harklar sig.

"Ja herr Ragnar, jag är skyldig er alla en ursäkt och Helge är jag skyldig ett tack", säger hon och tystnar igen. Drar andan efter en stund, men istället för att prata stiger hon hastigt upp från bänken och springer ut ur huset.

Hunden Bosse hakar på henne och tycker det är en underbar lek när hon springer över ängen in i skogen. Direkt hon inte ser huset längre sjunker hon ner i mossan. Hon begraver ansiktet i kjolen mellan de uppdragna knäna och hon håller om sina ben. Hon gråter högljutt med ansiktet begravet i kjolen tills hon känner en tyngd mot sin axel som hon måste undersöka. Det är Bosse som trycker sig så hårt mot henne att hon nästan tippar omkull. Han sitter blickstilla med blicken riktad rakt fram och han rör inte ens på svansen. Sitter bara där. Snart sitter hon likadant. Med blicken rakt fram.

"Ja du Bosse, så jag har ställt till det för mig. Och det är mitt fel att far sågade sig i handen. Allt är förstört och allt är mitt fel", säger hon anklagande. Bosse rör inte på sig.

När de suttit en god stund, med magen kurrande stiger hon till sist upp, klappar hunden och går tillbaka mot stugorna. Hon slinker in i fars stuga, på jakt efter något att äta i frid och ro, utan Karlssons anklagande blickar. När hon stiger in i stugan sitter far vid det lilla matbordet, framför sig har han en flaska med en klar dryck. Magda rycker till, hon hade trott att han skulle ligga kvar inne hos Karlssons.

"Jaha du Magda, det var en rejäl soppa vi ställt till med idag, du och jag.

Jag vet inte hur vi ska reda upp det här. Nej, det vet jag inte", säger fadern till henne, med håglösa anletsdrag och den sargade handen uppbunden på bröstet. Hon rotar efter något att äta och dukar fram mjölk, bröd, kall kokt potatis och en bit korv. Hon äter utan att fråga om fadern vill ha, trots att han inte kan använda sin ena hand. Bosse ser bedjande på henne tills han får en potatis.

Fadern för plötsligt en flaska till munnen och på sättet han dricker inser hon att det är brännvin i den. Hon drar häftigt efter andan. Sedan när har far börjat sitta i stugan och halsa brännvin direkt ur flaskan? Sådant beteende för aldrig något gott med sig. Då slår tanken henne.

"Far, inte hade du väl druckit när olyckan hände?" frågar hon med en röst som nuddar vid den högsta tonen. Han ser på henne med en svårtolkad min, mungiporna nerdragna och ögonbrynen skjutna upp i pannan.

"Jag berättar sanningen för dig, om du berättar sanningen för mig", säger han.

"Visst, men du först", svarar hon.

Då berättar Jakob om hur han inte druckit mycket och inte länge heller, men att han märkt att det tar udden av hopplösheten. Mot saknaden. Mot hatet han hyser mot sågen och dess ljud. Magda lyssnar och allt sjunker långsamt in. Hon känner likadant, men hon har inte kommit på tanken att trösta sig med de starka dropparna som tär på sinnet. När fadern tystnar och det blir Magdas tur, vet hon inte hur hon ska inleda och ber därför att få ta en paus och gå på dass. Timmen är redan sen.

När hon kommer ut från dasset står hennes far invid husväggen och krånglar med byxorna. Hon hör hur han svär och mumlar. Hon stannar upp och vet inte riktigt vad hon ska göra. När han inte kommer sig därifrån känner hon sig tvungen att fråga.

"Far, vad står på?"

"Nå, jag har pissat och nu har byxorna hasat ner och jag får inte upp dem och in grejerna innanför byxorna samtidigt som jag drar upp dem, när jag bara har en hand. Jävlar!" Han slår ut med armarna o byxorna faller ner till fotknölarna. Han väser och morrar, böjer sig ner och försöker igen.

Magda försöker hejda skrattet samtidigt som hon pratar, men det lyckas inte särskilt bra.

"Jaha, far, ska jag hjälpa dig med att dra upp byxorna, jag är ju van vid barnen", säger hon krystat med återhållet skratt i rösten. Fadern svarar inte utan står kvar och gungar på höfterna med lysande vita skinkor i vädret. Hon väntar.

"Ja, för fanken, du får nog lov att hjälpa mig nu", säger han till sist, Medan han fortsätter att upprepa alla fula ord och svordomar som han kan komma på.

Hon går fram till fadern, ställer sig bakom honom och tar tag om hans byxor och drar upp dem. Hon får lirka lite när byxorna fastnar, men hon vägrar bestämt se vad som hänt, för det anar hon sig till. När byxorna är på plats ber hon honom vända sig om. Hon spänner snabbt fast svångremmen om honom. Han slutar äntligen att svära.

När de kommer in tillbaka är det dags för henne att berätta sin historia. Jakob bara hummar och svär emellanåt, men han avbryter inte. Han fördömer inte. När hon berättat klart, förutom de mest pinsamma detaljerna, mår hon illa och springer ut och häver ur sig maten hon just plockat i sig. Fadern följer inte efter henne utan väntar tålmodigt tills hon kommer in tillbaka. När hon satt sig ner säger han rakt på sak:

"Om du kommer med till polisen och berättar allt detta för dem och hjälper till med en utredning, så lovar jag att sluta dricka." Hon nickar bara till svar.

När de pratat färdigt går hon och lägger sig medan fadern går upp till storstugan.

Nästa morgon bänkar sig Ragnar, Jakob och Magda i kärran och kör till polisen. Där redogör hon igen för allt som hänt. Men poliskonstapeln är inte lika finkänslig som fadern var, utan frågar och vill ha detaljer om allt. Magda berättar med brännande kinder och svetten rinnande längs kroppen hur hon kämpade emot, men hur han ändå lyckades tränga sig på. Polisen skriver en rapport medan hon berättar och ibland är hon tvungen att upprepa sina ord när han inte hinner med. När förhöret är klart berättar polisen.

"Vi har haft problem med de svenska arbetarna. Inte många, men några av dem. De har använt starkvaror, rumlat runt och stört friden och nu är detta det andra fallet med en liknande incident. Det låter som om det kunde handla om samma man, för även i det andra fallet hade han matat i henne brännvin och utnyttjat henne på en filt i ett buskage. Den mannen har vi inte fått tag på än, men vi arbetar på det. Nu fick vi ett bättre signalement eftersom också hästkusken hade sett mannen", sa han.

De stiger upp, skakar hand och besluter att Magda och hennes följe ska komma till stationen igen om tio dagar för att kontrollera vad polisen har kommit fram till. På samma gång kan polisen ställa fler frågor ifall någon fråga ännu är öppen. Sedan är det bara att åka hem.

Väl hemma släpar alla timmar sig långsamt fram. Det känns som om klockan stannat eller Gud stannat tiden. Ingenting som Magda tar i händerna eller försöker göra känns intressant. Allt har förlorat sin mening. Inte ens barnen lyckas stilla hennes sinne.

När hon sitter i köket, mitt under dagen när alla borde hålla på med sina sysslor, kommer mor Stina och sätter sig ner mittemot henne. Stina tittar på Magda en stund och harklar sig. Magda förnimmer Stinas brännande blick på sig och lyfter på huvudet och möter hennes blick.

"Ja mor?" frågar hon.

"Jo, det är så att jag har tänkt på något, eller det är en sak jag vill fråga. Men det känns inte bra och det finns inget bra sätt att fråga så jag måste bara kläcka ur mig, så får du tycka vad du vill", säger hon och håller sedan en kort tankepaus.

"Då du blev skändad. Vet du med säkerhet om den där mannen blev klar med sitt?" frågar hon utan att möta Magdas blick.

"Klar... vad menar du?" svarar Magda.

Stina rodnar, trots att hon är garvad och van.

"Jag menar om du vet eller märkte om han lade sin säd i dig, en ljus, kladdig vätska? Du kanske märkte det sen, när du steg upp om det rann något kladdigt ur dig?" frågar Stina sedan rakt på sak.

Magda bara nickar till svar först, för hon förmår inte prata. Men visst minns hon hur hon tvättade av sig kladdet i havet på morgonen. Då med ens slår det Magda, som trots allt är en upplyst flicka, vad Stina tänker på.

"Nej! Nej inte det också! Det har jag inte ens tänkt på!" utropar hon.

"När hade du din senaste rening?" frågar Stina.

Magda tänker efter ett ögonblick och svarar lite tveksamt.

"Den kommer ju inte regelbundet, men jag skulle säga att det var för cirka två eller tre veckor sedan.

"Du ska se att det ordnar sig med det, tösen min. Och om det inte gör det så ordnar vi något istället", säger Stina samtidigt som hon reser sig upp. Hon rufsar Magda moderligt i håret innan hon går ut ur rummet.

6
Sommaren 1857

Alfred står ute på däck när barken långsamt seglar genom den vackra skärgården utanför Wasa. Gossen Knut står bredvid honom. Först står de bara tysta, var och en försjunken i sina egna – vitt skilda – tankar, ackompanjerade av måsarnas skri. Det är en vacker augustidag, perfekt för ett bad i det glittrande havet. Men det lär inte bli tid för det. Alfred har varit borta över ett år och han har inte alls fått några nyheter hemifrån under denna tid och han har inte varskott någon om att han är i antågande.

Den sista etappen går långsamt, det är en förrädisk skärgård fylld av sten och skär. Mycket olik den åländska skärgården med klippor i röd granit insvepta av djupa vatten. Knut avbryter tystnaden efter en stund.

"Alfred, varför är klipporna gråa här när de är röda hemma på Åland?" frågar han. Alfred står först svarslös, men något måste han förstås säga.

"Ja Knut, det var det första jag tänkte på också när jag kom ner till era holmar och skär. Det enda jag kan komma på är att det måste vara en annan slags sten. Jag har provat och den känns lika hård och kall så det är nog enbart olika färger", svarar han för att ha något att säga.

"Jag tycker våra röda klippor är finare än era grå", konstaterar Knut.

"Ja, det kan jag hålla med dig om, de röda är verkligen mycket finare."

Snart når de hamnen i Brändö. Det tar lång tid innan skeppet lägger till och landgången är på plats. Alfred och Knut tar det först bara lugnt och väntar tålmodigt. Men snart blir de rastlösa och vill gå av båten och de börjar kommentera och pika dem som arbetar med att förtöja båten. De tystnar dock när en av matroserna skriker åt dem att hålla käft eller simma i land.

När det väl är dags, tar de sig hastigt i land medan de bär på den lilla packning de har. Alfred blir stående kvar på kajen, han är osäker på vad de ska ta sig till. Han noterar att det står "Nikolaistad" på skylten vid hamnen – inte "Wasa".

Vägen ut till den gamla staden leder inte genom den nya staden än, men han brinner av nyfikenhet att ta reda på huruvida det har byggts några hus sedan han åkte iväg för över ett år sedan. Alfred säger till Knut att de ska gå en bit för att se vad som sker. Han har ju redan tidigare berättat om branden och att staden ska flyttas.

De går sedan längs en ny väg som leder mot Klemetsö. Alfred går långsamt och begrundar ett bygge av enorm kaliber som pågår nere vid stranden i närheten av hamnen. Han kan inte begripa vad det kan vara som ska bli så stort. De möter en man iklädd en fin stass och mustaschen är välansad. Alfred harklar sig och stannar för att söka ögonkontakt med mannen.

"Ursäkta mig herrn. Jag undrar om jag kan få fråga vad detta bygge är? Jag har varit bortrest över ett år och finner nu detta högst uppseendeväckande bygge längs vägen och jag undrar vad det kan vara?" frågar han, medan han böjer lätt på huvudet och blickar upp.

"Ja visst, det går så bra så. Jag inleder med att önska herrn och sonen välkomna hem då."

"Man tackar ödmjukt", inflikar Alfred innan mannen fortsätter.

"Det är fabriksdirektör Levón som bygger en bomullsfabrik. Kanske herrn känner till honom sedan tidigare, han har bland annat en fabrik ute vid gamla Wasa?" svarar mannen.

"Jadå, jag känner väl till fabriksdirektör Levón. Men så ytterst speciellt med en bomullsfabrik här i landet, där ingen bomull odlas. Men vi får lita på att fabriksdirektören vet vad han sysslar med. Jag tackar och låter er i och med detta återgå till er promenad", säger Alfred och nickar till mannen.

"Goddag med er, jag önskar en fortsatt fin dag", svarar han och vandrar iväg i maklig takt med händerna bakom ryggen.

Alfred visar med en knyck på huvudet till Knut att de ska gå närmare bygget. Det är ett helt enormt hus de håller på att bygga, i vackert rött tegel. Arbetarna på byggplatsen måste vara närmare femtio stycken, det formligen kryllar av män. Alfred och Knut blir snart bortsjasade av en arbetsledare och vandrar vidare.

Då kommer de fram till nästa bygge. En bro mellan Brändö och Klemetsö. Den är inte klar ännu, men man kommer sig över. Det är den längsta bro som Alfred har sett i sitt liv och han berömmer bygget med många komplimanger.

Återigen stannar han upp för att prata – han som har tigit i ett års tid, nu för att fråga vad det är för system på bron när den är byggd i olika etapper. Han stannar bredvid en av brobyggarna.

"Hej, jag ber om ursäkt att jag stör. Jag är nyss anländ från en längre resa och finner detta brobygge väldigt spektakulärt. Får jag fråga, jag ser att den ena delen fungerar annorlunda. Hinner herrn berätta hur det är tänkt?" frågar Alfred.

Mannen rätar på ryggen och torkar svetten ur pannan.

"Nåväl, jag måste arbeta vidare, men några ord kan jag väl berätta. Bron ska bli 102 alnar bred med rum för trottoar på bägge sidorna. Det som gör bron speciell är att den östra delen av bron försetts med ett brolock som går att svänga åt sidan för att fartygstrafiken ska kunna löpa. Det är ett krävande arbete att bygga bron, men vi ska ha den klar innan fabriken på Brändö startar sin tillverkning", svarar han och vänder sedan bort blicken så Alfred inser att han vill bli av med dem. Han tackar för sig och de vandrar vidare genom byggarbetsplatsen.

När de närmar sig platsen som ska hysa den nya staden, Nikolaistad som det pratas om, råder det stor villervalla. Alfred och Knut går försiktigt fram genom de knaggliga, ofärdiga gatorna. De ser då att ytterligare ett stort bygge pågår invid vattnet. Men nu behöver Alfred inte fråga vad det är som byggs, eftersom han följde noggrant med skriverierna innan han åkte. Det är naturligtvis den nya hovrätten som byggs. Den som Setterberg ritat. Han kan inte förstå hur det ska bli ett ämbetshus av det kaos som råder där.

Det hörs på långt håll att det är många utlänningar som arbetar inom bygget. Bland arbetarna pratas det främst rikssvenska. Efter att paret har inspekterat nästa bygge börjar Knut knorra och sucka. Lämpligt nog har det grundats enstaka bagerier och handelsbodar i den nya staden, så de går in på ett bageri. Det är nytt och fint och doften av sött och salt får Knuts mage att göra sig påmind med ett ljudligt läte som får Alfred att skratta högt. De köper både nybakat rågbröd och sockrade kringlor som de får med sig inslagna i papper. Sedan går de in till handelsboden där de köper en liter mjölk. När de har handlat klart söker de upp en liten träddunge och sätter sig på en passande sten. Ingen av dem är van vid mängder med mat, så de äter inte upp vare sig rågbrödet eller sockerkringlorna i sin helhet.

Knut som inte fått smaka på en nygräddad sockerkringla förut äter den långsamt, tugga för tugga, och han njuter av sötman som sprider sig över tungan. Varje bit tuggar han på länge och grundligt innan han sväljer den långsamt. Han slickar sockret av fingrarna och runt munnen. Alfred kan inte låta bli att iaktta honom när han sitter och njuter, den lilla gossen som han kommit att hålla av. Det sticker till av dåligt samvete i honom när han tänker på sina egna barn, i synnerhet Lisbet som sträckt sina små armar upp mot honom så många gånger. Gossen, Elmer, känner han inte. Eller han har ju sett honom, men han har inte rört vid honom särskilt många gånger. Vilken usling han är! Han ruskar av sig vemodet och självförebråelserna och knuffar Knut i axeln.

"Vad säger du, är det dags för oss att ta oss ut till Runsor?" frågar han mer käckt än han känner sig. Men se den gossen går inte att lura.

"Om du är redo för det nu. Vi kan nog fortsätta se oss omkring någon dag för mig, jag tycker det är riktigt intressant", svarar Knut.

Alfred tänker efter. Det finns ju onekligen mycket att se och han har ju lite pengar.

"Ja visst, vi ser oss om ordentligt här i Klemetsö och åker sedan ut till gamla staden imorgon bitti. Då kan vi ju se oss omkring där också innan vi tar oss ut till Runsor till kvällen. Det känns som en riktigt bra plan, för då lämnar inget osett", besluter Alfred, med falsk glättighet. Han känner sig fruktansvärt nervös över att åka hem.

De vandrar omkring hela återstoden av dagen bland byggbråte, byggkarlar och viktiga herrar. Mot kvällen lägger de sig att sova i en inkvartering som en kvinna hyr ut per natt. Alfred ljuger och säger att Knut är hans son. Det är oroligt i Klemetsö den natten. Män som skrävlar och skränar på gatorna ända in på småtimmarna och Alfred och Knut ligger och vänder och vrider på sig i sängen de delar. Alfred sätter sig slutligen upp.

"Men som satan, hur mycket öl kan karlar egentligen pimpla på en arbetskväll! Tacka vet jag hederliga bönder, de förstår sig på arbete och plikter", säger han högt utan att egentligen prata med någon.

När det dunkar på dörren för väckning nästa morgon känner Alfred sig som om även han skulle ha druckit många öl. Snart påbörjar de sin färd med häst och kärra mot gamla Wasa. Kusken är pratsam och han berättar för dem om en grym episod som han hade varit med om för en vecka sedan. Något om en kvinna som blivit skändad av en av byggarna från Sverige. Alfred tycker att det är pinsamt att kusken pratar om sådant när han har med sig Knut och avbryter honom och frågar istället om hästen, den är stor och stark. Han tänker på Fjalar, fölet som föddes sommaren innan Lisbet kom till världen. Han har nästan saknat hästen mest av alla – eftersom hans fru Elna inte finns längre.

De hoppar av kärran vid marknadsplatsen invid västra porten och lasarettet. Det är marknad på gång och de vandrar ett varv mellan stånden. Alfred förväntar sig lite att någon från familjen ska befinna sig där. Kanske Magda. Men det visar sig att man på detta torg numera endast saluför tjära, trävaror och skogsprodukter. Han stöter på många bekanta, men han gör sitt bästa för att inte behöva prata med någon. Det finns alldeles för mycket att förklara.

Så inleder de vandringen mot den gamla staden. Alfred går långsamt – ändå slår hjärtat fort när han går och tittar sig omkring. Spåren efter branden för fyra år sedan är väldigt väl utplånade. Nu står det hus här och var. Fortfarande är många av dem mera ruckel än hus. De vandrar flera varv omkring och genom ruinerna av kyrkan och skolan.

Marknaden för kött, bakverk och husgeråd finns nu på kyrkotorget. Inte heller där träffar de på Magda. Alfred berättar för Knut vad hans fru Elna, var med om när det brann. Han själv var ju, trots allt, bara ute på ängen utanför staden när det hände.

Det har öppnats några varubodar och bagerier i kvarteren så de köper sig lite mat igen. De avnjuter maten på gräset bakom ruinen där Trivialskolan stod. Då slår det Alfred vad han vill göra. De ska gå och hälsa på Einar, som byggde upp sitt hus igen efter att han bott ute i Runsor hos dem efter branden. Han bor bara ett par kvarter söderut – om han är kvar i sitt hus förstås.

Medan Alfred och Knut vandrar genom de gamla, bekanta kvarteren pekar och berättar Alfred hela tiden. Det slår plötsligt Alfred att han inte heller vet hur det har blivit med Elnas far, Jakob, om han plötsligt bestämt sig för att flytta tillbaka till gamla Wasa. Därför ändrar han kurs och går en lång omväg förbi tomten där familjen Grönbergs hus stod. Men tomten är lika tom och öde som förut. Man kan till och med fortfarande se spåren av gropen som Elna och Jakob grävde när de sökte efter lilla Anna som brann inne i stadsbranden år 1852.

De når snart Einars hus. Det är ett litet hus men det ser välbyggt ut, till och med propert jämfört med många andra ruckel. Det hänger små gardiner i de två, små fönstren mot gatan. Därför drar Alfred slutsatsen att det numera också bor en kvinna i huset. Han känner pulsen stiga när de släntrar uppför gången mot huset. Han vet inte vad han ska säga och Alfred inser att allt han nu endast hittar på ett sätt att dra ut på hemkomsten.

Han ids inte dra upp dörren, som seden bjuder, utan han knackar på, ganska försiktigt. De väntar en stund, men ingen öppnar så han stiger ner från trappstenen. När de just börjar gå ner för gången kommer Einar fram från baksidan av huset.

"Hallå, vem där, söker herrn mig?" frågar han, med officiell röst.

Alfred vänder sig om och möter Einars blick. Det dröjer ett par sekunder innan Einar hajar till och känner igen honom. Men när han väl känt igen honom är han framme vid Alfred med ett par rejäla kliv. Alfred sträcker tafatt fram handen men Einar ignorerar den och omfamnar honom hjärtligt och kamratligt.

"Fan Alfred, jag trodde att du var förlorad", säger han sen med grötig röst medan han fortsätter att klappa honom på axeln. Alfred påverkas av Einars känslostorm och med ens får även han försöka svälja en klump som byggs upp i halsen.

"Kom in och berätta, hur är det med dig, var har du varit och vem är den unga mannen du har med dig?" frågar Einar i en enda lång mening. Han bubblar av frågor och nyfikenhet. Alfred hinner inte svara annat än med korta hummanden mellan frågorna. När de väl är inne slår de sig ner i ett ombonat, pyttelitet kök och Einar stökar med att koka kaffe. Han dukar även fram några skivor vit vetelängd på bordet. Alfred har drabbats av tunghäfta och vet inte var han ska börja, han ångrar med ens att han sökte upp Einar.

"Vad säger familjen när du äntligen är hemma igen?" frågar Einar för att bryta tystnaden.

"Jag kom just och har inte varit hemma ännu, vi är på väg ut mot Runsor efter det här besöket", svarar han förläget.

"Nej, nu skojar du med mig, kom du till mig innan du gick hem!?" utropar Einar. "Nå jag inser nog att det är ett stort steg och att du undrar. Men vad jag vet har allt bara gått bra borta i Runsor. Till och med sågen är i full gång, så du har inget att oroa dig över. Jag har besökt dem ute i Runsor med jämna mellanrum och jag har arbetat lite smått där medan du var borta – precis som jag lovade att göra som betalning för att ni gav mig husrum efter branden. I våras täljde jag närmare hundra nya höstörar till dem", fortsätter Einar.

Alfred andas ut en stor lättnadens suck.

"Det här är Knut, jag fann honom på en öde ö ute i Ålands skärgård, alldeles ensam och övergiven och utan båt efter att bägge föräldrarna dött. Vi beslöt då gemensamt att han skulle komma hem med mig. Snart får vi se hur han börjar trivas som landkrabba när han har bott hela sitt liv vid havet", berättar Alfred, samtidigt som Knut sträcker fram sin hand mot Einar och nickar artigt med huvudet när de skakar hand.

"Har du gift dig Einar eller varför ser här ut som ett fruntimmershus?" frågar Alfred.

"Nej faktiskt inte, men jag tycker om att ha det städat och fint runt omkring mig. Men om du har någon fin och passande kärring på lager kan jag gärna tänka mig att gifta mig när som helst. Det har bara inte blivit av för min del. Jag har väl för fult tryne, antar jag", svarar Einar med humor i rösten medan ögonen berättar om en helt annan upplevelse, nämligen känslan av att stå ensam.

De blir sittande ett par timmar och snart är det sen eftermiddag. Alfred hinner berätta om sina äventyr i det så kallade kriget som inte fanns längre när han väl kom sig med, hur Knut sköt mot honom och hur nervös han är över att komma hem. Innan de två gästerna släntrar iväg ner för gången för att inleda vandringen ut mot Runsor, skakar de hand och lovar att mötas snart igen. Kvällen gör sig redan påmind, det är en solig men blåsig och kall dag och både Alfred och Knut ryser när de stiger ut på trappen.

* * *

Amalia har kommit att längta allt mer intensivt efter dagarna när hon arbetar vid Missionssällskapet och assisterar den unga doktorn Matias. De pratar numera ganska förtroligt och hon känner att hon rodnar när de skrattar åt något tillsammans.

En morgon står hon och tittar ut genom ett av de höga fönstren mot den livliga gatan. Hon har redan gjort sig klar att gå, men står ändå kvar och reflekterar över livet. Liksom hon har gjort så många gånger förut under de senaste två åren. Hon vrider på sin vigselring. Den är inte lika blank som den en gång var. Hon känner sig kluven inför ringen. Den påminner henne om Carl, om att hon var gift, den korta men intensiva tid de fick tillsammans samt sonen som han aldrig hann se, innan hans skepp försvann när det var på väg till Amerika. Hon prövar plötsligt att ta av sig ringen. Den har bara varit från fingret några gånger förut sedan de gifte sig. Fingret känns tomt och ensamt och det syns en tydlig grop, formad som en ring, runt fingret. Hon känner på gropen och för med fingret längs med märket i huden och undrar hur länge det skulle synas om hon slutade använda ringen. Amalia är egentligen inte gift längre. Hon är änka och har varit det länge, men alla änkor hon känner – även om de inte är många i hennes egen ringa ålder om 24 år – går fortfarande med ringen på fingret. Med en djup suck trär hon ringen tillbaka på fingret och klär på sig hatt och sjal och beger sig iväg mot Missionssällskapet.

När hon kommer fram inleder hon med sina vanliga rutiner i köket och väntar på att bli kallad för att assistera Matias, men han dyker inte upp. När hon väntat en timme smyger hon iväg mot läkarmottagningen och hon hör på långt håll att det är en annan läkares röst som pratar bakom den stängda dörren. En mycket otrevligare och barskare man denna gång. Matias pratar alltid mjukt och med en positiv släng i slutet av sina meningar. Hon låtsas snart ha andra ärenden till föreståndarinnan för kvinnornas mottagning och passar på att flika in en diskret fråga:

"Doktor Matias är inte här idag, kanske han håller sommarferier?" samtidigt som hon står och viker linnehanddukar.

"Nej, det var visst något med doktorn. Jo, han skulle börja arbeta på ett riktigt sjukhus nu och kommer inte att komma hit längre", svarar föreståndarinnan. Hon ger Amalia en hastig, illmarig blick och fortsätter:

"Kanske fru Palmlöf kommer att sakna den unga, vackra doktorn? Jag kan säkert få fram hans adress, om frun känner att hon behöver kontakta honom. Det var visst så att fru Palmlöf är änka?"

"Nej, jag betackar mig för dylika kommentarer! Jag har bara varit väldigt förnöjd med att assistera under ingreppen, det är riktigt intressant och lärorikt. Den nya doktorn tycks inte vilja ha någon assistans", svarar hon med högfärdig röst, svänger samtidigt på klacken och går sin väg till ett annat rum. Harmen och besvikelsen bränner både i magen och på kinderna. Har det varit så tydligt för andra, men inte för henne själv? Och så slutar han från en vecka till en annan utan att säga ett ord. Nåväl, må så vara. Hon är en rik kvinna som inte behöver en simpel läkare till något.

När Amalia kommer hem besluter hon sig för att ordna en fest för sina närmaste bekanta på föräldrarnas sommarställe i Stockholms skärgård. Föräldrarna får åka därifrån och ta hand om lilla Edvin några dagar. Hon kontrollerar almanackan och slår fast att festen ska få bli den åttonde augusti. Hon gör upp en gästlista och utformar inbjudningarna. Gästerna ska naturligtvis få övernatta en eller två nätter. Det finns plats för cirka tjugo övernattande gäster i huset, det finns en gäststuga på tomten och några kan även bo på pensionatet i närheten. När hon planerat gästlistan klart, nämner hon festen för husan och ber henne göra ett förslag på olika måltider som de kunde äta, som inte är för komplicerade att tillreda. Sedan ska hon gå igenom förslagen, komplettera och be föräldrarnas kokerska planera för inköp och meddela hur stor personal hon behöver utöver de som redan finns. Tiden svischar förbi medan hon planerar och hon ser redan mycket fram emot festen.

* * *

En ny dag gryr hos Karlssons och Grönbergs i Runsor. Magda har sovit ute i stugan tillsammans med fadern. Bägge ligger vakna i sina sängar, men ingen av dem vill ge sig till känna eller stiga upp. Men de hör bägge två att den andra är vaken av sättet att andas. Både Jakob och Magda ligger ändå bara kvar och tiger, och tänker. Eller gruvar sig. Jakob längtar efter en sup för att bedöva den molande värken i handen. Magda längtar efter en sup för att bedöva den molande värken på en obestämd punkt inombords, kanske är det hjärtat, kanske är det själen som värker. Inget som går att skära bort – eller såga bort – i alla fall. Jakob förbannar sig själv för att han gick till sågen trots att han var på fyllan. Han undrar vad han nu ska göra och till hur många avbetalningar på stugan hans pengar räcker nu, när han inte tjänar några nya. Ännu är stugan inte betalad. Och arbeten duggar inte tätt för skomakare som inte håller sig framme nu, när den gamla staden Wasa är tom och öde. De var tretton skomakare i Wasa när han senast tog del av informationen, men det var något år sedan så nu har han inte riktigt fullständig kontroll. Men han antar att de är ungefär lika många fortfarande. Jobb finns det för dem som har möjlighet att arbeta fullt ut inom sitt hantverk.

Alla har blickarna riktade mot Nikolaistad. Vilket otroligt fult namn, förresten, tänker Jakob. Det är ännu omöjligt att säga om det går att arbeta på sågen med den sargade handen. Det lär dröja i alla fall, eftersom den nu är allt för sjuk.

Magda ligger och piskar sig själv i tanken för att hon trodde på lögnerna. Hon går genom alla "om" som finns. Om jag hade förstått. Om jag hade druckit mindre hade jag inte tappat kontrollen. Det var första gången hon drack starkt och det var första gången som en man pratade omkull henne och fick henne dit han ville. Hittills har hon varit helt inriktad på att hon ska leva sitt eget liv och satsa på att bli lärarinna. Men så kom en karl och blinkade med ett öga och hon gick direkt i fällan. Hon som tänkt att hon är annorlunda än alla andra, visade sig vara en precis likadan hönshjärna som de andra flickorna som fnittrar och lever till direkt en stilig man går förbi.

Hon fyller aderton år lite senare i höst, men nu när hon kommer upp i den åldern, då flickor antingen är gifta eller har börjat gå i tjänst som pigor, går hon och förstör för sig för all framtid. Tänk om hon bär på en bastard. Hon tar tag i huden på sin platta mage. Hon knådar, kniper och trycker magen tills tårarna tränger fram. Hon ser framför sig hur han lägger sin förhatliga säd djupt innanför huden på henne. Och hon hatar.

Hon hatar sig själv, hon hatar Sören – om han ens heter det – och hon hatar alla män. När hon tillräckligt länge legat och orsakat sig själv smärta både inombords och i magen, kan hon inte längre svälja de kvidande ljuden. Det svider i bröstet och klimpen i halsen växer sig så stor att den inte längre går att svälja. Hon biter ihop, sväljer, kniper ihop ögonen tills hon ser stjärnor men smärtan går inte att tränga undan. Den böljar ut genom kroppen i vågor, den tränger undan alla rationella tankar och känslor och kvar finns bara en glödande värk. En molande tomhet och oändlig ensamhet. Och en enda fråga: varför jag?

Jakob kommer på fötter snabbare än han gjort de senaste tio åren när han hör Magda koka över i sin bädd. Han är framme hos henne på två steg och han glömmer bort att skydda sin skadade hand när han slänger sig som ett skyddande täcke över sin dotter. Han håller henne, smeker henne över håret och pratar till henne som om hon vore ett spädbarn. Hans vackra, enda levande dotter som en satans rikssvensk har skändat och sårat. Magda kvider, gråter och skakar. Fadern kramar, stryker och mumlar osammanhängande fraser till tröst. Ingen av dem vet hur länge hon gråter och han sitter där. Långsamt klingar gråten och spasmerna av och fadern rätar på ryggen. Jakob försöker stiga upp men hans ben har somnat och hans skada sänder ut smärtsamma vågor genom armen och vidare upp i huvudet. Svetten bryter ut och mörka skuggor dansar i utkanten av synfältet. Men han klagar inte. Han är kroppsligt sargad, hon är själsligt. Han om någon – som har begravt fru och två döttrar inom några år – vet vad själslig vånda betyder. Han sitter kvar på hennes sängkant. Sängkanten i trä skaver hårt i knävecken och hans fötter får fortfarande ingen blodtillförsel och han blir till sist tvungen att försöka ta sig upp på fötterna. Han står lite ostadigt och väntar på att återfå känseln i fötterna. Snart söker sig blodet neråt och det sticker och pickar i fötterna med sådan kraft att han stönar, stånkar och viskar svordomar. Han kan inte röra på sig utan står kvar framför Magdas säng och prustar. Hon väcks långsamt ur sina kval och sin våldsamma självömkan när hon ser hur han står och böjer sig framåt. Hon stiger upp ur sängen, sveper en sjal runt axlarna och stryker i sin tur fadern över ryggen en stund.

"Ja-a, du far... Vi är allt en ömklig syn du och jag. Har du tänkt på att vi bägge två är i denna situation för att vi var för sugna på brännvinet?" frågar hon.

"Nä, det hade jag inte tänkt på egentligen. Men det är väl sant som du säger. Fast jag drack nog helt på eget bevåg", svarar han.

"Men vet du att det gjorde jag också, inte tvingade han i mig drickan. Men jag förstod inte att det fanns en orsak till att han ville ha mig att dricka. Jag hade aldrig varit drucken förut. Men naturligtvis visste jag ju hur folk blir när dom är berusade, men jag tänkte inte", svarar hon.

"Nej, och han såg precis hur oskyldig och naiv du var, därför blev du hans utvalda."

"Mm, jag känner mig så dum", snyftar hon.

"Såja flickan min. Vi ska hitta honom, slå honom gul och blå och se till att få honom fängslad." Han knyter näven och slår ut i luften som om mannen vore framför honom.

"Men nu måste jag gå ut och pissa, igen. Jag ska försöka få upp mina byxor på egen hand den här gången", fortsätter han.

Han stiger ut på trappan och blir stående. Dagen är redan långt liden in på förmiddagen och gårdsfolket är i full gång. Elnas barn leker på gården framför trappen utanför mangårdsbyggnaden, medan barnpigan sitter och stickar sockor och övervakar leken.

Han kan inte begripa att livet runtomkring fortsätter som om ingenting har hänt trots att allt har rämnat på ett par dagar. Eller egentligen började allt falla den dagen som hans fru, Signe, dog när hon födde Anna år 1849. Sedan dog Anna i branden som härjade i Wasa 1852. Så kom äldsta dottern Elnas tur att dö i barnsäng 1855. Och nu kommer sista dottern, Magda, hem och är skändad. Jag för otur med mig i mina flickors liv, tänker han uppgivet och tittar på barnbarnet Lisbet som sitter i gräset på gården. Han skakar på huvudet och mumlar något ohörbart samtidigt som han kliver ut på gräset och styr stegen mot dasset.

Inne i stugan gör Magda upp eld i spisen, plockar fram bröd på bordet och öppnar skåpet för att se om det finns några ägg. När hon rotar runt i skåpet hittar hon en flaska. Hon öppnar den och för den till näsan för att sniffa sig till vad det kan vara för klar vätska. Hon drar hastigt tillbaka huvudet när den vassa lukten träffar hennes känsliga luktsinne. Brännvin. Hon står med flaskan i handen och funderar. Är han en så pass stor suput att han har flaskor lite här och var undangömda?! Utan att tänka desto mer för hon flaskan till läpparna och tar en rejäl klunk av den stinkande vätskan. Den river hela vägen ner genom strupen, halsen och ner mot magen. Det känns bedövande och bra. Hon känner inte den själsliga våndan medan brännvinet bränner. Då tar hon en djup klunk till. Sen hör hon att dörren till skithuset knarrar och trycker snabbt tillbaka korken, tar äggkorgen och springer ut mot hönshuset i hopp om att hitta några ägg och inte råka fast med stanken av brännvinet i munnen. Brännvinet värmer henne inombords och hon ryser av välbehag. När hon stiger in i hönshuset talar hon varmt och glatt med hönorna, men de blir upprörda när hon kommer och stör dem mitt på dagen, så hon får bara ett argt kackel till svar. Magda plockar åt sig de enda två äggen som hon hittar efter att pigan har varit där för några timmar sedan, sedan smiter hon iväg. Hon ställer sig vid spisen och steker äggen, hela tiden med ansiktet bortvänt från fadern så att han inget ska märka. Hon ser att han sneglar mot skåpet. Hon gissar sig till att även han längtar efter den skarpa, rivande känslan av tacksam bedövning. Men hon tänker inte ge honom den chansen nu.

Efter att de har ätit upp äggen och lite hårt rågbröd säger hon till fadern att de ska gå ut och sitta i solen och se på barnen. Han suckar och protesterar, men hon ger sig inte. Slutligen kommer han med henne ut och de slår sig ner på en bänk invid syrenbuskarna. De sitter där en god stund utan att säga något, medan de ser på barnen som stojar omkring. Barnen hoppar först jämfota när de ser Magda och kommer sedan fram till henne och ber henne komma med i leken, men hon avfärdar dem bestämt. Efter en stund kommer även mor Stina gående över gården. Hon har samlat örter i en korg. Hon lägger ner korgen invid bänken och går in för att hämta några träkärl. Sedan kommer hon ut, sätter sig ner bredvid Magda och Jakob, och börjar dela upp örterna, dra bladen av vissa och knippa ihop andra med en tråd. Där sitter de då, alla tre på rad, småpratar lite och skrattar lite smått åt barnens underfundigheter. Magdas händer börjar automatiskt syssla på med örterna tillsammans med Stina.

Barnen går snart in, men de vuxna sitter kvar. Dricker lite kaffe och Jakob funderar på om han skulle ta av lindorna från sitt sår för att se hur det tar sig. Det värker ofattbart svårt från handen. Inte ens kaffet smakade. Han försöker ta bort lindan, men även den friska armen väger nu tungt och han måste be Magda hjälpa till med att snöra upp lindan. Han orkar bara viska till henne. Han känner att han måste lägga sig ner snart, värmen härjar genom blodet och hjärtat skenar så hårt att det känns som om det snart tränger ut genom porerna.

Oändligt varsamt tar hon bort bandaget; en sur lukt sprider sig allt tydligare medan de tar bort tyglindorna. Magda tvekar när det bara är det sista tyglagret kvar. Hon gissar sig lite till vad de kommer att få se. Jakob sitter med ögonen slutna, hårt sammanbitna käkar och svetten rinnande över ansiktet. Han ojar sig inte utan tar smärtan som en man. Då blottas den sargade handen. Ett lillfinger bortkapat nästan längs med knogen och följande finger halvt avsågat. Sårytorna är täckta av gult var, det rinner en ljusröd vätska från såren och de luktar illa. Det går kalla kårar längs ryggen på kvinnorna och Jakob kan inte längre hålla tyst.

"Aj helvetes helvete! Det är döden jag har dragit på mig, det där kommer aldrig att läka nu när giftet har slagit rot. Snart svartnar köttet och jag stryker med i rötan", ojar han sig medan han gungar från sida till sida och håller med sin kuranta hand om den sjuka.

"Ja, det var illa att gå o såga sig på det där viset när vi är mitt i rötmånaden", säger Stina. Hon stiger upp och går mot huset, men vänder om.

"Jag hade tänkt inleda med att tvätta såret, men jag tror vi behöver en läkare, jag har inte skött om ett så fult sår tidigare", fortsätter hon.

"Ja, men vad ska vi göra, inte bryr de sig om gamla, fattiga gubbstövlar som har ställt till det", morrar Jakob till svar.

Stina sätter sig tungt ner tillbaka, skakar på huvudet och rycker uppgivet på axlarna.

"Men något måste vi göra!" utropar Magda hetsigt.

Då lyfter de alla tre på huvudet ungefär samtidigt när två figurer syns i porten in till gården. De är helt obekanta och Jakob tar i de solkiga bindorna för att skyla sin ynklighet när det kommer främmande.

Hunden Bosse far upp från sin plats i skuggan invid väggen, skuttar glatt iväg mot gästerna och skäller. Han hoppar upp på den längre av dem, som sänker sig ner i hukande ställning för att klappa hunden, helt orädd.

7
Sommaren 1857

Vägen ut till Runsor är sig lik. Dammig, gropig och smal. Alfred går och pekar ut olika ställen för Knut. Snart når de sågen. Den är i full gång och han kan se att Sven Gran står och matar stock, men han kan inte avgöra vem den andra är som arbetar i par med Sven. Alfred står ganska länge och tvekar huruvida han ska gå in via sågen och kontrollera hur det går, men han besluter sig för att låta bli. Det står stock och väntar på sågning och plank och väntar på upphämtning. Det visar att affärerna löper på.

Alfred känner ett stygn av tomhet. Här har de inte saknat honom i alla fall, enligt vad det verkar. Det kliar allt lite i händerna att få gå och ta tag i arbetet, men öronen däremot har inte saknat sågen det minsta. Även Knut skyr ljudet och han håller sig till och med för öronen.

När de går vidare berättar Alfred om hur han skaffade pengar, fick sågen och motorn transporterade till Wasa och hur han körde igång sågen efter branden när behovet av sågat virke var som störst. Knut avbryter plötsligt honom:

"Men Alfred, jag förstår inte att du, som hade det så bra och hade skapat allt det här, bara åkte iväg och övergav allt. Du har en gård, två små barn, en såg, djur, till och med hästar, mor och far och alla åkrar och ängar... och så bara åkte du bort och lämnade allt vind för våg."

Alfred känner sig oerhört träffad för pojken har ju rätt. Han bara steg upp och gick, som om han vore lös och ledig, istället för att bita ihop och ta vara på det han har. Han förlorade Elna, men allt annat fanns ju kvar och krävde hans omsorg. Han skäms.

"Ja Knut, jag har inget att försvara mig med. Det är skamligt, jag har ångrat mig så mycket att det gräver ett hål i mig. Men först, då när jag åkte, då ville jag bara dö. Jag hoppades innerligt att jag skulle bli skjuten i kriget, som nästan var slut. Men sen, plötsligt, ville jag inte dö längre och nu är jag här. Men vetetusan hur de tar emot mig och hur det har gått med allt", svarar han bedrövat.

"Nå snart vet vi", säger Knut med lillgammal röst.

Alfred ger honom en vänskaplig klapp på axeln.

"Jag litar på att du inte glömmer bort mig eller upptäcker att du inte behöver mig nu, när du kommer hem till allt och alla du känner", fortsätter Knut med ganska låg röst.

"Men Knut, för bövelen, jag har ju lovat dig. Jag ska se till att du finner din plats på min gård", svarar Alfred.

"Mm, på samma sätt som du skötte om resten som du har i livet...?" frågar Knut, utan att se på honom.

Alfred begriper mycket väl vad pojken menar och han känner sig svarslös. Istället för att försvara sig tänker han att han allt ska visa pojken.

De närmar sig hästhagen och Alfred känner ett pirr inombords som bara växer. Han småspringer de sista metrarna, blicken söker efter alla de kära, bekanta platserna. Han önskar innerligt att Fjalar ska stå ute i hagen. Som han har längtat efter den hästen. Skamligt nog har han nästan tänkt mera på fölet än på barnen som han lämnade bakom sig. Det visar sig att han har tur. Både Fjalar och stoet är i hagen. Han vågar inte klättra på gärdesgården utan han ålar sig mellan störarna, in i hagen. Han kallar på hästarna, de lyfter lojt på sina huvuden och ser mot honom. De står stilla och iakttar honom en stund. Tuggar långsamt och frustar. Knut dyker upp bakom honom. Snart kommer hästarna honom till mötes, med en lätt avvaktande blick. De går oändligt långsamt och klipper med öronen när de hör hur han pratar till dem med mjuk och bekant röst. Stoet kommer först fram till honom, hon ger honom en igenkännande puff i axel och han stryker henne över den mjuka mulen. Snart kommer även Fjalar fram till honom. Han frustar lite. Alfred kan konstatera att

Fjalar har vuxit upp till en ståtlig hingst och han verkar vara välskolad och lugn till sinnet, som en äkta finnhäst. Alfred lutar sig mot halsen på hästen och gömmer ansiktet i den mjuka manen. Han har kommit hem.

Alfred kan inte tro sina ögon. När Knut och han vandrar in på gårdstunet sitter en hel rad människor på en bänk utanför huset – alldeles som om de väntade på dem. Han sträcker upp handen för att hälsa, men ingen hälsar tillbaka. Alla sitter och stirrar mot dem. Hunden Bosse känner direkt igen Alfred. Han kommer fram till dem med ett par skutt och skäller glatt. En hund glömmer inte. Bosse påminner honom om Elna, det var hon som fann hunden och tog med honom hem, även om han personligen var tveksam till att ha en hund. Alfred tvingar med ens bort tårarna ur ögonen. Trots att han bara hann dela en kort tid av sitt liv med Elna på gården där han är född och uppvuxen, känns den så oändligt annorlunda, tom och kall utan henne. Hon var hans ljus i livet – även om han inte alltid behandlade henne enligt det.

"Det här är Bosse-hunden som jag har berättat om", säger han till Knut.

Pojken ställer sig förtjust ner på knä framför hunden. Bosse är inte nödbedd utan tar emot all kärlek som han kan få. Hunden slickar Knut i ansiktet och viftar på svansen från sida till sida tills den slår Alfred i benet. Knut sitter kvar och skrattar och kelar med hunden när Alfred fortsätter vidare över gårdsplanen. Han ser att mor Stina stiger upp från bänken. Kanske hon känner igen honom nu.

* * *

Stina kan inte tro sina ögon, hon undrar fortfarande om hon har fel. Hon skulle vilja tro att det är hennes älskade Alfred som återvänder hem, om det inte vore för sällskapet som följer tillsammans med mannen som vandrar in på gården. Hur hon än försöker kan hon inte para ihop Alfred med en ung pojke. Hon ser hur Bosse skuttar av glädje runt besökarna och hon blir allt säkrare – Bosse beter sig inte så där runt främmande personer, tvärtom är han både vaksam, tvär och skäller med en bestämd ton mot främmande. Hon stiger upp, tar några steg mot mannen och pojken och stannar igen. Hon känner hur hjärtat rusar i bröstet. Det känns för otroligt för att vara sant. Hon har förberett sig på att eventuellt aldrig få höra något av Alfred igen – precis som det gick för Amalia i Sverige och hennes man – och plötsligt tror hon att sonen vandrar in på gårdstunet som om ingenting har hänt. När mannen slutar kela med hunden och går mot henne ser hon att det är deras son, men att han har magrat oerhört, åldrats och att han ser mycket väderbiten ut. Stina står bara stilla och väntar. Trycket i bröstet av att se sonen är för stort för att hon ska våga röra på sig.

Alfred å sin sida tvekar lite när han ser att modern inte kommer honom till mötes. Han vet inte om han ska tro att hon är besviken på honom eller hur han ska tolka situationen. Han ställer sig därför några meter ifrån henne. Knut leker fortfarande med hunden bakom honom.

"Mor", säger han trevande och med en frågande betoning.

"Alfred... äntligen", svarar mor ansträngt med tårarna rinnande ner för kinderna.

Han når henne med ett par kraftiga steg och lägger armarna om henne. De står där, stilla tigande, en kort stund innan någon av dem förmår släppa taget först.

Alfred ser att det är Magda och Jakob som sitter på bänken. Han anar oråd, blir torr i munnen och stammar:

"Var är far?"

"Han är nog bara inomhus. Han är väl bara som vanligt, även om han arbetat hårt det senaste året", svarar Stina och ger honom en skarp blick. Alfred fattar poängen, men svarar inte.

Han går fram till bänken och sträcker ut handen, först mot Magda, som bara stirrar tillbaka på honom utan ett ord eller en rörelse. Alfred flyttar då handen mot Jakob. Med ens ser han Jakobs hand och rycker undan sin egen. Jakob försöker inte ens skyla handen som han fått förstörd i Alfreds monstruösa såg, utan håller fram den för att visa hur hans liv förändrats på bråkdelen av en sekund. Allt för att Alfred inte tagit sitt ansvar för sågen.

"Jakob, din hand!" utropar Alfred. Men utan att vänta på svar fortsätter han själv.

"Om du inte gör något åt det där såret fort, kommer du att dö av förgiftning. Sårdöden kommer att ta dig. Vad har riktigt hänt och varför sitter du bara här i stället för att se till att få det omskött?!" ropar Alfred med vredgad röst till sin svärfar.

"Ja, det var din sågklinga som smakade på min hand härom dagen. Jag hade druckit för jag har så mycket att oroa mig över. Ingen man klarar av att ta ansvar för allt här. Min dotter var försvunnen och allt kändes mycket bättre med brännvin innanför kragen. Men fyllhundar och sågklingor passar inte väl ihop och här ser du resultatet. Men bry dig inte, din såg är hel och hållen", svarar Jakob, han med lika höjd och irriterad röst som Alfred hade använt.

"Men herre min skapare karlar, så ni beter er! Alfred, det är roligt att ha dig hemma! Du kan inte förställa dig vad vi har fått gå genom här på gården, varken det senaste året eller ännu mindre de senaste dagarna. Därför ska du inte komma instormande här och höja din röst mot oss. Vi har gjort så gott vi har kunnat och betackar oss för ditt klander", avbryter mor Stina, samtidigt som hon tar ett bestämt tag om Alfreds arm och drar honom från Jakob. Hon tror nästan männen ska ryka ihop, trots att Jakob inte är i form att slåss med sina händer.

"Ja, mor har rätt. Jag ska besinna mig, och det ska även Jakob. Vi måste se till att han får vård och det nu med det samma. Det där såret tål inte att vänta tills imorgon. Det trodde jag nog mor skulle känna till. Och Magda...", säger Alfred samtidigt som han sneglar ner mot Magda.

Hon sitter fortfarande och tittar ner i knät och pratar inte med Alfred. Han tar illa vid sig av att se henne sitta så där. Den Magda han kommer ihåg skulle ha störtat mot honom i stor glädje, slängt sig runt hans hals och gått fram till Knut för att ta reda på vem han är. Men nu sitter hon bara där. Alfred stiger fram till henne och lägger handen på hennes axel.

"Magda, hur är det fatt med dig? Jag är glad att se att du är hel och hållen och en stor flicka numera", säger han med mjuk röst.

Hon ruskar av sig hans hand, stiger hastigt upp från bänken, tränger sig förbi honom och rusar iväg över gårdsplan med riktning mot Jakobs stuga. Hon drar upp dörren och den går igen med en hård smäll bakom henne. Alfred står kvar och ser efter henne med lång blick och öppen mun. Han skakar på huvudet. Vilket kaos det är att komma hem. Men han hade, i och för sig, inte heller väntat sig något varmt välkomnande. Han antar att hon är upprörd för att han svek henne och de små.

"Låt henne vara, hon har haft ett par tunga dagar. Hon har råkat ut för något otrevligt", säger Stina.

Knut smyger snart upp bakom ryggen på Alfred. Han stannar några steg ifrån de andra och han tittar tyst ner i marken, axlarna är neddragna och luggen hänger över ögonen som en gardin. Alfred har glömt pojken i tumultet, men kommer ihåg honom när han ser att Stina tittar på honom.

"Ja, jag har med mig Knut. Han ska bo här med oss nu. Knut, kom fram och hälsa på min mor Stina", säger han och leder Knut mot modern.

"Hej Knut, trevligt att råkas", säger Stina med armarna i kors över bröstet. Alfred som känner henne lyfter ett varnande ögonbryn, och han hoppas att Knut inte ska känna av vibrationen i luften.

"Goddag frun. Ursäkta om jag tränger mig på. Det var Alfreds idé att jag skulle följa med", svarar Knut med en lätt grötig stämma. Han har alltså noterat att Stina lät ogillande.

"Knut är med mig nu. Han var helt ensam kvar i hela världen strandsatt på en holme i den åländska skärgården så jag bestämde mig för att han ska vara med mig. Vi har en stor gård och många djur och det finns alltid arbete för ett par händer till", hasplar Alfred ur sig.

"Det stämmer, men nu vet ju inte du Alfred vare sig hur många händer här finns just nu, hur mycket arbete som finns eller något annat heller för den delen", biter Stina av.

"Nej mor, det är sant", säger Alfred skamset.

"Du har inte heller frågat efter dina barn", säger Jakob sävligt. "Kanske du minns att du har ett par och att deras mor gick bort", fortsätter han samtidigt som han stiger upp från bänken och gör sig redo att gå därifrån.

Men Jakob hinner bara ta ett par steg innan han vacklar till och faller omkull. Alla tre stormar fram till honom och Alfred klappar honom i ansiktet. Det har en gråaktig ton med ett par röda rosor som lyser på kinderna, pannan och tinningarna är fuktiga av svett.

"Det är rötan han har i handen. Han måste till lasarettet", säger Alfred. Han far upp och springer mot ett redskapsskjul där en av drängarna sitter och låtsas arbeta med en lie, medan han i själva verket är fullt upptagen med att lyssna och iaktta vad som försiggår inom familjen.

"Fort, hämta en häst och spänn för storkärran. Vi måste till lasarettet med Jakob!" beordrar han.

När häst och kärra är klara lastar de Jakob ovanpå några fällar. De drar ett rent örngott runt hans hand och Alfred slänger sig upp på kuskbocken, smackar åt hästen och kör iväg.

Kvar på gården står Stina och Knut. Hon sträcker handen mot den lilla gossen som står och biter sig i läppen och vrider sina händer.

"Kom vi går in och kokar te och äter smörgås du och jag. Jag fryser och jag gissar att du gör det med", säger hon med mjuk röst samtidigt som hon leder honom mot dörren.

Pojken svarar inget, han vet inte vad han ska ta sig till nu när Alfred bara åkte iväg så där utan honom.

Lockad av ljudet kommer Magda ut ur stugan igen, bara för att se kärran försvinna från gården. Hon ser Stina och pojken och följer tveksamt efter dem. Hon ser inte till sin far någonstans och undrar vart han hann ta vägen. Väl inne i stugan ser hon att Knut sitter vid köksbordet, de små har bänkat sig på varsin sida om honom och Stina pysslar på vid spisen. Hon står tveksamt kvar i köksdörren och vet inte riktigt vad hon ska göra eller säga. Mor Stina förekommer henne.

"Slå dig ner du också, lilla Magda. Jag håller på kokar stärkande te och ska duka fram lite ätbart till natten."

Magda sätter sig ner mittemot de tre yngre barnen. Hon ser ner i bordet och säger inget.

"Jag heter Knut", säger pojken plötsligt till henne. "Alfred har berättat om dig. Han är så ledsen över din systers död att han inte klarade av att leva kvar här längre. Men nu är han förändrad. Och så tog han med mig hit", fortsätter gossen.

Magda kan knappt ens begripa hans konstiga dialekt.

"Du vet mer än jag då, Knut. Jag vet ingenting om varför Alfred försvann eller varför du är här, eller ens varför han har kommit tillbaka", snäser hon till svar.

Knut tystnar och ser ner i bordet. Snart avbryts den pinsamma tystnaden av Stina som ställer fram muggar och bröd, smör och ost på bordet. Hon har även en bit rökt skinka som hon skär tjocka skivor av. Knut ser på maten med runda ögon. Där han växte upp fick han fisk på bordet nio gånger av tio. Rökt kött är något oerhört ovanligt och exotiskt. Det doftar sagolikt och han måste lägga band på sig, för att han inte ska glufsa i sig hela sin bit ögonblickligen. Han sneglar på Magda och Stina för att se hur de gör när de äter och han försöker efterlikna dem. Det är svårt för de äter oerhört långsamt, alldeles som om de inte skulle vara hungriga. Knut har inte varit mycket annat än hungrig hela sitt liv.

Det är skönt att ha de små vid bordet, för munnen går på dem och de stökar på, så att det varken blir matro eller möjlighet till några ingående diskussioner. Men när måltiden är undanstökad och de har plockat bort allt från bordet vet inte Knut längre vad han ska ta sig till så han stiger resolut upp, bockar och tackar och går ut. Han strövar omkring på ägorna och bekantar sig med allt. Hunden Bosse tycker det är festligt att ha någon att följa efter och gör honom sällskap.

Speciellt mycket fäster Knut sig vid kossorna, de är milda och godmodiga djur. Han står länge hos dem inne i fähuset. Pigorna är just i färd med att mjölka dem efter en lång dag ute i hagen. Knut håller sig till de kor som är färdigt mjölkade, de är mycket lugnare än de som retligt väntar på att slippa bördan av det fulla juvret.

* * *

Alfred kör sitt ekipage fort genom den gamla staden. Innan branden hade det inte gått att köra så snabbt genom de livliga kvarteren som han nu gör. Nu är det få människor längs vägarna och det står bara några hus lite här och var. Han svänger längs Torggatan, som går rakt ner mot den västra porten och över bron som leder över den grävda kanalen. Lasarettet ligger invid den västra porten, på andra sidan kanalen. Han fortsätter att köra raskt på Torggatan och han tar svängen upp mot lasarettet i nästan full fart. Kärran får sladd i kurvan och Jakob åker iväg. Alfred märker först inte vad som händer men han hör en hård smäll och vrider på huvudet. Han kan konstatera att Jakob har rullat iväg och slagit in i sidan på kärran. Hade den inte haft höga sidbräden hade han troligen helt enkelt åkt över kanten och ner i backen. Alltnog ligger Jakob kvar, men han mår knappast mycket bättre än han gjorde innan.

När Alfred når ingången hoppar han av kärran och arbetar en god stund med att dra Jakob mot bakre kanten av kärran. Väl där lyfter han Jakob av kärran – så varsamt det går – sen bär han med stor möda in honom i mottagningsrummet. Han höjer rösten.

"Hjälp mig, han håller på att dö i sårdöden!" ropar han med den högsta röst han kan uppbringa, med Elnas död och de motstridiga läkarna i gott minne. Den här gången kommer han inte att ge med sig. Han lyckas få uppmärksamhet och ett par sköterskor i likadana kläder och huvuddukar kommer springande på lätta fötter. De visar först på en brits där han får lägga ner Jakob. Det är tacksamt för han skulle inte ha orkat hålla honom mycket längre till. När han lagt ner den fortsättningsvis avtuppade Jakob på britsen, drar han först bort tyget som de lagt runt Jakobs hand. När han tar bort det sista lagret och den variga handen kommer fram, stönar Jakob högt och öppnar ögonen. Han ser sig febrigt omkring och undrar:

"Var är jag och vad händer?"

"Du är på lasarettet och vi ska ta hand om dig", svarar en av sköterskorna, samtidigt som hon knuffar Alfred mot utgången.

"Du får vänta i korridoren. Vi ska arbeta med honom och kalla på en doktor", säger hon med bestämd röst. Rösten passar inte alls ihop med den spröda och söta flickan som pratar.

Jakob sätter sig först ner, men snart börjar han vanka fram och tillbaka i korridoren. Efter en stund hör han att Jakob skriker till. Då blir det tyst igen. Sedan skriker han mera ihållande och Alfred blir alldeles från sig. Han är framme vid dörren med två steg och rycker upp den. Han kommer aldrig att glömma det han ser. Bilden rotar sig djupt i hans näthinna, för all tid. Doktorn står med något som liknar en såg och tar bort ett finger på hans svärfar. Vid det här laget är Jakob både tyst och stilla så han är nog neddrogad med någonting, eller avtuppad, men tydligen tog det lite tid innan han blev helt medvetslös eftersom han nyss skrek. Det står en skål på golvet, i vilken fingret snart kastas, tvättlappar fläckiga av var och det rinner blod i en strid ström ner från Jakobs hand rakt i skålen.

Hela rummet stinker av sprit. De som arbetar har inte tid med Alfred, så han står kvar i dörröppningen, oförmögen att ta ögonen ifrån det vämjeliga som pågår framför honom. När de avlägsnat det lösa fingret tar de fram nål och tråd och tråcklar ihop Jakobs hand.

Alfred trycker till sist handen mot munnen och springer ut innan magen vänder sig ut och in. Det är en minst sagt vedervärdig syn. Han går ut på gården. Det är en vacker omgivning där lasarettet står och han vandrar lite planlöst omkring i den parklika backen. Till sist slår han sig ner på en bänk som står under en vajande björk. Där sitter han och grubblar tills han är både kall och led. Då går han in för att söka efter Jakob och höra sig för hur det har gått. Den unga sköterskan är kvar i rummet där Jakob tidigare låg medan de plockade delar av honom, men nu är Jakob försvunnen.

"Vi har fört din vän till en avdelning. Han måste vila här ett par dagar och så vill vi hålla hans hand under uppsikt. Doktorn bedömde att han måste ta bort fingret som var löst till mer än hälften, för det var en härd på god väg att bli till röta. Nu är allt putsat och behandlat med sårsalva. Vi kommer att behålla honom här och hålla såret rent några dagar. Sedan måste han själv hålla såret rent och stilla tills sårskorporna ramlar av. Men han kommer att ha ont i de saknade fingrarna under resten av sitt liv, så är det alltid. Är det något du undrar över?" frågar hon avslutningsvis.

"Nej, eller jo, jag undrar om jag får träffa honom?"

"Nej, tyvärr. Han har fått eter för att inte känna av operationen och nu är han både trött och illamående och får inte ta emot besök mer idag. Du kan komma tillbaka imorgon mellan klocka tre och fem, då är det besökstid", svarar hon.

Alfred hummar till svar och tackar för sig och går ut. Hästen står kvar framför dörren utan att han har ägnat den en tanke. Nu när han kommer fram till Fjalar märker han direkt att hästen är tvär, trots att han stått och betat av gräsmattan vid lasarettet. Han får lirka lite med hästen innan den ids lunka iväg hemåt. Alfred undrar vad han ska säga till familjen när Jakob nu mist ännu ett finger. Men å andra sidan lever han ju åtminstone och det får man ju se som väldigt positivt med tanke på hur läget var tidigare.

När han kör in på gårdsplanen väller alla ut ur storstugan. Både husets folk och de som arbetar på gården har väntat hem honom, trots att timmen är sen. Sen börjar alla prata i munnen på varandra och ingen har tid att lyssna på Alfred. Han arbetar lugnt på med Fjalar och ber sedan en av drängarna att ge hästen mat och pyssla om den lite eftersom den har varit så duktig.

Med allas frågande blickar på sig börjar han berätta.

"Jakob var på en avdelning när jag åkte, jag fick inte gå in och hälsa på. Men så mycket kan jag berätta att de arbetade hårt med att putsa det skitiga såret och de blev tvungna att ta bort fingret som hängde till hälften löst, för såret var i så dåligt skick. De sydde sedan ihop såret med nål och tråd. Jag såg det med egna ögon för jag råkade öppna dörren till salen och kika in. Det såg allt magstarkt ut", berättar Alfred med höjd röst så att alla ska få höra.

Magda snyftar till, slår armarna runt sig, vänder på klacken och går in i lillstugan där Jakob bor. Alfred ser efter henne med lång blick. Han känner inte igen den lilla, trallande och livliga flickan som han lämnade här för ett år sedan. Det är som om hon vore en helt annan person. Ragnar klappar i händerna och föser iväg alla till sina egna krypin. Han är spänd på att få komma till tals med sonen som drog iväg utan ett ord för mer än ett år sedan och nu plötsligt dyker upp oanmäld med en gosse i släptåg.

Alfred, som inte ens hann stiga innanför dörren innan han åkte iväg till lasarettet, går upp för trappan med långsamma steg. Han tittar sig omkring och noterar att allt ser ut som förut. Inne i storstugan finns fortfarande mängder med växter på tork, precis som medan Elna ännu levde och sysslade med sitt te. Han ser att dörren till hans och Elnas kammare är stängd. Stina brygger ett starkt te till dem medan männen bänkar sig vid bordet.

"Är du svulten kära Alfred?", frågar hon.

"Ja mor, enormt. Jag minns knappt ens när jag åt senast", svarar han.

Hon plockar då fram skinkan, osten och brödet på bordet som barnen tidigare åt av. Knut sitter på en stol vid änden av bordet, han har blicken riktad i bordet och säger ingenting. Alfred hajar till när han ser gossen, han ser ut som en slagen hund.

"Är allt väl Knut? Jag ber om ursäkt för att jag störtade iväg på det där viset och du blev ensam kvar med de andra. Det handlade om liv och död", säger han medan han iakttar Knut för att avläsa reaktionen.

"Ingen fara med mig, jag fick mat av din mor och sedan har jag och Bosse gått syn på gården. Det är en väldigt stor, fin och välskött gård ni har. Jag har aldrig sett något liknande", svarar Knut och ser egentligen ganska munter ut.

"Jag har bäddat åt dig i Alfreds gamla lillkammare, om du vill gå och lägga dig", avbryter Stina, medan hon sträcker ut handen och stryker honom över håret. Knut tackar ja och försvinner snart in i kammaren. Kvar sitter Stina, Ragnar och Alfred. Ingen av dem tycks komma på hur de ska inleda diskussionen. Då stiger Alfred upp från bordet.

"Sover barnen i min kammare?" frågar han.

"Ja, de gör de, men där sover också barnpigan, så du kan inte sova där i natt. Vi måste hitta på något annat åt dig", svarar modern.

Alfred går mot dörren, öppnar den tyst och går fram till barnens små sängar. Han tittar länge på barnen, känner hur det bubblar inombords av en blandning av sorg, ömhet och ilska. Ilska mot sig själv för att han övergav dem. Han har knappt ens rört vid lilla Elmer som nu fyller två år på hösten. Han stryker dem turvis ömt över de rosiga, runda kinderna och lovar dem i tankarna att han ska vara en bättre far från och med nu.

8
Sensommaren 1857

Det är den dagen i veckan som Amalia normalt brukar se fram emot. Nu suckar hon. Hon slänger ifrån sig hatten och sätter sig ner på en stol. Hon funderar på varför det plötsligt känns som om det inte är spännande och roligt att gå till missionen. Hon vägrar tro att bytet av läkare spelar någon roll. Det som ändrats är att hon inte får assistera den nya doktorn längre. Att assistera tyckte hon var oerhört intressant, om än lite äckligt då och då. Om kvinnor hade möjlighet att utbilda sig till läkare skulle hon göra det. Hon har ju råd och ett bra läshuvud. Men det skulle nog inte bli till något med det. Därför är det onödigt att ens försöka.

Hon stiger upp, samlar sig och tar ny fart. Amalia går den korta biten till missionen, det är en skön dag. Medan hon går mot missionen slår det henne. Idag är det fem år sedan Wasa brann ner, den tredje augusti år 1852. Dagen då hennes tankevärld ändrades helt och hållet. Hennes liv i sig ändrade inte mycket, endast den korta stunden hon och faster Francesca var strandade ute i Runsor. Men hennes inställning till livet och sättet på vilket hon tog allt för givet innan, ändrades. Amalia blev mer eftertänksam och ödmjuk. Hon beslutar sig att hälsa på fastern efter att hon arbetat några timmar. Hon känner att hon måste få prata om branden ännu en gång, nu när det råkar vara jubileum. Amalia skyndar sig med sina uppgifter så att hon ska bli färdig fort. Sedan går hon via ett konditori och köper tre fina bakelser och går och knackar på hos Francesca och Lasse. De råkar båda vara hemma.

"Nej men, är det lilla Amalia", hälsar Lasse henne ömt och ger henne en faderlig kram när han möter henne. De har numera endast en kvinna i tjänst som kommer in ett par timmar per dag och kokar mat till dem. Därför öppnar han dörren för egen hand.

"Vad förskaffar oss denna ovanliga ära? Det är inte ofta vi får sig dig här", fortsätter han.

"Hej Lasse! Tack så vänlig du är. Det slog mig tidigare idag att det idag är fem-årsdagen sedan Wasa brann och jag kom osökt att tänka på er. Det känns som om jag vill tala om det återigen en gång", svarar hon. "Är inte faster hemma?"

"Jodå, hon är visst hemma. Gå du och lägg upp lite kaffe och plocka fram lite smått ur skafferiet så ska jag hämta henne. Hon ligger och vilar lite. Din faster är inte särskilt ung och pigg längre, så hon vilar en stund både på förmiddagen och eftermiddagen", svarar han och lufsar iväg mot sovkammaren.

Amalia går ut i det lilla köket och letar efter kaffet. Hon lägger på vattnet på den färdigt uppvärmda hällen och lägger upp bakelserna på fat. Hon bär ut koppar och fat på bordet och slår sig ner för att vänta.

Det dröjer en stund innan de gamla dyker upp. Amalia stiger upp och går sin faster till mötes. Hon har åldrats ser Amalia. Trots att det bara är ett par veckor sedan de möttes senast ser fastern äldre ut.

"Du behöver inte se så skakad ut. Jag är en gammal dam, jag är ju redan sextio år fyllda, och jag ser ur som en kråkskrämma när jag just stiger upp. Du kunde anmäla din ankomst, så skulle jag hinna ordna mitt hår före", säger fastern med sin typiska bitska röst.

Amalia kan inte låta bli att le. Kråkskrämma är ett ganska bra och beskrivande ord för fastern, men det skulle Amalia aldrig erkänna högt.

"Nejdå, kära faster. Faster ser prima ut, man behöver inte vara på topp alla dagar. Men jag kom inte hit för att se hur du ser ut, utan för att jag ville tala av mig", svarar hon med skratt i rösten.

"Nåå, vad är det du tänker på, söta Amalia?"

"Jo, det är så att det idag är exakt fem år sedan branden. Det är något som jag aldrig glömmer, som jag drömmer om och som jag har ältat allt sedan den dagen. Så nu när det är jubileum känns det som om jag vill prata om det – och då är du naturligtvis mitt första val", svarar Amalia, nu med allvarligare röst. Hon känner sig med ens tryckt när hon pratar om det som hände.

"Nej men vad säger du, lilla vän? Har det redan gått fem år, det känns nästan som om det vore igår. Kanske inte riktigt, men inte långt ifrån. Ojoj, jo, nej minsann, det glömmer man inte. Men vi slår upp kaffet och vilka fina bakelser du har med dig. Fantastiskt, jag blir väldigt sugen när jag ser dem", säger fastern samtidigt som hon försöker stryka ner det rufsiga håret en aning.

"Tack faster, jag har funderat på om det kanske vore dags att åka till Wasa snart igen. Eller staden heter ju Nikolaistad numera. Jag undrar varför, det är ju ett alldeles förskräckligt fult och långt namn förresten. Men du har ju varit där många gånger Lasse, berätta vad som har hänt sedan branden!"

"Ja, man kunde ju tro att det finns en ny stad nu, men det har tagit helt ofattbart länge för dem att återuppbygga Wasa. De flyttar nu på staden så den kommer närmare vattnet. Till Klemetsö, om ni minns, det är inte långt från Brändö där vi tog båten. Det är väl en sex-sju kilometer från platsen där staden brann. Men det finns bara enstaka hus i gamla Wasa och det finns bara enstaka hus i Klemetsö, så jag vet inte var människorna håller hus. Men de bygger som bäst på flera större, offentliga byggnader på den nya platsen och gatorna blir stora och breda. Det blir säkert en fin stad, invid vattnet liksom Stockholm", svarar Lasse.

Sedan sitter Amalia och Francesca och minns branden, tiden i Runsor och allt elände. Men ett minne får Amalia plötsligt att skratta tills tårarna rinner.

"Men tänk den där underbara lilla kalven. Jag var ofta och hälsade på den vid kohagen. Den lekte, stångade sin mamma-kossa och skuttade omkring som om livet var ett mirakel. Oh, vad jag önskar att jag kunde känna livet spritta i mig också, åtminstone någon gång. Det känns mest bara som om jag har ett tungt ok över mina axlar och att jag ständigt knäar under tyngden. Jag skulle bara vilja säcka ihop och ge upp ibland. Men på något märkligt vis fortsätter man bara, dag ut och dag in, även om det kan kännas nog så meningslöst. Men sen, när jag ser Edvin, minns jag ju varför jag finns. Det är så självklart då. Jag undrar varför man glömmer det ibland?" Amalia går från skratt till gråt i en handvändning.

"Såja lilla vän, det är så där för oss alla. Du kan skatta dig lycklig som har en son som påminner dig om varför du ska orka bära ditt ok. Jag fann min tröst i livet väldigt sent", svarar fastern medan hon ser på Lasse med en blick som säger allt, hon behöver inte berätta för honom att det är honom hon syftar på. Med ens känns det som om Amalia måste hem till sin lilla gosse så hon avrundar diskussionerna och gör sig klar att gå.

"Jag ska åka ett varv till Wasa i nästa vecka, om du vill följa med. Jag kör inte båt särskilt ofta längre, men, nu har någon blivit sjuk så jag hoppar in. Du behöver inte svara nu, men du kan tänka på saken och höra av dig senast på söndag efter kyrkan om du kommer", säger Lasse.

"Oj, ja, nej, alltså jag vet inte. Jag har ganska fullt upp, jag har snart en fest vid huset i skärgården också", svarar Amalia.

"Ss, vad är det för prat, du har väl inte fullt upp med någonting", kommenterar fastern. Hennes spydiga röst är tillbaka och förtroligheten dem emellan är som bortblåst.

"Ja, som sagt, jag tackar för mig idag, jag lovar att höra av mig om jag följer med. Vi hörs och ses!" säger hon och skyndar ut i trapphuset.

På vägen mellan deras lägenheter går hon och tänker på hur det skulle kännas att åka till Wasa. Vad skulle hon ta sig till där? Var skulle hon bo nu när det inte finns några hus där? Hennes tanke snuddar vid Runsor. Även Alfred är ju änkling numera. Om han inte gift om sig, vill säga. Men nej, hon skulle nog inte våga sätta sin fot där på gården igen efter alla år som gått och efter de outtalade förväntningarna mellan dem. Fast det pirrar allt en liten aning i mellangärdet när hon tänker på det. Tänk om hon ändå skulle...

* * *

När Alfred kommer tillbaka till köket känner han att han inte orkar berätta. Inte än.

"Jag vet att ni vill veta allt och ni ska få veta allt, men jag orkar inte just nu. Det har varit en lång resa hem och jag blev rejält omskakad av det där eländet med Jakob. Kan vi ta oss tid imorgon istället? Jag skulle väldigt gärna lägga mig just nu", säger han med en röst sprucken av trötthet.

"Ja det passar mig väl, min son, även jag är förbi av trötthet och normalt är jag i säng fyra timmar tidigare än nu", svarar fadern, samtidigt som han stiger upp och går mot de gamlas nybyggda del av huset.

"Ursäkta en dum fråga mor, men var ska jag sova?" frågar Alfred lite vilset.

"Nej men oj, jag tänkte inte på det, att det är folk i alla sängar nu. Kanske du kunde ta Jakobs säng. Jag tror inte Magda har något emot det, hon sover säkert redan", svarar modern och ser urlakad ut.

Alfred besluter sig för att titta in i stugan och se om flickan sover, om det blir något problem kan han lägga sig på höskullen med en hästfilt. Det är ju sommar.

Han vandrar över gårdsplanen, mot lillstugan. Den sena sommaren, daggen i gräset och det trolska ljuset för honom tillbaka i tiden, till sommaren när han fann Elna ute i natten när hon vandrade runt den lilla stugan och drömde om dagen när den skulle bli hennes hem.

Alfred snyftar till när hans krossade drömmar kommer för nära ytan. Till sist stannar han upp, står stilla och ser upp på den lilla skäran till måne som man kan se borta i fjärran.

"Elna, är du där? Hör du mig? Jag är hemma nu. Det känns både otroligt härligt och riktigt hemskt på samma gång. Alla tycks förvänta sig en massa saker direkt, jag vet inte riktigt hur jag ska hantera allt och alla. Men den här gången tänker jag inte ge upp. Det är, förresten, något med Magda, jag vet inte vad, kanske hon bara växt upp till en missräknande, ung kvinna. Se mig Elna, från molnet där du sitter, hjälp mig, för det kommer jag att behöva", mumlar Alfred mellan hopbitna tänder och med knutna nävar, som om han vore redo för slagsmål. Sedan går han fram till lillstugan, det är mörkt där inne så han öppnar dörren och smyger in.

Magda har inte somnat och hon blir skrämd när hon hör att någon går i dörren, men hon hör snart på både rörelserna och ljudet att det är Alfred. Hon gör allt för att det ska verka som om hon sover, hon vill inte prata med honom just nu. Hon hör att han går fram till Jakobs säng, drar av sig stövlarna och lägger sig ner med en djup suck. Det tar inte många minuter förrän han snarkar.

Magda suckar, hur kan han somna så lätt! Hur kan någon somna så lätt? Hon har, återigen en gång, vridit sig som en orm i sängen i väntan på sömnen. Men om hon ska vara ärlig med sig själv sov hon nog bra, innan en man valde ut henne som sitt offer för att tillfredsställa sina orena lustar. I takt med att trötttheten tar över hennes sinne kan hon inte längre hålla tillbaka tårarna. De rinner ner för hennes kinder i det omgivande mörkret. Hon är inte ensam, trots att fadern är på lasarettet. Magda ligger där i sin avskildhet och gråter sig till sömns, fylld av skuldkänslor. Det var hennes dumhet som ledde henne till den där filten som blev hennes mardröm och det var när hon inte kom hem som Jakob sågade sig i handen. Allt för att hon för ett ögonblick glömde att hålla ögonen på målet att bli lärarinna, allt för att hon släppte ner garden en gång, den första gången. Magda uppfattar inte – där hon ligger och anklagar sig själv – att det inte är hennes fel, utan att det är den där mannens fel. Hon ska få vara godtrogen utan att bli våldtagen, i en idealisk värld, en värld som inte längre existerar för henne. I sinom tid somnar hon.

När Magda vaknar känns det först som om allt är som vanligt. Det doftar kaffe i stugan och hon hör hur någon stökar omkring vid bordet, som Jakob ofta gör när hon vaknar senare än han på en söckendag. Det tar några sekunder innan hon kommer till sans och minns att allt är annorlunda. Att hon nu är en sämre människa, att Jakob är en söndrig människa och att Alfred plötsligt bor i hennes hus – i motsats till att hon bott i hans hus och skött hans barn en längre tid. Hon kan inte låtsas sova hur länge som helst och hennes blåsa håller på att explodera, därför måste hon snart ge sig till känna. Hon säger inget utan svänger benen över sängkanten till att börja med.

Alfred vänder sig om och ser på henne utan att säga något. Han bara tittar. Alfred slås av hur lik sin syster hon har blivit. Magda är nu i den åldern Elna var när de blev ett par. Hon har samma rågblonda, rufsiga hår som Elna hade på morgnarna. Elna sov alltid med sådan fart att håret åkte ur de hårda flätorna.

"God morgon", säger han kort och gott, till sist.

"Hej, vad gör du i min stuga?" frågar hon trumpet.

"Ja, det visade sig att jag inte hade plats inne i storstugan för Knut lade sig i min kammare och barnen sov med pigan inne i storkammaren. Eftersom Jakob nu råkar sova på en annan plats tog jag helt fräckt tillfället i akt och lånade hans säng. Jag hoppas jag inte har stört dig och din sömn?" svarar han.

"Nä, du har inte stört, men jag är inte van vid att ha någon annan än Jakob här. Mestadels har jag dessutom sovit inne i storstugan med dina barn", svarar hon medan hon sticker fötterna i träskorna, stiger upp och går mot dörren för att gå ut på ett litet besök till dasset.

"Jag värmer upp brödet i stekpannan tills du kommer in, det känns lite hårt och gammalt", säger han med höjd röst till hennes rygg.

När hon kommer in vänder hon ryggen till honom och byter kläder. Han som inte sett en kvinna på nära håll sedan hans fru dog kan inte låta bli att snegla lite mot hennes bara axlar när hon står framför honom i bara linnet, innan hon får på sig klänningen.

De dricker kaffe, äter brödet och samtalet flyter mycket trögt. Alfred försöker få henne att berätta om barnen. Han har funderat på om de har det bra eller inte och vad de har lärt sig medan han varit borta. Men hon är svår att prata med och alla frågor som han ställer svarar hon bara enstavigt på. När hon ätit klart ursäktar hon sig, snör på sig kängorna och lägger handen på dörrhandtaget medan hon samtidigt spänner blicken i honom.

"Jag ska nu gå in och hjälpa till med Lisbet och Elmer. Du är välkommen med. De kommer inte att ha en aning om vem du är och de vet inte vad föräldrar är så du får säkert ta det lite lugnt och ge dem tid att vänja sig vid dig. De är inte heller särskilt vana vid att ha män runtomkring sig, bara Ragnar som snäser och ryter åt dem då och då när de stör hans cirklar, eller Jakob som suckar åt dem", säger hon. Innan han har fått en chans att svara henne är hon ute genom dörren och slänger fast den bakom sig med en rejäl smäll.

"Jaså, du var då minsann en sur liten hagga numera", muttrar han uppretat medan han plockar av matbordet. När han är klar drar han läderstövlarna på sig och stiger ut på gårdstunet. Han blir länge stående utanför dörren medan han insuper hemmet, hemmanet. Alfred hör arbetsfolkets röster som pladdrar på, han hör koskällorna borta i hagen och han hör sjungandet från sågen som går. Han ser på huset, gården, blommorna och trädgården och kan nöjt konstatera att allt är i god form, det är väl omhändertaget medan han var borta och allt är som det ska.

Plötsligt kommer Bosse skuttande fram bakom ett hörn och bakom honom kommer Knut farande nästan lika fort. Knut är som ett enda brett leende. När han får syn på Alfred sträcker han spontant upp en hand till hälsing samtidigt som han ropar hej.

"Hej på dig du, du verkar ha sovit gott min gosse", säger Alfred och rufsar om i Knuts kalufs. "Vi måste se till att få våra hår friserade", fortsätter han.

"Vad, strunta i håret! Jag vill lära mig rida på Fjalar!" säger Knut ivrigt med Bosse skuttande omkring sig.

"Nej men Fjalar är bara skolad till draghäst. Ingen har så vitt jag vet någonsin ridit på honom. Jag skulle ju nog säga att det måste blir Fjalars mor, stoet. Henne har jag ridit på tidigare, även om det är länge sedan", svarar Alfred med skratt i rösten när han ser på Knut som studsar upp och ner av iver.

"Det är en helt fantastisk gård du har. Jag förstår inte att man kan äga ett sådant här ställe. Det är nästan vansinnigt. Jag är så avundsjuk på dig och arg på dig när du lämnande det här stället. Fast, om du inte hade lämnat det skulle jag, i och för sig, aldrig fått komma hit med dig heller", bubblar det i Knut. I nästa sekund tar han upp en käpp som han slänger åt Bosse. Bosse stormar iväg efter käppen och gossen far iväg efter hunden. Alfred skakar på huvudet åt de två.

"Jag går in i stugan en sväng. Jag kommer ut snart igen, du får underhålla dig bäst du vill. Det ser ju inte ut att vara något problem", ropar han efter pojken.

När Alfred stiger in i förstugan hör han att det är livat värre inne i stugan. Två ljusa röster pratar i munnen på varandra och olika kvinnoröster pratar i bakgrunden. Han stannar upp och lyssnar ett kort ögonblick medan han funderar på hur han ska presentera sig. Sedan stiger han in i köket och hälsar med tillgjord röst och ett påklistrat leende. Direkt han kommer in går lilla Elmer emot honom med utsträckta armar:

"Far, far, far...", säger han och ser på Alfred med de mest tillitsfulla ögon han någonsin sett. Varsamt sträcker han sig mot den lilla och lyfter upp honom i famnen. Elmer lägger kinden mot hans skjorta och kramar honom med de små armarna. Alfred är mållös. Han blundar och drar in doften från gossen som han är så främmande för.

"Hur...?" frågar han, utan att avsluta meningen.

"Enkelt, vi har pratat om att deras far har kommit hem nu i snart en halv timme så de väntade enträget på dig, svarar Magda.

"Tack", viskar han till svar.

Lisbet sitter och tittar på honom, utan att komma fram till honom som hennes lillebror gjorde.

"Hej Lisbet, minns du mig mer?" viskar han till henne.

Hon bara skakar på huvudet så flätorna dansar runt huvudet.

"Men jag minns dig, min lilla tös", fortsätter han viskande.

Sedan sitter han på golvet och leker med deras små djur en god stund. Han pressar dem inte med något svårt utan pratar bara om djuren och deras förehavanden. Alfred njuter av varje sekund. Hans barn, han är hos sina barn.

"Far, vi har ingen höna, kan du tälja en höna?", säger Lisbet åt honom.

"Klart jag kan, det skall vi ta hand om".

***

Huvudet känns som om det väger ett ton, han kämpar med att öppna ögonlocken, ett i taget, men de är som fastklistrade. Blodådrorna har tömts på blod och fyllts med bly. Gång på gång försöker han nå upp till ytan, utan att nå fram. Snarare dras han bara längre ner mot en botten som han inte känner igen, som känns mjuk och skön, om än lite farlig. Han har ingen aning om hur länge han har legat och paddlat sig fram i dyn, timmar och dagar flyter ihop till en enda grå massa. Han förnimmer att något rör vid honom ibland och han sväljer på kommando ibland, men han vet inte exakt vad han sväljer. Men så en dag blir Jakob hårt hanterad och det börjar pirra i hårfästet så till den grad att han besluter sig för att häva sig upp ur den sköna, djupa sömnen. Irriterat öppnar han ögonen och morrar till. När han vaknar till medvetande slår en stickande doft emot honom, han rynkar på näsan och funderar vad det är. En kvinna klädd i svart och med ett vitt huckle på huvudet står lutad över honom och han ser att hon ler mot honom. Han begriper ingenting.

"Nej men se är det inte herr Grönberg som gör oss äran att öppna ögonen idag", säger hon med överdrivet mild röst till honom.

Jakob försöker öppna munnen och säga något, men det hörs bara ett ynkligt kraxande i halsen, han sluter munnen tillbaka och ger henne en sned, självömkande blick.

"Jag gissar att du undrar vad som hänt och var du är?" frågar hon. "Det brukar vara så med folk som varit medvetslösa och på randen till döden", fortsätter hon självmant.

Jakob nickar försiktigt, han vågar inte göra några stora rörelser för det känns som om huvudet sitter löst.

"Var du stilla, jag ska berätta. Du kom in hit för två dagar sedan. Det var en manlig släkting som körde hit dig med häst och kärra. Han bar in dig själv och vi opererade på din hand omedelbart. Du minns kanske att du har trasat sönder din hand?"

Jakob nickar igen, och hon fortsätter.

"Din hand är svårt skadad, du hade redan mist ett finger och ett till finger var halvt avskuret. I ditt sår hade rötan slagit fäste och det stora såret var både gult och illaluktande. Doktorn blev tvungen att ta bort det lösa fingret och sy såret och så har vi sköljt det med sprit flera gånger om dagen. Men för tillfället ser ditt sår bra ut. Vi har räddat ditt liv, men du får nu leva med en sargad hand. Fast det ska säkert gå bra eftersom du trots allt har tre fingrar kvar, inklusive tummen att greppa med", säger hon på ett mycket officiellt sätt.

"Har du frågor, försök att harkla dig och börja prata", uppmanar hon honom.

Jakob försöker klara upp halsen, det känns som om en tupp bor i den. Efter en stund verkar rösten bära.

"Hur länge har jag legat här?"

"Du har legat här och åkt ut och in i medvetslöshet i två dagar, med andra ord blev du opererad för tre dagar sedan. Mannen som kom in med dig har varit på besök men vi släppte inte in honom. Nästa gång han dyker upp får han komma och hälsa på, nu när du har vaknat.

"Kostar det att ligga här?" frågar han. "För i så fall måste jag kanske gå genast. Jag har inga pengar."

"Ja, normalt kostar det men man kan få billigare om man har det skralt", svarar hon. "Vila sig nu herr Grönblom, får vi prata mer senare. Jag har många andra patienter som väntar", säger hon med ett leende och ger honom en klapp på axeln.

"Vänta, jag har, hrm, ja alltså, nej det var inget", säger han och rodnar ända upp till hårfästet.

"Jaså, du har ett ärende av privat natur. Ja, ser du vi sköterskor är vana vid att patienterna har privata ärenden. Behöver du en potta? Är det flytande ärende eller fast?" frågar sköterskan, som om det vore den naturligaste saken i världen. Jakob tycker det är plågsamt.

"Vätska", väser han till svar.

Sköterskan böjer sig ner och tar fram en potta som står ställd under sängen. Jakob förstår inte hur han ska klara av att få sitt piss i pottan. Men det gör hon. Hon tar i honom med fast hand och vänder honom på sidan. Jakob stönar när det ilar till i handen. Sedan drar hon bestämt ner hans sjukhusbyxor, lägger pottan till och tar tag i hans snopp och riktar den ner mot pottan.

"Så, nu kan du låta det rinna, jag lovar att titta bort", uppmanar hon honom.

Jakob känner sig illa till mods och han försöker intensivt pissa, men det vill inte sig. Hon väntar och tittar på en punkt ovanför huvudet på honom. Snart suckar hon, tar bort pottan och spänner blicken i honom.

"Vill du att jag kommer tillbaka om en stund, eller vill du att jag sänder in en man? Jag kan berätta för dig att jag har skött dig här i tre dagar redan och det betyder alltså att jag har sett ditt organ mer än du själv sett det de senaste dagarna och det bekommer mig inte, det är mitt arbete", sa hon.

"Oj, oj, det här är något som jag inte är van vid. Låt mig få försöka igen", svarade Jakob.

Proceduren upprepar sig, men den här gången lyckas det bättre. När den sprängfyllda blåsan är tömd på sitt innehåll suckar han djupt.

"Se där, det var inte så svårt", skrattar hon och stegar ut med pottan halv av mörkgul, stinkande urin.

Jakob ligger sedan kvar i sängen och analyserar det han nyss hört. Han har ett svagt minne av att Alfred kom, men det kan ju inte stämma. Men hur skulle Ragnar ha orkat bära in honom hit? Nej, det måste ju ha varit en dräng som körde honom. Varifrån skulle Alfred ha dykt upp? Sedan vågar han lyfta upp sin vänstra hand, inlindad i ett paket. Han ser på den märkliga formen den har antagit när två fingrar fattas. Han rör vid den och smeker försiktigt bandaget ovanpå såret. Det gör inte ens ont, trots att han känner på den flera gånger. Sedan försöker han böja på de fingrar som är kvar. Det är inte lätt på grund av bandaget, men i övrigt tycks de fungera. Han blir svettig bara av att röra på handen. Tiden går långsamt, sköterskorna kommer och går. Ibland undrar han om det hade varit bäst att få dö. Men som det nu gått med Magda behöver hon nog ha honom i livet ännu en tid. Tösen klarar sig inte ensam och kanske Elnas små behöver honom också.

När Jakob sover gott blir han plötsligt abrupt uppväckt. Det är doktorn som har kommit in på besök.

"Kan herr Grönberg sätta sig upp än? Jag skulle vilja att du börjar röra på dig, människan mår bättre av att vara igång", säger den auktoritära doktorn.

Jakob har inte ens tänkt tanken på att sätta sig upp ännu och bara skakar nekande på huvudet till svar.

"Nåja, nu är det dags. Kan sköterskan vara så snäll och ta i så vi får honom upp i sittande ställning", kommenderar han och tar några steg bakåt.

Med ens kommer en sköterska fram till Jakob, kör in händerna i armhålorna på honom och knuffar upp honom i sittande ställning. Jakob inser att han inte har något för att kämpa emot och tar spjärn med fötterna och sin oskadda hand och knuffar så gott han kan. Snart sitter han, dock som en säck potatis, men i alla fall.

"Gott! Du var mera död än levande när du kom in hit, men det verkar som att vi fått hejd på infektionen med hjälp av spriten och när vi avlägsnade fingret där rötan fått fäste. Har du ännu några frågor? Jag planerar att sända hem dig snart", sa doktorn.

"Jag har hört att doktorn har sytt med tråd i min hand. Vad ska jag göra av tråden?" frågar Jakob.

"Det stämmer väl. Du ska komma hit efter en vecka ungefär så klipper vi bort tråden. Sköterskan ger dig en tid innan du åker hem", svarar doktorn.

"Ja, då vill jag be att få tacka för att herr doktorn räddade mitt liv", säger Jakob med låg röst och flackande blick. Han är osäker på hur han skall tilltala doktorn och försöker lägga till alla former han kommer på.

När doktorn gått ut stiger en ny person in i rummet. Jakob antar att det är en sköterska så han vänder inte ens blicken mot dörren. Plötsligt stiger Alfred in i hans synfält. Jakob drar häftigt efter andan.

"Alfred!?" säger han. Rösten låter som om den kommer från granitgrunden.

"Svärfar, du gjorde livet spännande för mig minsann. Hur mår du och hur klarar sig din hand? Du ser i alla fall sundare ut i färgen nu än vad du gjorde när jag kom hem."

"Ja du, jag har fått höra att det var nära ögat. Det var ju inte min mening, jag trodde att såret skulle reda upp sig av sig självt. Det var bara en hårsmån från blodförgiftning. Men ofattbart, du är hemma Alfred! Ska du stanna hemma också?"

"Nu är jag hemma och jag ska stanna hemma. Jag ska sköta mina plikter och jag ska sköta mina barn likadant som du skötte dina när du blev änkling", svarar Alfred. Han sätter sig ner på sängkanten och böjer huvudet framför sin avlidna hustrus far.

"Förlåt, jag svek", säger han efter några sekunders tystnad.

Jakob bara klappar honom på låret med sin felfria hand en stund. Sedan säger han:

"Tro inte för en sekund att jag inte vet hur det är – för jag om någon vet precis hur jävligt det är. Jag hade nog också flytt fältet när allt rämnade om jag hade haft någon som plockat upp skärvorna efter mig. Men om jag hade åkt och övergivit Elna, Magda och Anna hade de stått helt utan någon som skötte dem – och det gick ju inte an", svarar Jakob trött.

När de småpratat en stund dyker en sköterska upp och kommer fram till dem.

"Var det Ni som körde hit herr Grönberg?" frågar hon.

"Ja, det stämmer bra, han är min svärfar. Jag kom så fort jag kunde när jag såg vilken form han var i", svarar Alfred.

"Gott, Ni kan hämta honom med en bekväm kärra imorgon eftermiddag. Sedan får han komma hit alla dagar i en veckas tid så att vi får se till såret. Sedan tar vi bort stygnen efter en vecka ungefär, när vi ser hur det artar sig med såret. Kan Ni göra detta, eller måste vi sända medikamenterna hem med er?", frågar hon.

"Det ska nog ordna sig med transporten. Jag tar även hand om utgiften." svarar Alfred.

Sköterskan bara nickar, sedan puffar hon till kuddarna bakom Jakobs rygg och går sin väg.

"Huh Alfred, det ska bli oerhört skönt att komma hem och slippa göra sina behov i sängen framför dessa vackra töser", småskrattar Jakob.

"Jaha, det finns tager i dig ännu gamle man", svarar Alfred och låtsas boxa till honom i axeln.

"Nåja, men det är allt bra pinsamt i alla fall", muttrar Jakob till svar.

De besluter i samförstånd att Alfred ska komma och hämta Jakob följande dag. Ingen av dem nämner desto mer om Alfreds frånvaro från hemmet. Det kommer tid för det senare.

9
Tidig höst 1857

Det bubblar inombords, känslorna flyter ut likt överjäst öl. Magda orkar slutligen inte längre. Hon går ut i skogen, hon går så långt hon vågar och där ställer hon sig och skriker rakt ut. Hon skriker tills halsen värker och sätter sig tungt ner i den tjocka renlaven på en platt sten. Där sitter hon sedan tills baken blir frusen, myggen biter och magen kurrar – men inget spelar någon roll. Hon tänker på allt elände, ältar och vänder på det som hänt och försöker hitta en lösning till hur hon ska gå vidare. Hon tänker på Alfred och att han dök upp från ingenstans. Faderns olycka. Och snart kommer hon till den ömmaste taggen av dem alla: dagen då hon gick ifrån sin lillasyster Anna som sedan brann inne när staden brann ner. Magda kommer aldrig att förlåta sig själv för det. Hon var ansvarig för systern och hon svek henne gravt. Lillasystern betalade med sitt liv. I några år levde Magda i tron på lögnen som hennes far hade invaggat henne i, nämligen att Anna inte kände något för hon sov. Nu inser Magda dock att det inte är sant. Man kan inte brinna upp utan att märka något. Det är inte möjligt.

Medan hon sitter och grubblar kommer hon att tänka på att Alfred ännu vet vad som nyligen har hänt henne. Han vet inte om att hon blev skändad och kvarlämnad. Hur ska hon berätta en sådan sak? Nej, hon tänker inte berätta det. Om någon annan berättar må det så vara, men hon tänker inte göra det. Magda känner inte Alfred på samma sätt längre och kan inte riktigt räkna ut hur han kommer att reagera. Kanske han blir hotfull och gormar som en vettvilling. Men å andra sidan har man inget för att bli arg om man inte hittar någon att ge sig på – för att ge sig på Magda gör inte någon egentlig nytta. Hon är redan tillräckligt sargad som det är nu.

När hon känner sig tillräckligt hungrig, myggbiten och lugnad går hon i sakta mak mot hemmet. Det är en fuktig dag och dimman är ganska tät. Magda känner hur älvorna sveper runt benen när hon går i den mjuka mossan, hon hör hur de kallar på henne. Först känner hon sig frestad att ge efter och följa med dem ner i fördärvet, men snart blir hon rädd när hon känner hur de nafsar och river i anklarna och med ens är hon livrädd och börjar springa.

Magda springer och springer, och inser till sist att hon inte har en aning om var hon är. Då saktar hon ner och går för att bättre hinna känna igen landmärken längs med vägen. Men hon märker snart att hon inte känner igen sig. Hon går lite på måfå framåt. Slutligen når hon en halvt uppkörd skogsväg som hon följer, utan att veta vart den leder. Magda går, i vad som känns som evigheter, innan hon når någon bebyggelse. Men till sin förvåning och lättnad ser hon att hon stiger ut ur skogen i gläntan bakom grannens hästhage. Hon småspringer de sista metrarna in mot gården.

Det är skymt och tyst och ingen väntar på henne. Det känns som om ingen någonsin väntar på Magda längre. Hon stapplar in i den lilla stugan, andfådd och kall. Hon tänker att hon ska lägga sig under alla bolster som finns i stugan och knappt röra en fena på väldigt länge. Bara ligga där och känna sig ynklig och vedervärdig, vältra sig i självömkan och hata allt och alla, men mest sig själv.

När hon tagit några steg in i stugan känner hon att det är en god värme i hemmet, det doftar kött och det känns nästan som förut, när tillvaron fortfarande var nästan normal. När det bara var Anna som var borta. Hon hejdar sig i stegen och tittar tvekande in mot skumrasket i stugan, hon ser att någon sitter där. Först kan hon inte urskilja vem det är, men sen ser hon att det är mor Stina. Hon bara sitter där. Säger inget och gör inget. Magda sätter sig ner mittemot henne vid köksbordet.

"Jag har mat till dig Magda, du måste vara hungrig", säger Stina med mjuk röst efter en stund. Samtidigt stiger hon upp från bordet och pysslar med maten.

"Jag åt redan för några timmar sedan så jag håller till godo med lite bröd", fortsätter hon medan hon ställer fram en tallrik framför Magda.

Hon stryker flickan över håret i förbifarten. Magda rycker till när Stina sätter handen på henne, hennes nerver sitter på utsidan av huden och sinnet svämmar över. Stina känner detta och ställer bort grytan med mat och kommer fram till Magda, sätter sig ner bredvid henne, lägger armen omkring henne och viskar att hon ska äta så att hon får upp värmen. Magda tuggar långsamt och omständligt i sig kött och kokade rovor. Medan hennes mage fylls med mat, Stinas omtanke fortplantar sig från armen runt livet och brasan sänder ut sin smekande värme slappnar Magda slutligen av.

De sitter tysta medan hon äter. När hon är klar stiger hon upp och för bort den tomma tallriken.

"Tusen tack mor, det var mat jag behövde. Jag har visst varit borta ganska länge, längre än jag trodde", säger hon.

Stina nickar bara till svar.

"Jag känner mig så dålig Stina, jag vet inte vad jag ska göra av mig själv och av alla känslor. Allt jag rör i blir dåligt, folk dör, skadar sig eller vill våldföra sig på mig. Vad är det för fel på mig egentligen?!"

"Magda, jag har aldrig blivit tagen med våld, men jag kan tänka mig att det är väldigt hemskt och att det är ett intrång i ens mest privata kammare. Men du kan inte leva som om det är ditt fel och något du måste skämmas över. Tvärtom är det mannens skam att han inte kan uppföra sig bättre än sådär."

"Men tänk dig, när jag ska gifta mig – om jag ska gifta mig – hur ska jag berätta detta då? Ingen vill ha en kvinna som blivit skändad på det där viset."

"Det är nya tider nu Magda, jag tror inte att många män tänker så längre. Dessutom behöver detta inte bli känt utanför detta hus. Du behöver aldrig berätta det för din blivande man."

"Men den där hästkusken har säkert berättat för alla han känner vad som har hänt", snyftar Magda.

"Vi ska söka upp kusken och tala med honom, likaså polisen", besluter Stina.

"Men du inser säkert att vi måste berätta för Alfred vad som har hänt, det finns inget annat sätt. Alfred har kommit hem med din far för flera timmar sedan. Din far har somnat i lillkammaren så du får besöka honom imorgon."

"Måste jag berätta, kan inte du göra det?"

"Det blir nog bäst om du berättar. Alfred kommer ut hit och sover, jag tänkte nu gå in och säga att han kan gå hit. Och då ska du berätta, är det förstått?"

Magda ryser vid blotta tanken, men hon inser att Stina har rätt.

"Ja mor", svarar hon därför kort och gott. Stina stiger upp, klappar henne på axeln och går sen ut.

Snart dyker Alfred upp, intet ont anande. Han blir glad när han ser henne vid bordet och han slår sig ner mittemot henne. Han märker att hon sitter och gruvar sig över något, så han tystnar snart med sitt småprat. Han fyller ved i spisen och tänder ett ljus som han lägger på bordet sedan sätter han sig ner på andra sidan ljuset. Han ser i skenet från den fladdrande ljuslågan hur utmattad den unga kvinnan ser ut.

"Magda?" frågar han.

"Ja, Alfred. Jag har lovat Stina att berätta för dig vad som har hänt och hur det delvis hänger ihop med det som har hänt far", säger hon.

Sedan berättar hon hela historien. Hur hon föll som en fura för mannen. Hur hon gick med på att träffa honom i hemlighet. Att han matade i henne vin och sedan skändade henne och lämnade henne åt sitt öde i buskaget. Hon berättar hur fadern sågade sig i handen den morgonen som han oroade sig över att hon inte kommit hem. Hon berättar allt i lugn takt, med stadig röst och trygg i förvissningen om att det hon berättar inte förs vidare.

Och Alfred lyssnar, hjärtat slår som vansinnigt men han avbryter inte utan bara lyssnar. Och det står nu fullkomligt glasklart för honom vad det är han har sett sedan han kom hem, utan att kunna tolka signalerna. Han nickar och ryser.

* * *

När Alfred hör Magdas historia får han bita sig i tungan för att hålla inne med hur vansinnig han blir. Skyddsinstinkten slår på i all sin kraft och den brusar i blodet på honom. Han vill inte visa Magda hur arg han är, det skulle bara skrämma henne och hon skulle inte berätta hela sanningen för honom. Därför sitter han bara där och försöker se behärskad ut, medan han är allt annat. När hon tystnar försöker han komma på något att säga, men det enda som kommer över hans läppar är:

"Hur mår du? Är du skadad och behöver vård?"

"Nej, jag är nog bara öm och skrapad, men jag behöver ingen vård. Inte än. Mor Stina är rädd att jag i värsta fall bär på barn, och om så är fallet är jag illa ute och behöver hjälp med att skära bort barnet", säger hon med en suck.

Alfred ryser, skära bort barn. Han vet att kvinnor genom tiderna gjort sig av med barn med strumpstickor och annat otyg, många av dem har dött på kuppen.

"Det är onödigt att tänka på det på förhand. Men något skärande kommer inte på tal oberoende av hur det ligger till. Vi ordnar det på något annat sätt!" säger han.

De sitter tysta en stund, var och en i sina tankar, bearbetande samma ämne. Den ena ilsket och den andra uppgivet.

"Nå, nu går vi och lägger oss. Jag ska ta kontakt med polisen och se vad de har hittat", säger Alfred.

Sedan ligger han och vrider sig halva natten. Återigen med en känsla av att det är hans fel, han som inte hölls hemma och övervakade det som skedde på gården och människorna som hör till den. Likadant som han lämnade Elna ensam nästan hela tiden. Trots att hon försökte sträcka ut sin hand till honom om kvällarna när han väl kom hem. Tänk att han ignorerade henne och var så kall. Han sover några oroliga timmar och när han vaknar har han bestämt sig. Han ska hitta den där svensken och slå ihjäl honom och han ska göra allt som står i hans makt att hjälpa flickan, Elnas lillasyster. Alfred ska gifta sig med henne om det är det krävs, för att hon ska klara sig med äran och hälsan i behåll. Det är han skyldig familjen Grönberg.

Nästa dag stiger han tidigt upp. Dagern är ännu gömd bakom regntunga ridåer, det är tyst i ladugården och den enda som reagerar på hans gång över gården är Bosse, som genast är med på en sväng. Alfred vandrar längs med stängsel och diken. Han skakar, bänder, slänger stenar till sidan, inspekterar skördar och uppskattar mängden arbete som är ogjort. Till sin förvåning, eller kanske snarare till sin glädje, noterar han att allt är välskött. Gården är i själva verket i bättre skick än den var när han gick ifrån allt, eftersom han så länge hade försummat gården för sågen. Han gissar att de däremot inte kan ha så mycket pengar, eftersom det kostar att ha folk i arbete.

Alfred stiger in i mors kök lagom till morgonmålet. Han slår sig ner med en tung duns och tar för sig. Plötsligt ramlar barnen in i köket, springer sin farmor till mötes och faller henne om halsen, medan de ännu är lite avvaktande mot sin far.

"Godmorgon mina små, ni har väl inte glömt mig redan? Kom och ge far en liten klapp idag", säger han med den mjukaste, barnsligaste röst han kan frammana, medan han böjer sig ner och sträcker en hand mot dem. Lisbet kommer fram till honom först och klappar lite mjukt på hans hand, Elmer följer snart efter och ger honom en snabb liten klapp.

Stina lyfter barnen på plats i soffan vid bordet, ställer fram en rejäl skål med gröt och ger Alfred en liten träslev.

"Nåja, nu får du ge dina barn morgongröt. Mata dem turvis genom att ge dem varannan tugga och blås på skeden så de inte bränner sig", kommenderar hon.

Alfred blåser och matar. Först vill inte Elmer öppna munnen, men när han ser att syster Lisbet lydigt öppnar munnen för varje tugga, gör han likadant. Snart är barnen mätta och går ut på backen med barnpigan och Alfred och Stina blir ensamma kvar i köket några minuter.

"Nåå?" säger Stina med frågande röst.

Alfred suckar tungt, nickar med huvudet och tuggar på underläppen.

"Jo, jag vet nu. Jag vet allt och det är för jävligt, helt enkelt. Jag måste göra något. Frågan är vad, och var jag ska börja. Vad säger Jakob?" frågar han.

"Jakob har problem med sig själv och med spriten. Han sågade sig slutligen i handen, så där har vi inte mycket hjälp."

"Just så, då tar jag hand om saken, Magda har skött mina barn medan jag själv ränt runt världen. Jag ska inleda med att avlägga en visit vid polisen idag", svarar han.

Men före det promenerar Alfred ner till sågen, han tar Knut med sig. Han har inte satt sin fot där sedan han kom hem. Men han har förstått att Sven Gran arbetar kvar och att det är honom han har att tacka för att rörelsen fortfarande är igång. Men nu vill han höra hur det går. Det sjungande ljudet som hörs över hela backen i Runsor är redan igång. Det är ett ljud som Alfred inte har saknat. Ett ljud som rotar sig i hjärnan och som sätter sig i öronen och påminner om sin närvaro jämt och ständigt. Oberoende om han arbetar eller ej.

När Sven får syn på Alfred höjer han en hand, arbetar färdigt med en stock och kommer sen honom till mötes. Han räcker ut näven mot Alfred på ett ovanligt officiellt sätt för att vara Sven. Alfred skakar hans hand.

"Det var länge sedan, välkommen hem ska han vara!" säger Sven. Men han kliar sig i skägget och hans blick är kall och avvaktande.

"Tack Sven! Det känns konstigt, men bra att vara hemma igen. Nu ska jag inte åka bort mer, utan jag kommer att ta över igen där jag slutade." Sven rycker till, därför säger Alfred hastigt:

"Däremot kommer jag att involvera mig så lite som möjligt i arbetet med sågen. Jag litar fullkomligt på dig här. Jag skulle däremot väldigt gärna vilja se över hur det går med beställningar, pengar och sådant, bara till min kännedom. Jag vill också veta alla förändringar, större problem eller medgångar och dylikt. Jag vill att vi tar en träff per vecka där vi kan gå genom sådana saker", fortsätter Alfred.

Sven sneglar mot Knut. Gossen noterar detta och sträcker därför fram sin lilla hand likadant som de vuxna männen gjorde.

"Goddag, jag heter Knut och jag följde med Alfred från Åland", presenterar han sig med sin runda, åländska dialekt.

"Nå men jag önskar dig välkommen till Runsor då, Knut. Hoppas du ska trivas här", svarar Sven och blinkar med ett öga till Knut. "Kanske du rent av kommer och arbetar på sågen med mig?"

"Ja, det vet jag inte ännu. Något ska jag ju arbeta med. Hemma på Åland arbetade jag med fiske medan min far levde, men sen blev jag ensam kvar på ön då han försvann. Efter det arbetade jag bara med att försöka överleva alla dagar", svarar Knut lillgammalt.

"Nej men söta, då begriper jag varför Alfred har släpat med dig ända hit."

Sedan ägnar männen en stund åt beställningsboken och räkenskapsboken. Alfred är mäkta imponerad över mängden beställningar och sågens goda ekonomi. Allt ser väldigt välskött ut. Han noterar också att Svens lön numera är högre än den var när han reste iväg, men det tycker Alfred är mer än rätt.

"Det var väldans bra med beställningar vi har hela tiden", säger han när de studerat boken en stund.

"Jo, man märker minsann att alla hus brann upp i Wasa. Vi säljer också plank till Klemetsö, där de nu i sakta mak börjar bygga nya hus. De stora husen blir i tegel, men de behöver plank till många innerväggar, golv och sådant. Det var en mycket lämplig tid att ge sig in i sågandet då när du startade ditt företag. Väl tänkt Alfred!", säger Sven medan han nickar och visar tummen upp.

"Tack, tack! Det är tack vare dig det har gått så bra för oss. Därför är det är du som ska ha tack. Men nu ska jag ge mig iväg, jag har ett viktigt ärende nu på eftermiddagen. Knut, om du vill kan du stanna här en timme och titta på arbetet. Du ska inte röra några stockar eller plank idag, bara se på. Du får inte stanna för länge heller för då får du sågens ljud i öronen. Men lär dig lite. Jag kan inte ta med dig dit jag ska idag. Men i morgon ska vi ta hästen och åka till begravningsplatsen. Då får du komma med", säger Alfred.

"Javisst Alfred, vi kan göra så. Jag stannar här en stund."

Alfred vandrar tillbaka mot stugan. Omedelbart är hans tankar inne på nästa ärende han har för dagen. Han ska åka till polisstationen.

* * *

Amalia sitter i sin favoritstol framför kakelugnen. Hon har en bok framför sig, läser, men hon märker inte vilka ord som flyter fram. Hennes tankar är långt borta. Från att förr nästan hela tiden ha tänkt på Carl, ägnar hon honom numera en tanke endast då och då. Hon går inte till hans minnessten särskilt ofta heller. Idag tänker hon inte alls på Carl, utan på det som Lasse föreslog, att hon skulle åka till Wasa. Det lockar, men känns ändå på ett sätt alldeles otänkbart. Det värsta hon har varit med om i hela sitt liv – eller näst värsta kanske, om hon jämför med att förlora Carl till havet – hände i den staden. Branden och åsynen av hur den slukade allt omkring sig. Hon lägger boken ifrån sig med en smäll och börjar vandra fram och tillbaka i hemmet. Hon försöker se ut genom fönstren men hittar inget intressant att fästa blicken vid. Slutligen klär hon på sig hatten och

lägger en tjock pläd om axlarna, öppnar dörren och ropar över axeln till barnpigan att hon går ut.

Amalia vandrar sedan planlöst omkring i Stockholm. Hon stannar utanför Storkyrkan och ser på ett litet dopfölje. En vacker, stimmig familj med flera barn. Mannen håller sin fru ömt om armbågen medan de går ner för trappan. Hon går vidare längs Österlånggatan, men korsar gatan när hon närmar sig krogen Den Gyldene Freden, för det stiger redan på långt håll upp ett sådant oherrans liv ur dess inre. Hon stannar till och blickar ut över Saltsjön. Där, på andra sidan havet, långt borta, ligger Finland. Sedan tar hon den kortaste vägen hem, huttrande och med malande käkar. Hur hon än har funderat kan hon inte bestämma sig för om hon ska åka eller inte.

Sedan intar hon middag med endast Edvin som sällskap. Amalia tvättar håret och går sedan tidigt till sängs. När hon stiger upp nästa dag har hon bestämt sig. Hon kommer inte att åka till Wasa. Hon kommer aldrig mer att åka till Wasa. Hon tänker inte heller hålla kontakt med Karlssons. Däremot tänker hon åka ut i skärgården, det är snart slut på sommarsäsongen och festen väntar. Om hon vill hinna njuta av lugnet ute i havsbandet måste det ske nu. Hennes mor är ännu kvar i stugan, men hennes far är tillbaka i staden och arbetar, så ett besök i stugan passar utmärkt väl. Hon meddelar husan att hon åker lite tidigare än planerat, plockar ihop lite saker som de ska ha med sig och går ner för att beställa en droska till nästa morgon.

Samtidigt som hon är ute för att beställa droskan går hon via Carls föräldrars hem. De väntar alltid på henne och Edvin och hon vet att de inte kommer att se på henne med blida ögon när hon dyker upp utan Edvin. Inte heller kommer de att godkänna att hon planerar att resa bort en vecka eller två med gossen. Det är som om de numera enbart lever för de korta stunder som de får se sitt barnbarn. De ojar sig hela tiden över hur lik han är sin far. Samma ögon och öron. Lika iögonfallande skrattgropar har han. Det är tungt för Amalia och det kan inte vara särskilt roligt för den lilla pojken heller. När han växer upp och blir äldre kommer han att reta upp sig på dem, om de inte ändrar sitt sätt gentemot honom. Nu är han bara en liten pojke som inte tänker på saken. Men med tiden kommer han att tycka att det är konstigt att farföräldrarna bara ser den försvunna fadern i honom – och inte alls honom själv.

Efter att hon pliktskyldigt suttit och druckit en kopp te en stund, medan hon berättar om sina planer stiger hon hastigt upp, ursäktar sig och går hem. I hennes öron ringer deras gnäll.

Nästa morgon åker hon och Edvin till Stockholms skärgård för att lata sig, äta fisk och roa sig med lek och långa promenader på klipporna.

10
Tidig höst 1857

Det som skulle bli det bästa som hänt honom på länge, blev det värsta han har varit med om. Som Jakob hade längtat hem de få dagarna han låg på lasarettet och pissade i en kopp framför de unga, söta flickorna. Men det var inget jämfört med hur arbetsamt det är att komma hem och försöka göra något på egen hand. Bandaget får inte bli vått, det ska bytas och handen är helt oduglig. Allt gör dessutom ont så in i helsike.

Som han ångrar att han drack och gick till sågen, det är det dummaste han har gjort och det kommer han att få betala för resten av sitt liv. Inte vet han heller om det blir någon arbetskarl av honom mera, och vad han i så fall skulle syssla med. Han måste pröva sig fram med skomakarverktygen – när handen slutar göra ont – för att se om han ens kan sy, pligga och klacka längre utan sina fingrar. Men det borde ju nog fungera eftersom fingrarna fattas på vänster hand och han använder den högra när han arbetar. Men definitivt ska han nu sluta arbeta på sågen, i själva verket hatar han det arbetet.

Kanske han borde satsa på att vara tidigt ute och öppna ett skomakeri i den nya Nikolaistaden. Det skulle vara trevligt med en mottagning som liknar en butik med en disk och ett arbetsrum bakom. Han kunde till och med ha en kassa och kanske sälja lite färdiga skor också, inte enbart reparera skor. Tänk om han kunde ha ett fönster mot gatan och lägga ut ett par fina träskor, damskor och läderstövlar till försäljning i fönstret. Och ha sitt namn på affären skrivet med snirkliga bokstäver, som på ett bageri. Jakob blir alldeles matt vid tanken på hur otroligt roligt det skulle vara att få betjäna kunderna i en så elegant butik. Han kunde kanske till och med ta in en lärling. Den där lille Knut som Alfred hade med sig från Åland verkar vara en duktig pojke – även om han helst tycks ränna omkring i hagarna med djuren.

Snart övergår Jakobs dagdrömmar till verkligheten när det är dags att pyssla om såret. Varje gång de öppnar bandaget för att tvätta stygnen med brännvin, bultar pulsen i tinningen och käkarna maler. Men såret ljusnar upp väl och det ser ut som om det kommer att läka. Han vågar nästan inte böja på de övriga fingrarna, rädd för att det ska få såret att gå upp i sömmen. Det svider fortfarande så det flimrar för ögonen när han får brännvinet i såret. Men han har lärt sig att det putsar bort orenheterna som i sin tur ställer till med rötan och därför håller han ut.

Folk han känner har dött av röta till och med i ganska små sår. Det blir svart från såret som vandrar längs ådrorna mot brösttrakten och snart är de döda; stinkande och plågade medan de skriker rakt ut.

Varje gång någon häller brännvin över såret skulle han hellre hälla ner de klara dropparna genom sin torra strupe för att döva svedan och plågan i kropp och själ.

Jakob bekymrar sig för Magda. Han har dessutom väldigt svårt att veta hur han ska hantera situationen. Han kan förvisso begripa att det är ohyggligt på alla sätt att bli tagen med våld, liksom att bli lämnad under en buske och att bli matad med brännvin utan att inse att det finns en baktanke. Men hur ska man som far och man hantera det, eller hantera dottern. Han är vred och vill ha alla former av hämnd som finns. Helst skulle han hänga upp snorungen i ballarna i närmsta träd, men Jakob inser att det inte kommer att ske – han har inte ork till att ens gå ut och söka mannen.

Därför fortsätter han att tiga runt Magda, muren av tystnad dem emellan växer sig högre för varje minut. Lika mycket som fadern är konfys och villrådig, väntar Magda på tröst och anklagelser från honom. Deras uppfattning om situation är som natt och dag. Deras uppfattning är som far och dotter.

* * *

Alfred har lovat Knut att de skall åka till begravningsplatsen tillsammans, men det har Alfred nu ångrat. Han känner att han måste åka dit ensam, få slå sig ner där i lugn och ro och begrava sig i minnen som stinger likt en geting, mörker som är djupare än midvinternatten och smärta som gräver ur själ och hjärta, tills det inte finns något kvar.

Han ska be Elna om förlåtelse, likaså Gud, men främst måste han förlåta sig själv. Alfred förstår att så länge han hatar och förebrår sig själv som han gör för att han inte stödde familjen och barnen när de miste sin mor, tar han sig inte vidare. Han måste nu orka arbeta och vara en far till sina barn. Men om han går omkring som en skugga av en man kommer det att bli svårt.

Därför säger han bara kort till Knut att han snart är tillbaka, spänner för hästen och kör ut mot gravgården vid Kapellbacken. Han saktar in hästen på flera platser inne i gamla Wasa och förundrar sig över hur öde den gamla staden är. Det finns ett nytt litet torg invid kyrkoruinen, några små butiker och rangliga hus, men på det stora hela ser det ut som en stad där det bara bor föredettingar. Han hälsar kort på några bekanta, men de är inte många. Inte som förut när han såg någon han kände i vart och vartannat gathörn.

När han kör längs vägen ut mot Kapellbacken stannar han hästen vid en avtagsväg, stiger av och traskar längs vägrenen och plockar en bukett sommarblommor. Sommaren är inne på den senare halvan, så det blir humleblomster, kärringtand, prästkragar och rödklöver. Stjälkarna blir lite olika långa och det hela ser inte alls ut som när Elna samlade på sina växter, men det är tanken som räknas.

Sedan kör han långsamt mot porten vid gravgården. Han knyter Fjalar löst vid en bom, går in genom den tunga grinden och börjar gå längs gången mot graven. Han registrerar inte den skira grönskan med de vackra, vajande björkarna, de gröna kullarna och de välansade små sandgångarna. Han ser inte blomsterprakten på gravarna. Han ser bara att ljusfältet minskar som i en tunnel. Pulsen skenar och händerna blir fuktiga av svett. Men obarmhärtigt når han fram till graven som är hans mål och han ser Elnas namn under hennes mors och systers namn på det sirliga järnkorset. Korset är nytt, han har inte sett det förut. Han har inte varit här sedan de begrov Elna. Alfred placerar blommorna på graven och sätter sig ner, tung i kroppen som om han bar hela världen på sina axlar. Först talar han högt.

"Ja du Elna, det tog lång tid, men nu är jag här. Jag är hemma och jag ska ta hand om våra barn. Förlåt att jag svek dem. Fast jag visste ju hela tiden att de hade morfar, farmor och farfar och Magda så jag visste att det inte går någon nöd på dem", säger han med en låg röst som förs bort med vinden.

Sedan tänker han bara, men talar till henne i sina tankar – det känns som om hon kan höra dem lika bra som när han använder sin röst.

Alfred berättar om det han varit med om, vad som har hänt med Jakob och Magda och att han har tagit en liten pojke till sig.

Sedan berättar han hur han saknar henne; för om Jakob har mist sina fingrar har han själv mist en del av sin själ. Den som hon tog med sig i graven.

Han lipar inte heller, sitter bara där och kommunicerar med Elna, omedveten om tid och rum. Ibland inbillar han sig att han kan höra henne svara, att han hör hennes anklagande röst när han erkänner sina synder och att hon tröstar honom när han känner sig som sämst. Allra sist känns det som om hon säger att hon förlåter honom.

Sen stiger han äntligen upp ur gräset, borstar av byxbaken och går därifrån med raska steg, nästan småspringer. Nu har han viktigare saker att ta itu med än att vältra sig i minnen och självömkan.

Han manar på Fjalar och de kör fort genom småvägarna, dammet dras upp ett stort moln bakom dem där de hastar fram. Alfred har bråttom. Han kör hästen raka vägen till polisen. Väl framme stormar han in på deras kontor, men där får han sedan nesligt nog slå sig ner och vänta på sin tur. När han, efter nästan en halv timmes väntan, står i tur att gå in och prata med en polis, berättar han sitt ärende, han vill prata om överfallet av Magda. Allt för att plötsligt avspisas.

"Ursäkta mig, men hur tänkte ni här? Ni stormar in, säger att ni känner en kvinna, som ni säger någon våldfört sig på, och ni menar att jag bara ska tro på dig? Såvitt jag vet kan ni lika bra vara våldtäktsmannen personifierad som kommer för att höra sig för om vi har kommit någon vart i utredningen", fräser poliskonstapeln till Alfred, efter att han framfört sitt ärende

Alfred blir mållös och stammar:

"Ne-ne-nej men nej, konstapeln förstår ingenting. Hon är, alltså Magda, är min döda frus yngre syster och jag ska ta hand om henne."

"Ja, det borde Karlsson ha gjort från första början då – då skulle vi inte sitta här och ha den här diskussionen. Stackars flicka, om det du säger stämmer, fy fan", svarar polisen samtidigt som han stiger upp ur sin stol och går mot dörren. Han slänger upp dörren på vid gavel och pekar ut genom dörren med blicken spänd i Alfred.

"Om du är den du säger, föreslår jag att du dyker upp med den eventuella kvinnan på den avtalade tiden när hon ska komma hit med sin familj. Tack och hej!"

"Vad, jaha, ja men när är den då?" frågar Alfred.

"Ja, det kan du allt fråga den unga kvinnan om, så till vida du faktiskt känner en sådan person. Nu får du ta och pallra dig iväg, jag har viktigare saker att syssla med", svarar polisen och smäller igen dörren bakom ryggen på Alfred.

Han hinner se att en yngre polis bakom ett skrivbord i mottagningen, gör allt för att dölja ett leende. Det irriterar Alfred ännu mer, och han tar ut sin retlighet på den unga, oskyldiga mannen.

"Jaha, där sitter du och flinar, men jag ska säga dig att ni här på polisen borde lära er veta hut och hur man ska behandla folk väl. Ni är ena burdusa råskinn hela gänget. Goddag!" sedan stormar han ut.

Han sparkar till en närliggande sten när han kommer ut på gården. Stenen flyger iväg med fart och träffar nästan Fjalar – det var absolut inte meningen. Fjalar blir skrämd och rycker och drar för att komma loss.

Eftersom Alfred inte har knutit någon hård knut får han med ens annat att tänka på. Fjalar kan skada sig om han kommer loss och skenar iväg med kärran på släp. Efter en del arbete lugnar hästen ner sig.

Sedan sätter Alfred sig i kärran och kör i ursinnig takt längs den smala vägen till Runsor.

Det första han gör när han kommer hem är att springa in och ropa rakt ut i köket:

"När är mötet på polisstationen?"

Han får inget svar och inte ser han till någon heller. Han går och söker upp sin far. Ragnar sitter på de äldres sida i stugan och skriver något i en bok. Han slår igen boken när Alfred uppenbarar sig i dörren.

Alfred upprepar sin fråga.

"När är mötet om Magdas ärende på polisstationen"?

"Det mötet skulle vara efter tio dagar. Så då är det om några dagar då, jag måste tänka efter. Men hur känner du till mötet förresten?"

"Jag besökte polisen idag och tänkte börja nysta i detta och se vad de har kommit fram till. Men jag blev utslängd från stationen och anklagad för att vara en lurendrejare. Det var fruktansvärt pinsamt det hela. Jag blev uppmanad att återkomma med Magda när hon har sitt möte – ett möte som jag inte kände till att var på kommande", svarar Alfred medan han vandrar fram och tillbaka över golvet framför Ragnars bord.

"Men sätt dig pojk, nu är du oerhört störande", säger Ragnar med skärpa i rösten.

Alfred dimper ner på en stol med en djup suck, han begraver ansiktet i händerna.

"Polisen hade mage att säga mig att det var mitt fel att det hände", säger Alfred med sammanbitna tänder.

Ragnar inser då varifrån glöden i sonens ögon kommer. Det måste vara något av det värsta som Alfred kan få slängt i ansiktet med tanke på historien och hur han lämnade allt vind för våg och smet.

"Nåja, strunt i det, polisen vet inte vad han pratar om och han ville bara få dig att känna dig underlägsen. Så arbetar poliserna", försöker

Ragnar släta över.

"Men han har ju rätt! Han sade att om det är min uppgift att ta hand om henne varför råkade hon i den där knipan överhuvudtaget? Och jag håller med, jag var inte ens här och styrde och ställde."

Sedan sitter de bägge tysta en stund och begrundar det hela.

"Nåväl, jag kommer med på nästa möte, meddela mig när det är. Och så vill jag att du ska förstå att jag från och med nu ämnar styra det här hushållet med järnhand. Inget ska gå fel längre", säger Alfred, stiger upp och går ut ur rummet, smäller igen dörren och går med bestämda steg ut mot den gamla delen och stora köket.

Med pannan i veck och munnen formad som ett smalt streck stövlar han rakt in på barnen som nu sitter på golvet framför hällen och leker. Bägge två ryggar tillbaka, stiger upp och springer med snabba, små tassande steg och gömmer sig bakom ryggen på Magda när de får syn på hans arga ansikte.

Nej, inte det också, tänker Alfred och försöker lätta på sin bistra min. Han menade naturligtvis inte skrämma de små, men han visste dessvärre inte att de satt där.

"Hej på er mina små, hur står det till idag?" frågar han med en tillkämpat lugn och mjuk röst. Barnen låter sig inte luras av hans förvandling.

"Är allt väl med Lisbet och Elmer idag?"

Barnen svarar fortfarande inte. Magda ser på honom med förebrående min.

"Barnen hade det utmärkt väl tills du stormade in och såg ut som om du ätit skit", fräser hon till honom.

Alfred skakar på huvudet och går ut. Fruntimmer! tänker han irriterat och går för att söka reda på Knut.

* * *

Efter att Magda har fått berätta för flera personer vad hon varit med om och hur hon mår, känns det snart lite bättre. Hon kan till och med sova korta stunder utan att känna mannens tyngd ovanpå sitt bröst.

Hon är fortfarande oftast på dåligt humör och hon håller sig gärna med barnen eller djuren, för hon är bara otrevlig mot andra vuxna.

Hon grubblar ofta över det som hänt och hur livet blev, det var så mycket som ändrades på en gång. Hon blev tagen med våld. Far sågade sig i handen och Alfred kom hem, allt på en gång. Och det känns som om världen har vänt sig upp och ner. Men ju mer hon grubblar på saken, desto mer bestämd är hon över att det som den mannen tog ifrån henne och det som han gjorde mot henne, inte ska få bli det som hon står för. Magda tänker inte definiera sig själv som den skändade. Hon är så mycket mera. Istället tänker hon ta reda på mer om sina möjligheter att bli lärarinna och satsa på den drömmen. Den som hon länge har haft, men som kom på skam när Elna dog, Alfred åkte och deras barn blev föräldralösa.

Men nu känns det återigen som om Magda kunde tänka på sin egen framtid. Det är nästan som om ilskan i bröstet, behovet av att visa männen – för det är män som har blivit hennes fiende – har ökat behovet att visa, att hon minsann är sin egen kvinna och ingen kan ta hennes stolthet och skarpa huvud ifrån henne. Så Magda blir starkare av det hon gått igenom. Det som inte dödar härdar.

Dagen då de ska på återbesök till polisen gryr och Magda vrider ängsligt sina händer. När de kommer in till kontoret och slår sig ner i väntsalen, visar det sig att även kusken Helge sitter där. De hälsar på honom och småpratar, men ingen av dem nämner det som har hänt. Det sitter även ytterligare en man där, men ingen känner honom så de pratar inte med honom. Efter en stund öppnas en dörr och de får alla gå in, även den okände mannen.

"Tack för att ni kom. Vi inleder med att gå igenom vem som är här och tar lite frågor vartefter. Det här är alltså Helge, han körde hästen och är den person som såg både när Magda steg av och på skjutsen. Han såg även förövaren som mötte Magda vid Sandviks villan," säger polisen med blicken mot Helge.

"Den andra herremannen är Greger, han är förman för bygglaget som förövaren arbetade i. Och det här är Magda, hennes far Jakob, Ragnar som äger gården där hon bor. Och så har vi en man som är obekant för mig. Kan ni vara snäll och presentera er och berätta ert ärende här idag?" säger polisen bakom skrivbordet och tittar på Alfred när han avslutar sin utläggning.

Alfred harklar sig omständligt.

"Ja, herr konstapel, jag heter Alfred Karlsson och jag är här som nära anhörig till Magda. Jag var gift med hennes syster. Eller alltså jag skulle ha varit gift fortfarande, men hon har gått bort", svarar han med så fin svenska han förmår.

Polisen skriver ner det som Alfred berättar på en blankett som ligger framför honom. Sedan tar han fram en bunt med papper som han bläddrar i en stund innan han återigen tar till orda:

"Jag gör nu så att jag startar med Helge och Greger, sen får de gå när vi börjar prata med Magda, om vi tycker att det behövs." Han fortsätter. "Magda berättade att mannen har presenterat sig som Sören. Och Greger har beskrivit en man för oss som vi har sökt efter i tron att han hette Sören. Vi fick ett väldigt bra signalement och vi kom långt med det. Vi tog kontakt med kamraterna som denne Sören hängde med och fick höra att han var en av byggarna inne i Nikolaistad. Det finns naturligtvis inget fotografi på mannen, men vi bad en konstnär rita en bild utifrån det som Magda och Helge har berättat."

Polisen bläddrar därefter igen i sina papper, tar fram en bild och kommer fram till Magda och visar den, går sedan vidare till Helge.

"Är detta mannen ni bägge har sett?" frågar han.

Magda bara nickar.

"Ja, visst fan är det den satan!" utropar Helge.

Polisen går fram emot Greger, visar honom samma bild.

"Är detta mannen som vi tidigare diskuterat och som du upplyste polisen om att heter Sten Besk?" frågar han av honom.

"Ja, jag kan bekräfta att det är Sten Besk, svensk medborgare och tidigare anställd i mitt bygglag", svarar Greger med darr på rösten och uppgiven min.

"Kan du meddela polisen om var denna Besk befinner sig just nu?"

"Nej, dessvärre. Hans kontrakt gick ut för ett par veckor sedan och han tog båten till Stockholm samma dag som han slutade arbeta hos oss. När ni berättat om detta kan jag vara säker på att det var hans sista arbetsdag som han utförde dådet och sedan tog han båten som lade ut redan klockan sex på morgonen. Vi märkte aldrig något märkligt med honom, han var som alla andra unga, svenska män som vi har i arbete hos oss", svarar Greger.

"Råkar det sig så väl att ni har hans adress i Sverige?"

"Nej, dessvärre, när han fick arbete hos oss uppgav han att han inte har en fast adress i hemlandet. Det är faktiskt ganska många som inte har det. Han fick sin lön i handen innan han for, så vi behövde inte hans adress heller. Jag har frågat runt bland alla männen han arbetade med och ingen tycks veta någonting om honom. Han var tydligen en sådan som pratade ganska lite och aldrig berättade något om sig själv. Däremot minns jag att företaget som han arbetade för innan han kom till oss, hette något så märkligt som Fankens bygg. Jag tyckte det var ett så konstigt namn på ett företag att jag kommer ihåg det ännu idag. Det kan ju hända att de på Fankens bygg vet mer, företaget finns – eller fanns – i Stockholm ", svarar Greger.

"Så vad vi nu kommer fram till här är att vi vet vem mannen är, men vi vet inte var han är. Det betyder att vi i detta nu inte kan straffa någon. Men jag ska ta kontakt med polisen i Stockholm, vem vet, kanske de vet någonting", suckar polisen. Han stryker handen över håret, hans blick flackar från sida till sida och han ger plötsligt ett osäkert intryck.

"Jag är ledsen fröken Magda, jag hade gärna slagit någon i bojor för er skull. Jag anser att det är ett mycket fult och ynkligt brott som denne Besk har begått mot Er. Jag ska göra mitt bästa för att få tag på kräket", säger han och försöker se på Magda.

Hon har mest bara suttit tyst och lyssnat när männen pratat över huvudet på henne. Nu tar hon till orda.

"Ja, ni får gärna ta honom och straffa honom. Men det som jag just nu vill ännu mer – eftersom han är svårfångad – är att alla här i rummet och som i övrigt känner till det som hänt lovar att hålla tyst. Jag vill inte bli den som alla pratar om och som alla sneglar på bakom ryggen. Eller den som männen tycker att de kan ta för sig av", säger hon med en klang i rösten som ekar från stålet som finns i varje kvinnas sinne; även om hennes kropp är svag.

"Ja, ni hörde henne allihopa, vi inom polisen förväntar oss att ni är diskreta. Ja helt enkelt, på ren svenska som ni begriper: Ni ska hålla käft om detta. Är det förstått?" ryter polisen. Han vill ju inte vara sämre än fruntimret.

"Ja, dessvärre kan vi inte göra mera åt detta just nu. Jag beklagar. Vi återkommer till er i Runsor om vi får fram ny eller mera information", säger polisen samtidigt som han går mot dörren, öppnar den och visar med en knyck på nacken att det är dags att de avlägsnar sig. De skakar alla hand med honom när de går ut genom dörren. När de tillsammans stiger ner för trappan går munnen på Helge.

"Nog var det ju för jävligt. Tänk hur spolingen hade planerat allting, på väg att åka härifrån och allt. Han visste mycket väl att han kommer undan. Jag tror inte en sekund på att de får fast honom", babblar han på.

"Ja, vi tackar för er hjälp och vi är tacksamma för er diskretion", avbryter Alfred och de vänder av mot ett annat håll.

"Jag måste bara bli av med dem, jag orkar inte höra mer", väser han i örat på Magda.

Magda tycker inte det är ett uns roligt för hon tycker om Helge, han är en godhjärtad och snäll man, även om han pratar.

De har hästen stående en bit bort så de går dit, hoppar upp i kärran och Alfred svänger av mot Runsor.

"Nej, kan du inte snälla Alfred köra oss ut till graven. Jag har inte varit där på väldigt många månader", säger Magda plötsligt.

Hon ser att Jakob rycker till.

"Nåja, varför inte. Jag var nu nyss där, men säkert kan jag komma dit en sväng igen", säger han och rycker i tömmarna.

De kör långsamt genom de ödsliga kvarteren, alla sitter tysta och tänker på sitt. Jakob försöker böja på fingrarna han har kvar på vänstra handen. Varje gång han får fingrarna böjda grinar han illa och svetten bryter ut.

Den lilla truppen vandrar sedan i maklig takt över gravplatsen, alldeles som om ingen riktigt vill komma fram till graven med alla de kvinnliga namnen. För Magda och Jakob är det riktigt tungt att se deras namn. Mamma Signe, lilla Anna och till sist även deras fina, älskade Elna. De står sedan tysta, alla tre på rad, och stirrar på graven. Magda plockar bort lite torra löv. Den sena eftermiddagssolens avmätta ljus strilar in mellan de lummiga grenarna på hängbjörkarna och dansar över gravkorset.

Den som först ger upp är Jakob.

"Nej, kan vi bara åka, jag orkar inte se detta. De är mina flickor, alla tre som ligger här. Det är alldeles fruktansvärt att det skulle bli så här. Jag önskar att jag hade fått dö istället, jag är bara en oduglig skitgubbe", suckar han, vänder om och går sin väg.

"Far, vad säger du, inte skulle jag ha velat förlora dig heller, lika lite som någon av dem som redan ligger där", svarar Magda med grötig röst medan hon skyndar efter honom.

"Nej, vi får nog ha väldigt klart för oss, ingen vill att någon av ens närmaste någonsin ska dö – men likaväl ska vi alla göra det", suckar Alfred där han kommer lommande bakom dem. Vissa av oss drabbas hårdare av död och elände medan andra kommer lite lättare undan, men alla ska vi den vägen vandra. Tänk egentligen vilken otur det var att Anna dog, det var ju trots allt ganska få som dog i branden, fast den var så stor och ödeläggande", säger Alfred, medan han klättrar upp i kärran och fattar tömmarna.

"Nå, nu ska vi åka hem, äta middag och efter middagen ska vi slå oss ner, som förr i världen, och dricka te och fundera på livet. Vi måste alla nu tänka ut vad vi ska göra och hur vi ska göra med det som förändrats. Och jag måste också bestämma mig för vad jag ska hitta på med lilla

Knut", fortsätter han.

"På tal om Knut, jag har tänkt på honom, men vi kan kanske prata om det senare, efter middagen", svarar Jakob, medan han vänder på huvudet som för att få se en sista glimt av sina flickor som han återigen lämnar kvar på gravplatsen.

II

Tidig höst 1857

De sitter lite senare med sina tekoppar. Alla är samlade, barnen sover och stämningen är laddad. De ska prata.
Stina vet att det är svårt att prata. Hon vet att det är ett stort och svårt ord och få saker är så svåra för människan som att prata, att säga som saker och ting är, vara ärlig utan att bli elak eller spydig. De allra flesta vill bara försvara sin egen position, sin egen idé eller tanke. Få vågar tala ur hjärtat, trots att de andra runt bordet kanske behöver höra just det, just då. Inte de där orden som täcker upp det hela, de som lägger sig som ett ljuddämpande täcke över sanningen. Hon vet också att det inte finns något så misshandlat och missförstått människor emellan som enkel, klar och rättvis ärlighet. Möjligen kan det vara att säga till en annan att vi älskar honom eller henne, ärligt, från hjärtat och med stadig blick. Vi klarar inte ens av att säga till oss själva att vi älskar oss själva. Men vi är bra på att hitta saker som vi slår ner på, hos oss själva. Vi är första gradens plågoandar och säger saker till oss själva som vi inte skulle drömma om att säga till någon annan. Du är oduglig, ingen kommer någonsin att orka höra på dig, ful, trist och risig... endast fantasin sätter gränser, aldrig vårt eget samvete.

Men nu skall de alltså prata och Stina skall bjuda till även hon.

Så sitter de där, alla vuxna, och ska prata. Men ingen kommer på de förlösande orden som får igång samtalet. Snart stiger mor Stina upp från sin stol och går för att hämta mera te. De flesta drack ur sin första kopp ganska fort, eftersom de teg och koncentrerade sig på att dricka.

"Ja, vi dricker väl lite mera te då. Det är Elnas välgörande te mot magkramp jag har valt att göra idag. Jag tänkte att det kan passa bra in på det här gänget för man blir allt lite nervös när man skall tala allvar", säger hon för att lätta upp stämningen i rummet en aning.

"Ja, vi saknar alla Elna väldigt mycket, hon skulle inte ha haft något problem med att föra denna diskussion", svarar Ragnar.

"Men eftersom det är svårt kan jag inleda, jag är ju ändå äldst i rummet", fortsätter Ragnar.

"Vi har en gård att sköta, Jakob har en stuga, vi har en såg att sköta, två små, moderlösa barn, vi har numera även Knut, vi har en ung giftasvuxen kvinna med bekymmer, en ung änkling, en skadad skomakare och dessutom två gamlingar, samt tjänstefolk och djur – och allt detta måste vi få att fungera. Dessutom har vi en stad som flyttar längre bort. Vi måste se till att alla hittar sin plats, har något vettigt att göra under dagarna, inte för mycket eller för lite, att gården och sågen går runt och att vi har bröd på bordet alla dagar. Vi har många munnar att mätta med tjänarna inräknade. Jag, du, staden... är förändrad och bränd", säger Ragnar lugnt och stillsamt.

Hans inledning är en bra början som får alla att tänka efter. Det låter som en väldigt krävande framtid.

"Tack far! Det låter som om vi hade att göra! Och det har vi, men vi är även många kloka personer och vi har det gott ställt. Vi svälter inte. Jag tänkte att vi kanske kan göra så att vi går runt till alla i tur och ordning så får var och en berätta vad hon eller han vill göra, så ser vi sen om det är möjligt", säger Alfred. Han drar andan och fortsätter: "Egentligen kan jag inleda själv. Jag vill sköta hemmanet, basa över drängarna och endast se över beställningarna för sågen. Jag vill sova i stora kammaren, barnpigan och barnen i lilla kammaren och jag vill vara hos barnen alla dagar och jag vill leva och arbeta hårt som en riktig bonde – inget annat. Din tur Jakob", säger han.

Jakob ser tveksam ut, han suckar djupt och håller ett varsamt tag om sin onda hand.

"Ja, så mycket kan jag säga att jag inte vill arbeta på sågen. Det har jag avskytt från första dagen. Jag skulle vilja ha en liten butik inne i nya staden, arbeta som skomakare och ta emot arbete över disk. Jag skulle gärna ha en lärling och jag har tänkt på Knut, ifall han kanske skulle vara intresserad. Jag skulle gärna bo inne i den nya staden, när den är tillräckligt klar. Fast egentligen, om jag ska vara riktigt ärlig är det väl nog snart dags för mig att inse att jag är en gammal gubbe som borde sluta arbeta. Men eftersom jag inte har hus, pengar eller någon son eller måg i huset som tar hand om mig, är det inte en möjlighet jag har – därför får jag bara fortsätta att slita så länge det går", säger han, med blicken stadigt i golvet.

Alfred nickar. Ingen säger något. Alfred nickar sedan i riktning mot Knut, eftersom hans namn nämndes.

"Ja, jag är bara tacksam över att jag får vara här, och jag gör precis som ni säger mig att göra", piper han ynkligt. Han är uppenbarligen oerhört obekväm i situationen han befinner sig i.

"Nej, det är inte gott nog. Säg fritt vad du vill", svarar Alfred bestämt.

"Eftersom jag inte kan fiska här skulle jag gärna antingen arbeta på gården med djuren, eller så kan jag också arbeta med skomakeri med Jakob, eller på sågen", säger han olyckligt.

"Det första vi gör är att anmäla dig till den lägre söndagsskolan, där får du lära dig att läsa, skriva och räkna samt läsa katekesen. Sedan får vi se om du fortsätter i högre söndagsskolan, där man lär sig om historia, kartor och mekanik. De har en utmärkt lärare som heter Simelius", säger Alfred.

Knut nickar olyckligt, men han vågar inte säga emot. Alfred nickar och tittar sedan mot Magda. Hon tiger en stund innan hon tar till orda.

"Jag har länge tänkt att jag vill bli lärarinna. Sen kom jag lite ifrån den tanken och när jag mötte den där svensken hann jag till och med tänka att jag kanske skulle gifta mig trots allt. Men efter att jag har fått erfara hur män fungerar, känner jag allt starkare att jag inte vill ha en man. Jag vill nu fortsätta min skolgång och bli skolfröken i en flickskola", säger hon medan hon riktar blicken rakt mot Alfred.

Trots att Alfred inte gjort henne något illa känner han ett stygn av skam å männens vägnar när hon lägger orden som hon gör.

"Javäl, du får ta reda på var man blir lärarinna då. Jag har hört att läse- och handarbetsskolan för flickor åter finns i Wasa så du kan kanske gå dit och höra dig för", svarar Alfred.

"Ja absolut, det skall jag göra", nickar Magda.

Så tittar Alfred mot Ragnar och mor Stina.

"Ja vi fortsätter som förut, mor och jag, vi tar i där vi kan och behövs, i övrigt gör vi inte så mycket. Vi börjar bli gamla och slitna", säger Ragnar och Stina nickar instämmande.

"Jag vill gärna vara med de små så mycket det går, och naturligtvis gör jag gärna te om någon annan samlar de växter som ska hämtas från skogen. Från landet skördar jag däremot gärna själv", tillägger Stina.

Sedan är det tyst i rummet en stund. Alla sitter och tänker på sin egen framtid, för ingen av dem känns den särskilt lockande. De äldre ser en arbetsam ålderdom framför sig och de yngre ser mängder med arbetsfyllda år framför sig. Ingen tid för nöjen.

Så tar Ragnar plötsligt till orda igen:

"Ja så är det ju också så, att du Alfred borde gifta om dig. Du har mist en vacker och duktig kvinna, men du behöver någon vid din sida. Det finns gott om både änkor och yngre kvinnor som skulle säga ja till dig utan att blinka."

Alfred blir så tagen på säng att han inte kan bjuda något svar på tal. Han bara drar upp överläppen, rynkar på näsan och fnyser högljutt till svar. Fast Alfred vet mycket väl, innerst inne, att han är en väldigt ensam man med ett mycket stort ansvar. Han stiger upp och säger till Knut att han ska komma med, så går de ut. Bosse smiter iväg efter dem ut på gården. De som är kvar i rummet stiger turvis upp och går till sitt.

* * *

Redan nästa dag ber Magda en av drängarna köra henne till läse- och handarbetsskolan. Men skolan har inte ännu startat den nya terminen inför hösten. Däremot är lärarinnorna i gång med förberedelserna. När hon ber dem berätta hur hon ska göra för att bli lärarinna visar det sig att det inte finns någon sådan skola för flickor. Alla högre skolor som ger en sådan utbildning är för pojkar och män. Kvinnor anses fortfarande mest bara behöva kunna handarbeta, koka mat och sköta djur. Men i Sverige finns det skolor som satsar mera på flickor – om Magda har möjlighet att åka dit och läsa? Hjärtat sjunker ner i skorna på Magda, hon som tänkte läsa vidare.

"Men vi skulle behöva någon som kommer och assisterar då och då, bland annat när någon lärarinna är sjuk eller när vi har något annat som kräver mera arbete. Skulle du vara intresserad av det?" frågar föreståndarinnan.

Hjärtat tar ett skutt i bröstet på Magda. Om hon vill, det vore en dröm! Hon nickar febrilt.

"Men först vill vi prata lite om vad du kan och lära oss lite mera om vem du är. Har du möjlighet att komma in på fredag klockan två så ska vi pratas vid ett par timmar?" frågar hon.

"Absolut, det passar utmärkt!" svarar Magda. Bröstet sväller av lycka, hon har en klump i halsen och nära till tårarna. När de skakat hand går Magda värdigt iväg, men när hon stängt dörren och stiger ut på trappan skuttar hon ner för den med ett par steg och dansar iväg mot kärran. Framtiden ter sig med ens mycket ljusare.

När fredagen kommer kör drängen åter Magda till skolan. Hon är klädd i sin bästa klänning och hon har ett nytt huckle på huvudet. Magen känns orolig och tungan svullen. Hur ska hon klara av detta test, hon som inte duger till någonting? Om och om igen upprepar hon för sig själv att hon är en idiot som inbillar sig att en så fin skola skulle vara intresserad av en sådan som hon. Hon är så hård mot sig själv att tårarna snart bränner bakom ögonlocken. När Magda stiger in genom dörren är nacken böjd och stegen är tunga. Inställningen till sig själv och sina förmågor är nästan viktigare än förmågorna i sig – och Magda som har fått sig en hård törn av livet är nu svag och nedtryckt.

Föreståndarinnan skakar hennes hand och pratar med henne som med en jämlik direkt hon stiger in och Magda rycks snart med. De vandrar genom skolan och hon visar henne runt. För varje rum som de går genom berättar föreståndarinnan vilken typ av undervisning som hör till de olika salarna. Hon frågar om Magda kokat soppor och stoppat korv, om hon kan skriva kalligrafi och hur hon gör när hon stickar yllesockor. Magda tror alltjämt att hon bara är ute på rundvandring och att de diskuterar salarna, och hon är därför både avspänd och upplivad under hela vandringen.

"Stig in i mitt rum", uppmanar föreståndarinnan Magda lite senare.

"Ja fröken."

"Fröken Grönberg kan kalla mig fröken Helga."

"Tack fröken Helga. Fröken Helga kan kalla mig Magda."

"Du är en mycket kunnig och duktig flicka Magda. Du är ganska ung och kanske lite osäker, men säkerheten kommer med tiden. Det är ju tyvärr så att de unga flickorna inte alltid är helt lätta att undervisa. Ibland krävs det tyvärr att man är ganska bestämd. Men du får gärna hoppa in från och med november", säger fröken Helga, medan hon ser på Magda med stadig blick. Magda begriper ingenting. Hon sitter ju här och väntar på förhöret och frågorna om vad hon kan. Hon ser säkert mycket frågande ut för föreståndarinnan märker att hon har något hon undrar över.

"Vad är det du funderar på Magda? Det är bara att prata i klartext med mig, annars kan vi inte arbeta ihop."

"Ja, jag hade trott att fröken Helga nu ska fråga ut mig om vad jag kan", säger hon försynt.

"Ja men lilla Magda, det har jag ju nyss gjort när vi har gått runt i skolan i en timmes tid. Jag frågade dig massor samtidigt som vi gick genom skolan", ler Helga.

Magda sväljer ljudligt.

"Javisst fröken Helga, jag insåg tydligen inte exakt vad som skedde. Jag ber om ursäkt!"

"Inget att be om ursäkt för, jag gjorde det medvetet. Även jag har varit ung och jag har flera andra unga lärarinnor och jag vet exakt hur tungt det är att sitta framför någon som bedömer en med iskalla ögon och tusen frågor. Ingen gör bra ifrån sig i en sådan situation", svarar hon.

Helga stiger upp och går mot dörren så Magda skyndar efter.

"Då ses vi den första november klockan åtta på morgonen", säger Helga och sträcker fram handen mot Magda. De skakar hand, bägge med ett bestämt handslag, och Magda niger, tackar och går återigen värdigt fram till ytterdörren men skuttar iväg ner för trappan. Hon ska bli lärarinna!

Väl hemkommen störtar hon allra först in till fadern i lillstugan. Jakob sitter i gungstolen framför spisen och gör ingenting. Hon tror först att han sover, men han sitter nog bara framför värmen och grubblar.

"Far, jag har fått arbete på läse- och handarbetsskolan!" utropar hon. "Jag skulle bara gå dit och höra mig för hur man blir lärarinna och nu vill de att jag ska bli lärarinna hos dem. Det är helt otroligt!" berättar hon med sådan fart att hon snubblar över orden.

"Nej men stilla dig tösen. Ta om det hela och berätta långsammare och alla detaljer", ler fadern. Det formligen skiner och sprudlar kring tösen, och det var längesedan han såg det sist.

Magda berättar för fadern. Hon berättar om alla frågor hon svarat på utan att inse att hon blev intervjuad, hon berättar om skolans fina salar och böcker samt om den respektingivande men ändå mycket snälla föreståndarinnan Helga.

Jakob avbryter inte, men nickar och hummar många gånger. Han känner sig så stolt över flickan sin, den sista av de tre han fått som är i livet.

"Nå men när ska du börja då?" frågar han till sist, när hon berättat allt annat.

"Den första november blir min första dag, klockan åtta på morgonen ska jag vara där. Men jag ska bara arbeta ibland, jag vet inte exakt när", svarar hon.

"Detta är ju fantastiskt, du får skynda dig iväg och berätta för dem i stora huset också."

"Kom med far", säger hon, redan på väg mot dörren.

"Nej, jag stannar här, men gå du och berätta."

Magda försöker övertyga honom, men han vägrar, så hon vandrar iväg över gården. Först känner hon ett hål i magen när far ser så förminskad och hopsjunken ut, men snart kan hon inte hålla tillbaka glädjekänslorna mer utan tar några skuttande steg.

Hon hittar mor Stina i köket med barnen och hon bubblar ur sig sin nyhet till henne. Stina ler och klappar henne på huvudet.

"Underbara nyheter lilla vän. Helt fantastiskt. Tänk att det blev så och du som bara skulle gå dit och fråga hur man blir lärarinna! Det är nästan för bra för att vara sant. Det är ännu några veckor till första november så du hinner både arbeta med höstskörden och sticka sockor till vinterns marknader. Och din far behöver fortfarande hjälp med det mesta."

"Var är Alfred?" avbryter hon Stina.

"Han är utomhus på något gårdsarbete tillsammans med Knut. Jag vet inte exakt", svarar Stina leende, men Magda är redan på väg ut tillbaka.

Magda vandrar omkring en stund tills hon får syn på Alfred och Knut i färd med att stöda upp en vägg på en lada en bra bit bort. Hon vandrar iväg mot dem med stora kliv. De ser bägge förvånade ut när hon dyker upp bakom ryggen på dem. Bosse har noterat henne för länge sen och kommit henne till mötes.

"Nej men Magda, har det hänt något?" frågar Alfred bekymrat.

Då berättar hon hela den fantastiska historien igen, med sjungande röst och stora gester.

Alfred ser på henne hur mycket det betyder för henne och han känner sig innerligt glad för hennes skull. Han sluter henne ömt i sin famn och håller om henne. Han kan inte låta bli att tänka att det nästan känns som när han höll om Elna. Men han skakar hastigt av sig den känslan. Magda är Magda och hon är bara barnet och dessutom Elnas lillasyster.

* * *

Mor Stina sätter sig tungt ner på en stol i köket. Hon säger till barnpigan att ta med sig barnen ut på gården för att leka en timme innan maten. Stina sitter kvar på stolen en god stund. Blicken är riktad ner på händerna som vilar i knät. Hon sade inget nu, och hon vill inget säga senare heller. Kanske behöver hon inte säga något alls. Men nej, det går inte. Stina vet, dessvärre, att hon är den enda i hela världen som kan hålla reda på och fråga sig fram för att ta reda på huruvida flickebarnet kan tänkas bära på ett barn efter det som hon var med om. Eftersom mannen sådde sin säd inom henne när han tog henne med våld, är risken stor att flickan inte har sett slutet på olyckan hon var med om. Men ännu måste de vänta för att med säkerhet kunna veta hur det ligger till. Däremot står det klart innan november, när hon ska börja arbeta.

Med en rysning stiger hon upp från stolen, ställer sig framför fönstret och ser på barnen som leker ute på gården. Alfred har gjort två bockar som påminner om hästar som de nu sitter på medan de leker att de rider. Hon drar på munnen lite lätt.

Det är märkligt hur barnafödande drar olycka till sig på det Karlssonska hemmanet. Själv fick hon bara ett barn. Elna födde sina barn med stor möda och lade livet som insats och nu, vem vet, kanske Magda måste föda ett ovälkommet barn. Ett ovälkommet barn kan förstås vara älskat, det vet man inte, men inte skulle hon själv heller ha velat föda ett barn efter att ha blivit skändad. Dessutom skulle ett barn föra med sig att flickan inte kan arbeta som lärarinna längre – och det vore nog en större sorg än att bli skändad och få barn tillsammans med en man hon själv inte valt. Att bli lärarinna är den enda drömmen som flickan har och det är en dröm som hon har närt en lång tid redan. Ta den drömmen ifrån henne och sätt en bastard i famnen på henne och flickan kommer i värsta fall att gå i sjön.

* * *

Sensommaren och tidig höst är en bråd tid på en bondgård. Det skördas, kärras, syltas och plockas av alla naturens gåvor. Skörden är medelmåttlig detta år. De är många som bor på Karlssons gård numera så det finns många munnar att mätta. Alfred går omkring och räknar och planerar. Även djuren bör ha foder hela vintern. Att kor och får är magra innan en ny sommar omsluter dem alla med sin varma kappa är inget ovanligt – men de får inte hinna bli för svaga för att orka gå ut på betet på egna ben.

Ett par grisar, ett par gamla tackor och alla bagglamm skall slaktas. Alfred har inte bestämt sig ännu angående korna. Men kött kommer att behövas och vintern är lång.

Sven Gran tar utmärkt väl hand om sågen. Han har gått och gift sig mycket plötsligt dessutom, så Alfred lever lugnt i vetskapen om att han inte är på väg någonstans. Han har sett att Svens fruntimmer går med magen i vädret som bäst, så tydligen ska de få sitt första barn snart. Han anar vad som skett när allt hänt med sådan fart. Situationen passar Alfred utmärkt väl. Han vill inte arbeta på sågen om han kan undvika det. Han hade trott, innan han köpte sågen, att det skulle vara annorlunda att arbeta på sågen än vad det slutligen visade sig vara. Alfred har höjt Svens lön så att han ska vara nöjd att sköta sitt arbete till punkt och pricka. Han kallar inte Sven mäster längre, utan sågförman.

Jakob vågar nu arbeta lite med sin dåliga hand. Såret har läkt till fullo. Skinnet sitter spänt över knogarna och det är väldigt ömt med många sargade nerver, men de fingrar som är kvar fungerar väl. Han sitter och försöker lära sig att spika, skära läder och sy med sin slarviga hand till hjälp. Eftersom det är vänstra handen som är skadad och Jakob är högerhänt, går det ganska bra. Han måste bara lära sig att hålla fast skor och stövlar på ett annat sätt. Han bannas och svär många gånger när han fäller saker, när det gör ont av stötarna eller bara för att han blir så oherrans uppretad över hur han ställt till det för sig själv. Såga i fyllan och villan – bara en idiot kommer på att göra något sådant. Med andra ord betyder det att han är en idiot. Han kommer att ångra det tilltaget för återstoden av sitt liv. Fast han varken är den första eller den sista fyllhunden som får leva med skam och ärr efter beslut gjorda under påverkan av alkoholen är inte skammen mindre ändå.

Jakob har inte skött om sin skomakarverksamhet på länge och han är inte ens säker på att han längre kan kalla sig för hantverksmästare. Men nu ska han ta tag i saken, han ska gå och söka upp stadens representant och berätta att han vill skaffa sig en lärling och att han ämnar öppna en mottagning i Klemetsö. Varje gång han tänker på saken känner han ett sug nere i magen och han kan för sina ögon se den fina disken över vilken han ska betjäna sina kunder...

Stina och Magda har, tillsammans med pigorna, samlat in mängder med blad och växter till Elnas te. De vet bägge två att arbetet med teet är något som kommer att rinna ut i sanden i sinom tid. Magda har gått och funderat på att hon kanske kunde lära ut hemligheten på skolan. Men hon vet att Elna inte skulle tycka om det, men nu finns ju inte Elna längre och det är kunskap som hon vill ska tas tillvara. Det är ett digert arbete att samla in, torka och blanda ihop de torkade bladen till te. Att sedan lägga blandningarna i påsar och sälja tar även massvis med tid. Visst kommer det in en del pengar på det – men det var nog mest Elna som brann för tillverkningen.

Knut njuter av livet på gården – även om han ofta kan känna att han saknar havet och doften av skärgård. Mor och far tänker han allt mer sällan på. Hunden dyrkar han mest av alla och den är allt som oftast vid Knuts sida. Det är som om hunden kände på sig exakt vem som mest behöver tillgivenhet. På den människan puffar den lätt med sin fuktiga nos och hunden ser på sin vän med sina varma, bruna ögon fyllda med förtröstan inför livet. Det är som om den skulle säga: jag är här, var trygg.

Knut hjälper till överallt där han behövs och med det han klarar av. På så vis har han även hjälpt pigor, drängar och husfolket. När de har varit inne i den nya staden på ärenden har han hunnit hitta sitt favoritställe. Han formligen älskar att vara i ett av bagerierna. Knut är fullkomligt fascinerad av bagarens arbete och han ser på hur de arbetar med degen och gräddar bröden. Det känns som magi när han ser dem blanda ihop olika varor, knåda, röra runt och skjuta in i spisen och åstadkomma de mest fantastiska bakverk. Doften som sprider sig i bageriet när de gräddar vetelängder är så underbar att det nästan knottrar sig i huden på honom. När han lägger sig på kvällen kan han förnimma doften när han sluter ögonen och drar ett långsamt, djupt andetag. Ju oftare han besöker bageriet och studerar dess hemligheter desto starkare blir hans dröm om att få baka. Han vill bli bagarlärling och få driva ett eget bageri när han blir vuxen. Han vågar inte säga detta högt – i synnerhet som han vet att de vuxna på Karlssons gård planerar att han ska bli skomakarlärling. Istället smyger han sig allt oftare med pigorna när de ska på uppköp och stannar kvar i bageriet till sista sekunden innan avfärd. Han frågar vetgirigt allt han kommer på, han ger dem sina egna barnsliga tips och råd och han tigger inget ätbart. Han går alltid till samma bageri: det där bagarmästaren är en vänlig, stor och bullrig gubbe som låter honom komma in i bageriet och se på. En dag frågar bagaren om Knut vill rulla ett par runda bröd själv. Med röda kinder och fladdrande hjärta antar han utmaningen och står stolt och bakar ut ett bröd. Sedan får han skjuta in det i värmen, vänta medan det gräddas och ta med det hem. Proceduren upprepar sig sedan med jämna mellanrum.

En regnig dag smyger Knut in i bageriet igen, han sköljer sina händer och ställer sig invid bagaren. Han nickar mot honom.

"Ser man på, unge Knut är här igen. Jag vill att du följer med mig", säger han samtidigt som han tar två sockerkringlor på ett fat och börjar gå mot det bakre rummet. Bagaren sätter sig ner bakom ett bord som är fullt med papper. Han ger en av kringlorna till Knut. Han börjar med att se på den och dofta på den.

"Tycker du om det du ser, Knut?", frågar bagaren när han ser att gossen sitter och ser på kringlan istället för att hugga in på den direkt.

"Ja, den är väldigt jämn och fin och sockret är jämt över hela kringlan, den doftar gott och färsk är den", svarar han samtidigt som han nickar och lägger på en viktig min.

"Ja, jag har märkt att du är mera intresserad av hur man bakar och av resultatet än av att bara proppa i dig brödet. Det är roligt att se och väldigt ovanligt".

"Det är sant, jag tycker detta är ett fantastiskt ställe", svarar Knut med uppspärrade ögon och ett litet leende på läpparna.

"Skulle du vilja arbeta i ett bageri när du blir stor?"

"Jo, det är nog min största dröm. Men jag tror inte att det skulle gå, jag är skyldig någon en stor tjänst", svarar han ynkligt.

Knut förklarar sedan hur situationen är och bagaren nickar och hummar.

"Det var ju synd. Jag har nämligen inga egna barn eller någon släkting som vill bli bagare och jag är redan gammal och behöver hjälp. Därför har jag tänkt fråga om du vill börja jobba här, kanske bli lärling hos mig. Skulle du vilja det?"

"Oj, det skulle uppfylla min högsta önskan", piper Knut.

"Ta du med din Alfred hit så ska jag prata med honom", ber bagaren. Men Knut kan inte i sin vildaste fantasi förstå hur han ska få med Alfred på en tur till ett bageri utan att han begriper att det är något lurt på gång. Och själv vågar han inte andas om saken. Han känner att han står i skuld till Alfred för sin nya chans i livet. Han lever till och med på Alfreds bekostnad och beter sig nästan som om han var son i gården.

Men bagaren är en klok och erfaren man som inser precis hur det ligger till. Därför skriver han till Alfred och ber honom komma till bageriet när han råkar ha vägarna förbi, för de har en fråga att dryfta.

Alfred får brevet, kliar sig förbryllat i huvudet och glömmer sedan bort det hela, medan Knut ivrigt går och väntar på dagen. Men ingenting händer. Alfred söker inte upp bagaren.

Så en kväll när alla sitter runt den öppna spisen och kurar skymning med allehanda småarbeten, knackar det bestämt på dörren. Alfred öppnar, och där står bagaren. Han överräcker en papperspåse med vetebröd och undrar om husfolket har något att dricka till, de har nämligen ett gemensamt ärende som bör genomgås. Alfred begriper ingenting, men drar sig sedan sakta mak till minnes att han fick ett brev för ett par veckor sen och att det var av en bagare.

Bagaren, Jon Stam, berättar att Knut varit hos honom ofta och att de gemensamt undrar om familjen Karlsson, eller närmare bestämt Alfred, kan tänka sig att låta Knut få plats som lärling hos honom i bageriet. Knut ska naturligtvis även fortsätta i söndagsskolan. Och Knut ska förstås få betalt, så att han kan betala Karlssons för sitt uppehälle medan han ännu är för ung för ett eget hem.

Alfred sitter alldeles mållös en god stund. Knut? Han har ju inte sagt någonting.

"Knut, det här är konstigt, du har ju inget sagt. Jag frågade till och med dig vad du vill göra med ditt liv. Men då sade du inget om att baka?" säger Alfred till sist med anklagande röst.

Knut rodnar så han lyser som ett rönnbär, svetten rinner och han vrider händerna.

"Ursäkta, jag hade inte hittat bakningen på riktigt då än, när du frågade och jag vet ju att du har planerat att jag ska börja som skomakarlärling eller arbeta på sågen. Jag tänkte bara göra som du beslutar. Jag tänker inte ställa till med problem för er och jag gör inget som du inte vill", piper Knut.

"Vill du baka pojk?" avbryter Ragnar.

"Ja, det vill jag väldigt gärna", svarar han lågt.

"Nå, eftersom du har bagarmästaren här och han ber om att få dig i tjänst hos honom, är detta avgjort. Vi har drängar så vi klarar oss och vi hittar en annan lärling till Jakob", fortsätter han..

12
Höst 1857

Denna höst är lika obarmhärtig som alla andra höstar. Den river bladen ur träden och hoppet ur människorna. Det gråa tränger sig in genom märg och ben och bara en nordbo vet hur det känns när det sipprar in innanför huden och bit för bit äter upp värmen i kroppen. Även staden Wasa är som om den vore av olika årstider. En gammal och glömd, en ny och spirande – en gammal som heter Wasa, döpt efter en svensk kung och en ny som heter Nikolaistad, döpt efter en rysk tsar.

De huttrande människorna har fortfarande, hösten 1857, inte någon riktig stad. Det har passerat fyra år och några månader sedan staden brann. Den som är lagd åt det politiska och kritiska hållet får vatten på kvarn. Och det pratas, svärs och spekuleras i alla gårdar. Ingen är nöjd, ingen vill tro att det blir bra i slutänden och absolut ingen tycker om det nya namnet på staden och alla besluter sig för att bara kalla även den nya staden i Klemetsö Wasa. Wasaborna struntar blankt i tsar Nikolai I och huruvida han har donerat pengar till staden eller ej. De vill bara ha hus, hem, kyrka och handelsbodar, så att de kan sköta sin hårda vardag.

* * *

Stina går och väntar på rätt tidpunkt, men den kommer aldrig. Det finns inga rätta tidpunkter för dem som väntar på dom. Tvärtom. Ju mer man väntar, desto svårare är det att bestämma sig när det är dags. Så en dag när de sitter runt matbordet och gör testrutar besluter Stina sig för att det är dags.

"Magda, när har du senast haft din månadsrening?" frågar hon. Stina lyfter inte blicken från det hon har för händerna. Hon får inget svar, så efter en stund lägger hon ned sin strut och tittar på flickan. Även Magdas händer har upphört med sitt pyssel.

"Magda?"

"Jag vet inte mor Stina, det är länge sen. Vad betyder det? Inte betyder det väl det som jag tror att du menar?" frågar Magda och suckar djupt, men hon pratar fortfarande behärskat.

"Har du märkt något annat i kroppen? Ömma bröst? Trötthet? Illamående? Har magen ändrats?" räknar Stina upp.

"Jo, alla de som du säger, eller nej, magen ser nog likadan ut, men jag tycker att jag har blivit tjockare ändå. Jag vill inte!" Nu snyftar Magda.

"Jag ska ju börja arbeta nästa vecka, jag har inte tid. Jag vill inte ha barn och absolut inte en bastard som en våldsman lagt på mig", skriker hon nu samtidigt som hon slänger pappersstruten i väggen bakom huvudet på Stina och rusar ut. Stina rusar efter och väntar sig att flickan ska ha sprungit till skogs, som så många gånger förr. Men när hon kommer ut på trappan springer hon nästan rakt in i flickan för hon har stannat på trappan.

"Nej, jag tänker ta bort det. Jag ska hitta någon klok gumma någonstans som ser till att jag blir av med otyget så att jag kan arbeta på skolan ändå", säger hon bestämt, nu med en helt ny min i ansiktet. Istället för att gnälla och vara offer är Magda nu arg som ett bi och redo att ta sig an allt och alla som stiger i hennes väg.

"Jaja, vi får prata om den saken senare. Gå nu in till din far, koka lite te och berätta för honom med. Det är svårt, men det måste göras", säger Stina, klappar Magda på axeln, vänder om och går in tillbaka.

När hon har stängt dörren står hon kvar, lutar sig mot dörren, lägger händerna för ansiktet och tårarna rinner – tårar av den största sorg, bitterhet och kyla. Vad är det dessa fina, Grönbergska flickor ska straffas så hårt för? Det är ofattbart att Gud kan ha ett sådant behov av att utplåna kvinnorna i denna lilla släktgren på jorden.

Efter en stund hör Stina Magdas steg när hon oändligt långsamt vandrar ner för trappan. Ett steg i taget, alldeles som om hon var på väg ner för Golgata. Stina ställer sig för att se ut genom det smala fönstret som vetter mot Grönbergs stuga för att se om flickan går in eller försvinner ut i mörkret. Till sin lättnad ser Stina att flickan, efter en lång tvekan, drar upp dörren och stiger in. Det enda ljuset i stugan tycks vara elden som brinner i den öppna spisen. Stina känner Jakob rätt väl redan och hon vet att han sörjer sina flickor oändligt mycket redan nu och detta kommer inte att göra bördan lättare att bära. Ett barn ska vara välkommet, eller åtminstone accepterat och älskat – åtminstone av sin mor. Vem ska hålla av den här lilla kraken?!

Jakob sitter och syr ett par tjocka läderhandskar. Han lyser upp när Magda stiger in.

"Perfekt att du kom, jag syr handskar åt dig till vintern och jag vill prova dem på dig nu. De har tjockt och fint foder i sig, men de är svåra att sy ska du tro, men jag har fått det att fungera bra med min usling till hand", babblar han på samtidigt som han sträcker handsken mot henne. Hon tar emot handsken, trär den på sin hand, sätter sig ner på knä framför faderns stol och lägger den handskklädda handen i hans famn. Han känner och tummar på handen och handsken och hummar nöjt.

"Ser man på, den är riktigt bra. Det är inte många som är så välklädda om händerna ska du veta. De flesta får nöja sig med stickade vantar som blir kalla och blöta på några minuter", konstaterar han nöjt.

"Far", säger Magda och han hör på hennes röst att det är dags att lyssna. Han är van vid flickor i huset och han är en lyhörd man.

Magda lutar huvudet mot hans knotiga knä, byxorna doftar läder, vadmal och skog.

"Mm"

"Du vet det som hände mig, det är inte över ännu", säger hon med låg röst.

"Magda, nej."

"Jo."

"Nej jag orkar inte mera nu. Kan vi inte bara få vara ifred och leva våra liv. Jag vet inte vad jag har gjort som ska straffas så, hela tiden", säger den gamla mannen med tårarna rinnande. De letar sig ner genom de djupa fårorna som bär vittne om hans umbäranden i livet.

"Du behöver inte bli bedrövad far, jag ska ta bort barnet. Jag ska ju få arbeta och ingen älskar ändå en bastard. Den ska inte få bo kvar i mig", säger hon lågt med hård röst.

"Nej Magda, det får du inte, det är för farligt. Om något händer dig kan jag inte leva längre. Jag kan inte begrava fyra flickor inom några år och överleva alla. Då tar jag hellre mitt eget liv och spenderar återstoden av tiden i helvetets eviga eldar", hulkar han.

Magda stelnar, sätter sig upp och ser på honom. Hon tar snart till orda.

"Menar far att du tycker att jag ska behålla barnet? Vad menar du att jag har för framtid efter det? Bo här i stugan, eller i fattighuset när du dör och aldrig få en tjänst eller kunna se någon i ögonen?" utfar hon häftigt. Hon ställer sig upp för att få bättre tryck i orden.

"Nej, det är inte det jag säger, jag säger bara att det är farligt. Vi måste hitta på något annat. Vi ska prata med Alfred, han är en påhittig man och kommer säkert på en bra plan", svarar han, med blicken riktad i brasan.

Far och dotter kommer inte på något mer att säga om saken utan bägge kryper snart till kojs, på ett sätt osams men ändå inte. Magda vet förstås att fadern är på hennes sida och hans sorg är lika svår som hennes egen.

När Magda ligger där i sängen mellan bolstren känner hon på sin kropp. Hon trycker handen mot magen, och undrar var barnet är. När hon ligger där och undersöker sig själv känner hon en hård liten kant ovan för benet mellan magen och underlivet. Hon trycker allt hon kan på den för att kanske kunna skada den så att den går sönder. Det gör ont. Men inget annat händer. Sedan kan hon inte låta bli att undersöka sina bröst. De känns märkliga, känsliga och ömma. Och stora. Hon tycker om att ha stora bröst, men inte om orsaken till att de är stora. Mitt i sin expedition av kroppen somnar hon av ren och skär utmattning.

* * *

Mor Stina berättar den olyckliga nyheten för Alfred. Hon förstår att det är tungt för Magda och hon och Alfred har redan kommit ihop sig på de få veckor han varit hemma igen, så hon besluter sig för att ta sig an den biten.

Han kunde inte ha sett mer förskräckt och uppgiven ut om hon skulle ha gett honom ett slag rakt över munnen. Det var troligen en av de värsta nyheter som Alfred kunde få just då. Inte nog med att Magda har det tungt sedan tidigare, dessutom är barnafödande med i bilden – och det är inte en syssla som ligger Alfred nära om hjärtat.

De sitter kvar i köket, framför brasan, mor och son. De sitter länge och väl, många vedträn hinner de lägga till på brasan innan de är överens. Alfred protesterar in i det längsta, han vill inte. Men mor Stina är okuvlig och hennes vilja är den som segrar. Än en gång försöker han dock protestera.

"Nej, men vi kan inte utnyttja henne och vi kan inte prata om de gamla sakerna längre, det är så länge sedan vi hjälpte henne, eller dem. Vi kan inte göra detta, nej jag gör det inte", försöker han om igen.

"Men kära Alfred, ge mig din lösning istället, hur tycker du att vi ska göra? Ska hon ta bort det med en strumpsticka? Ska hon gå till gamla Berta i knarrskogen och dö i feber efteråt? Ska hon föda barnet här och för evigt vara en utböling och utsatt för förtal, spott och spe? Vilket alternativ föredrar du?" svarar Stina med iskall röst och en blick som är svart av övertygelse och irritation över den oförstående sonen.

"Nej, naturligtvis inte det...", längre hinner han inte.

"Nej, jag tänkte väl det! Nå kom fram med ditt alternativ då, det som du tycker att vi ska välja! Seså!" hon pratar hetsigt och med viftande rörelser. Hela hon utstrålar glödande känslor och engagemang. Kärlek till och omtanke om den dotter hon aldrig fick. Alla känslor som hon slutit inom sig genom alla år. Sorg över barnen hon inte fick, sonhustrun som dog, sonen som for illa och försvann, barnen som levde föräldralösa en lång tid och sedan detta oerhörda som hände Magda. Så många orättvisa händelser som kommer alldeles för nära inpå livet och som hon inte kunnat göra någonting åt, annat än hjälplös se på och leva mitt uppe i.

Efter en stunds tystnad suckar Alfred ljudligt och uppgivet.

"Ja, du får som du vill, men du får allt skriva själv, eller be Magda skriva – jag bryr mig inte om vilket. Men med min handstil sänder jag ingenting", säger han och reser sig upp.

"Jadå, jag ska se till att brevet blir skrivet imorgon dag, och du ser till att boka båten så fort som möjligt, vintern är på inkommande", svarar Stina.

"Ja, inte lär ju Amalia dansa av glädje precis när vi lassar våra problem på henne bara för att hon råkade fly till vår gård några dagar för flera år sedan. Vad vet vi, hon kan ju vara omgift idag!" fortsätter han.

"Jaja, så är det och så kan man tänka. Men vi har inget annat val. Jag skriver, vi sänder brevet med några dagars försprång och sedan reser du och Magda efter. Du kan komma hem igen med första bästa båt, då hinner du hem innan isarna lägger sig, inte behöver ju du stanna där bara för att hon gör det", svarar Stina med säker röst.

"Mm, du säger det jo, men tänk om hon inte ens släpper in oss när vi kommer dit, när hon finner bondpacket bakom dörren. Ja, förresten vet vi ju inte ens om Amalia bor kvar på samma adress som den vi senast har sänt brev till."

"Nåja, det tror jag att hon gör. Dessutom har vi adress till Lasse och Francesca också och jag kan inte tro att både de och Amalia skulle ha hunnit flytta. Det ordnar sig nog ska du se. Gå nu och lägg dig och ta itu med resan direkt imorgon. Du får ta med dig brevet när du åker för att köpa biljetten. Godnatt!" Med de orden avslutar hon samtalet, vänder på klacken och går in till sig.

Alfred sätter sig igen. Han sitter sedan kvar framför brasan och vänder och vrider dels på det faktum, att han är tvungen att resa bort igen nu, när han känner sig belåten över att vara hemma och dels för att han blir tvungen att träffa Amalia. Han rodnar vid tanken. Nu är dessutom deras respektive döda. Det är en morbid tanke, att de båda gifte sig och fick barn och förlorade sina livskamrater, allt i princip vid samma tid som den andra. Ödet kan vara nyckfullt.

Alfred känner hur det bränner i bröstet när han tänker på Elna och också när han tänker på Amalia. Han önskar att orden han sade Amalia sista dagen vore osagda. Då sade han att han var förtjust i henne. Nu vet hon om det, vilket gör att uppdraget känns mycket svårare. Men kanske hon har glömt, det är säkert bara han som under åren som gått, inte kan glömma, som gömt sina känslor djupt inne i en liten, genomskinlig kapsel. En kapsel vars lock han aldrig tänkte öppna igen, men som han nu är livrädd att ska explodera i ett ljusrött flimmer.

Ingen har ens talat med Magda om planen än, men om han förstår saken korrekt har hon i princip ingen talan i frågan. Men nästa dag lär hon med all säkerhet bli invigd i vad som komma skall.

***

När Magda stiger in till barnen följande dag ser hon ut som en vandrande vålnad. Ögonlocken hänger, färgen under ögonen drar mot lila och ansiktsfärgen i övrigt är nästan grå. Hennes steg är släpiga och axlarna slokar likt en vissnade blåklocka. Hon bär all världens bördor på sina axlar, samt ett oönskat och oälskat barn i sitt innersta. Och hon ser ingen framtid framför sig, eller snarare enbart en framtid hon inte vill ha.

Återigen blir hon kallad att slå sig ner med mor Stina. Magda är en allt mer motvillig deltagare i dessa så kallade diskussioner – de för aldrig något positivt med sig.

Efter att hon fått sig en kopp te och nekat till en skiva bröd, slår hon sig ner vid köksbordet. Barnen har avslutat sin morgongröt och tumlat vidare. De är nu ute med barnpigan, Knut och Bosse. Hon kan se att barnen jagar några stackars hönor över gårdstunet. Med ett stygn i bröstet minns hon även sina egna sorglösa dagar, även om de känns allt mer avlägsna. Sedan staden brann har hon inte haft många glada dagar. Ett långt pärlband av sorg och bedrövelse kan hon dock räkna upp på sina fingrar så bägge händerna knappt räcker till längre. En mer vidskeplig person än hon är skulle nog känna sig otursförföljd. Kanske hon borde gå och tala med prästen förresten. Fast å andra sidan kan hon inte det, med ett syndens barn inom sig.

" Alfred och jag har diskuterat din situation", inleder Stina.

"Situation?"

"Ja, alltså barnet", fortsätter hon.

"Jaha, jag förstår. Inte för att jag kan begripa hur det kan vara ert huvudbry. Det är väl far och jag som måste ordna upp den saken. Jag är inte del av Karlssons familj och därmed inte heller ert bekymmer", invänder Magda näsvist. Hon vill inte ligga Karlssons till last.

"Där har du fel, lilla Magda. Du är i hög grad del av vår familj och vi har bestämt oss för att hjälpa dig. Vi ger dig inte heller någon valmöjlighet, utan du gör nu som jag och Alfred har bestämt. Är det förstått?"

"Jag hör vad du säger, men innan jag vet vad ni har bestämt är det väldigt svårt att ta ställning till det."

"Du ska i denna dag skriva ett brev till Stockholm, enligt min diktamen. Alfred har redan åkt iväg för att köpa biljetter och du kommer att åka till Amalia i Stockholm för att föda ditt barn. Alfred följer dig på resan ner. Sedan stannar du där. Du hinner fundera vad du ska göra av barnet, men jag föreslår att du med Amalias hjälp hittar någon som vill ha det. Sedan kommer du hem igen. Ingen här får någonsin veta att du har fått barn, du har ju bara varit på resa", berättar Stina.

Magda sitter tyst och stirrar ner i sin tekopp. Stockholm, hon vet inte riktigt vad hon ska tycka om den saken. Hon grubblar en kort stund.

"Ja, jag går med på detta, men bara om jag får stanna i Sverige och inte behöver komma hit tillbaka sedan, efter att barnet har fötts", svarar Magda.

"Stanna i Sverige, men vad ska Jakob säga, du är ju hans enda flicka numera", stammar Stina fram. Hon ser framför sig hur Jakob kommer att skrumpna ihop när han hör detta.

"Far behöver inte få veta detta innan jag åker, jag kan meddela det per brev sedan, nästa år. Kan du svära på att inget säga?" frågar Magda.

"Ja, Magda, jag svär. Men det betyder inte att jag tycker att det känns bra. Jag är så ledsen för hans skull. Han har mist allt han har, din far. Har du tänkt på det?"

"Jo, jag har tänkt på det, det gräver ett hål i mig med. Men jag kan inte ge mitt liv i utbyte mot hans. Han blir inte lyckligare av att ha mig här, tvärtom tror jag att jag påminner honom om allt det som han har förlorat", säger Magda lågt med en röst som bryts.

"Nej, det är sant. Vi kan försöka få honom på fötter med den där butiken inne i nya staden, som han pratade om tidigare. Om han har den att tänka på hinner han kanske inte grubbla lika mycket. Och om han inte vet om att du inte tänker komma tillbaka orkar han kanske se framåt. Om han har något att se fram emot alltså", svarar Stina.

Bägge kvinnorna sitter tysta en stund igen. Det är ett svårt samtalsämne och ingen av dem kan fullt ut omfatta den andras syn på saken.

"Men då skriver vi väl brevet då", säger Magda med tillgjort käck röst.

Stina stiger upp och går för att hämta skrivdon och ett pappersark. De sitter länge och funderar på vad det ska stå i brevet.

Innan Magda tar till pennan blir de oense om vem som ska stå som avsändare av brevet. Om det är Magda, Jakob och Alfred eller Stina och Ragnar. Det är slutligen Stina som får sin vilja igenom. Hon besluter att de ska skriva under med Stina och Ragnars namn – utan att han är införstådd med saken. Detta av den enkla orsaken att det var till deras gård som Amalia och Francesca kom efter branden och det är till dem som Amalia står i skuld – om man nu kan prata om att hon står i skuld till någon över huvud taget.

Runsor, oktober 1857

Bästa fru Palmlöf,

Vi hoppas att Ni är vid god hälsa och gott humör när detta brev når Er. Det har varit en fin sommar som nu går med stadiga tag mot vinter och köld. Vi har det gott ute i Runsor. Alfred har åter kommit hem, hel och hållen, efter en väldigt lång resa ute vid fronten på Åland.

Det finns en orsak till att vi kontaktar Eder. Ni minns säkert den unga fröken Magda Grönberg som fru Palmlöf och fru Francesca räddade undan elden i Wasa. Hon har råkat i olycka. Det gick till så, att en ung man från Sverige tog sig rättigheter med henne som inte tillkom honom. Han lämnade henne liggande på marken och försvann. Kvar lämnade han enbart sin blivande avkomma hos henne.

Vi står inför ett svårt val hur vi ska hjälpa den stackars tösen. Nu har vi beslutit att sända unga Magda till Stockholm och vi hoppas att frun kan ta emot henne och hjälpa henne hitta någonstans att bo och ett sätt att leva tills barnet är fött. Efter det ännu hjälpa henne hitta ett hem åt barnet som hon inte kan ta hand om i sin ensamhet.

Detta ärende hastar eftersom vintern nalkas. Därför sänder vi detta brev nu genast och flickan kommer nästan direkt efter, så frun har inte många dagar på sig att förbereda något för henne. Magda följs på vägen av Alfred. Han kommer dock att vända hem igen omedelbart för att hinna tillbaka innan isen lägger sig.

Vi ber om ursäkt för detta. Om arrangemanget visar sig omöjligt tar Alfred med sig flickan hem igen.

Högaktningsfullt,

Ragnar och Stina Karlsson

Alfred kommer hem efter att han har varit till Brändö, där han har fått tag på biljetter. Han äter ett par potatisar och vänder om hästen och åker iväg för att posta brevet till Stockholm. Under den korta stunden hemmavid berättar han inte vilken tid de ska åka. Magda går som på nålar. När Alfred återvänder andra gången för dagen går han via Jakobs stuga och ber honom komma in och äta kvällsvard.

När de alla slagit sig ner runt bordet och huggit in på den mustiga köttgrytan som serveras med kokt potatis och rönnbärsgelé, tar han till orda.

"Jakob och Ragnar har inte hört vad vi har planerat, därför sitter vi nu alla här tillsammans. Som det visar sig så lyckades den där jävla svensken inte bara våldföra sig på Magda utan även lägga barn på henne. Med andra ord har vi ett problem. Därför har mor, Magda och jag nu pratat och planerat vad vi ska göra och planen är nu satt i rullning. Det finns inte längre något att diskutera, allt är bestämt", säger Alfred.

Jakob ser ut som en fågelholk med mat i munnen som han glömmer att tugga.

"Jag har bokat båtbiljetter till Magda och mig. Det hastar för isen håller på att lägga sig redan, då vi har minusgrader vissa nätter. Vi åker över till Umeå i Sverige, som ligger nästan mittemot Wasa, och sedan ordnar vi med skjuts ner längs med kusten till Stockholm. I Stockholm söker vi upp Amalia, damen som var här med sin faster efter branden. Vi räknar med att hon kan ta hand om eller ordna något för Magda tills barnet är fött. Jag kommer omedelbart hem tillbaka, medan Magda stannar i Sverige. Sedan ber vi även Amalia om hjälp med att hitta ett hem till barnet", fortsätter han

"Men vänta nu, har jag ingen talan, alltså? Och varför kan inte jag åka med henne istället för du som just kommit hem?" invänder Jakob med gnällig röst.

"Nej, du är inte i form för en så svår resa, även om jag gärna skulle stanna hemma. Dessutom kostar denna resa också. Jag måste väl också ge pengar till Amalia, men dessa kostnader tar jag på mig. Jag har fått en fin peng från sågen och det militära betalade mig. Så jag sköter om min frus syster som det tillkommer mig att göra", avbryter Alfred otåligt Jakobs gnäll och invändningar.

Magda sitter bara tyst och ser ner i bordet, hennes kinder är brännande röda och ljuset som brinner på bordet speglar sig i hennes blanka ögon. Hon har inte rört sin mat.

"Ser ni inte att detta är tungt för tösen, låt henne äta först så kan vi prata mera sedan, efter maten", kommenderar Stina, med blicken på Magda.

"Jaja, men jag ville bara dessutom säga att...."

"Senare!" avbryter Stina.

Alfred blir tyst och äter sin mat, gaffeln går mellan fatet och munnen lika taktfast som motorn vid sågverket. Blicken håller han sänkt, alldeles som om han måste koncentrera sig för att få maten styrd åt rätt håll. Tänk att som herre i huset bli så nesligt avbruten av sin gamla mor.

När maten är avslutad och alla har fått sig en kopp maskroste som stärker matsmältningen, harklar sig Alfred.

"Det där, jag hade egentligen bara ett par saker kvar att säga. Vi åker om fem dagar, så Magda inleder med att packa. Och till Jakobs kännedom är det planerat så, att Magda kommer hem igen när detta är över."

"När är detta över då?" frågar Jakob.

Alla tittar mot Stina. Inte ens Magda vet när hon kommer sig ur detta helvete på jorden som aldrig verkar ta slut.

"Ja, det var i augusti som det olyckliga skedde, så jag antar att vi kan vänta att barnet har kommit till världen senast i slutet av april. Magda kommer hem i början på sommaren", svarar hon och räknar på fingrarna samtidigt som hon nickar.

"Men mitt arbete på skolan...", viskar Magda fram.

"Ja, tyvärr blir det inget med det. Du får skriva ett kort brev till skolan och hitta på ett svepskäl till att du inte kommer. Försök att skriva det så att de fortfarande är villiga att ta emot dig när du kommer hem nästa höst", svarar Alfred.

Magda bara nickar till svar. Hon tittar ner i sin tekopp hela tiden, möter ingens blick.

"Förlåt", pressar hon plötsligt fram samtidigt som hon lägger ner koppen på bordet med en smäll, vänder på klacken och rusar ut.

De hör hur hon hulkar när hon kommit utanför dörren. De som sitter kvar i kammaren känner sig alla otillräckliga. Först stiger ingen upp och följer efter, men när det gått en halv minut reser sig Jakob lugnt och stillsamt och släntrar iväg efter henne. Han vet vart han ska gå. Och mycket riktigt finner han henne inne hos djuren, hon har borrat in ansiktet i manen på Fjalar. Utan att säga att ord går han fram till henne och lägger armarna runt henne. Där står de kvar intill hästen tills hennes gråt har stillat sig.

"Det ordnar nog sig i slutändan lilla gumman min, även om det just nu känns oöverstigligt", viskar han i hennes öra.

"Ja far, jag antar det", suckar hon, lösgör sig och klappar Fjalar på manken. Han puffar henne vänligt med nosen, som för att säga att hon ska rycka upp sig.

"Jag ska bygga oss ett nytt hem inne i den nya staden medan du är borta. Här i Runsor tycks allt gå tokigt för oss Grönbergs", säger han.

"Ja tack, gör du det far. Jag känner att jag måste göra något annat sedan för att bryta denna spiral. Fast då bor vi inte längre med Elnas småttingar förstås. Jag kommer att sakna dem", svarar hon.

"Vi ser till att hälsa på dem varje söndag efter kyrkan, det blir bäst så, ska du se", svarar fadern medan han tar henne vid handen och leder henne mot deras lilla stuga.

"Vi går in och går och lägger oss tidigt, du ser helt slut ut, lilla vän."

13
Sen höst 1857

De fem dagarna som Alfred och Magda har på sig att förbereda sig för avresan rusar hastigt förbi. När dagen för avresan gryr är det en kall, men lugn dag i slutet av oktober. Det har varit påfruset under natten och Alfred håller tummarna att isen inte lagt sig ute på havet. Magda är mest bara glad att det inte blåser för hon är rädd för vatten när det går höga vågor – inte för att hon har åkt båt många gånger i sitt liv.

Alfred har bara en liten väska med kläder och en hel del pengar med sig – mer än han har råd att avvara egentligen. Magda har med sig nästan allt hon äger. Det får plats i en rymlig koffert som hon lånat av Ragnar.

Det blir ett tårdrypande farväl och de får både förmaningar och goda råd så till den grad att de nästan rinner ut genom andra örat på dem. Till sist måste Alfred slita loss Magda från de små som hon inte vill släppa taget om. De måste iväg för att hinna med båten. En av drängarna följer med och kör dem ända till Brändö.

Även Jakob följer med. Dels vill han se till att de kommer fram, men han vill också gärna se sig om i Nikolaistad. Drängen har fått i uppgift att köra runt lite i den nya staden som är under uppbyggnad, så att Jakob ska få se allt med egna ögon.

När Magda och Alfred stigit av i Brändö hamn vänder drängen på kärran och de tar sig in till Klemetsö där den nya staden är under full uppbyggnad. De kör fram och tillbaka genom de nyanlagda kvarteren. De mest centrala kvarteren är långt färdigställda, stenbelagda med nyplanterade träd mellan esplanaderna. I utkanten av staden ser kvarteren fortfarande ut som en byggarbetsplats. Men Jakob kan konstatera att det är en fin stad som tar form invid vattnet. En riktig pärla. Han ser att grunden är lagd för många hus som ser ut att vara avsedda för affärsverksamhet. Han känner suget i magen efter att få lägga sitt namn på dörren vid ett av husen ett par kvarter från salutorget.

Efter att ha kört genom staden en god stund ber Jakob drängen stanna invid ett bageri. Det doftar gudomligt gott ända ut på gatan och suget får det att vattnas i munnen hos de hungriga männen. De går in och köper sig en kopp ångande hett kaffe och en rejäl vetebulle med socker på toppen. Samvetet säger att de borde ha köpt sig en vettig brödbit, men bullarna gick inte att motstå. När männen slagit sig ner vid ett litet runt bord med rutig duk sitter Jakob och funderar. Till sist kan han inte hålla sig, utan går tillbaka till disken och ber att få tala med innehavaren av bageriet. Jakob har affärer som han funderar på. Kvinnan bakom disken ser först tveksam ut, men hon hämtar sedan lydigt bagaren. Det visar sig att det är den bekante bagaren Jon Stam, som Knut arbetar med.

"Nej men ser man på, besök från Runsor", bullrar Jon och sträcker fram handen mot Jakob. De skakar hand med ett fast grepp och armbågarna gör många guppar upp och ner.

"Ser man på, inte visste jag att det var här som herr... håller till."

"Stam", fyller Jon i när han hör att Jakob inte minns namnet.

"Vad kan jag göra för herr Grönberg?" fortsätter han.

"Jo, det är så att jag skulle vilja öppna en skomakarbutik här i den nya staden, men jag har ingen aning om hur jag ska göra, var jag ska hitta en lokal och allt sådant. Då, medan jag satt här, kom jag att tänka på att innehavaren här redan kanske vet allt detta. Så råkar det sig att vi redan har mötts", berättar Jakob, med ett brett leende. Han hyser ett gott förtroende för bagare Stam.

På detta följer sedan en lång diskussion. Stam har bakat färdigt för dagen, eftersom det mesta av hans arbete utförs på morgonnatten.

Jakob blir ganska nedslagen av deras diskussion. För det som han trodde skulle bli ganska enkelt låter väldigt komplicerat när Jon berättar för honom om alla krusiduller, tillstånd och villkor som krävs för att få bedriva affärer i den nya staden.

* * *

Livet har sin gilla gång hemma hos Amalia och lilla Edvin som redan är två och ett halvt år. Amalia har fortsatt med att arbeta vid missionen, men inte lika ofta och inte lika entusiastiskt längre sedan hon bara får dela ut mat, skura och tvätta. Men så har hon händerna fulla med Edvin också. Han har blivit en, minst sagt, livlig liten gosse som hon inte har vare sig händer eller fötter med. Hon begriper nog att hon skulle behöva en far åt pojken som kunde hjälpa till med uppfostran och förmaningar. Nu tycker alla bara synd om dem och varken morfar eller farfar tillrättavisar pojken, trots att han är så oregerlig ibland. Men Amalia försöker att inte bli arg på honom – även om det är oerhört svårt ibland när han har sönder saker eller lägger sig på golvet och skriker när han inte vill lyda.

En dag hände det att hon luggade honom när han hade sönder en vas som hon hade valt ut tillsammans med Carl på bröllopsresan till Biarritz. Efter detta led hon svåra kval och ångrade sig starkt. Hon ångrade sig så till den grad att hon gav Edvin choklad en helt vanlig onsdagseftermiddag. Även detta tilltag ångrade hon sedan, när han blev etter värre.

Så läggs dagarna, en efter en, i ett långt pärlband. Den romantiska bilden av att vara mor till en söt liten gosse är för längesedan sprucken, likt vasen som pojken knuffade i golvet. Amalia har få drömmar, en svår längtan och ett trött huvud. Men hon knatar på, fångad i sin egen gråa vardag.

Så får hon brev från Runsor. Amalia blir så från sig när hon läser vad som står i brevet, att hon måste slänga det ifrån sig och vandra några varv genom bostaden medan hon muttrar för sig själv. Hade någon sett henne skulle de nog haft en del frågor om hennes beteende.

Hennes första reaktion, obehaget och ilskan, kommer sig av våldet som Magda utsatts för. Hennes andra reaktion beror på det faktum att

Runsorborna är på väg – och kan faktiskt dyka upp vilken dag som helst – hit. Men det som hon fortfarande grubblar på, är det faktum att också Alfred är på väg för att hälsa på henne. Alfred. Hon är inte beredd på att ta emot honom. Inte nu och aldrig någonsin.

Efter en natt när hon mest bara vridit sig oroligt i sängen medan hon grubblat över Magdas öde, stiger hon upp full av planer och mycket bestämd. Dels ska hon ta emot Magda och göra allt hon kan för att hjälpa henne. Amalia har hjälpt flickan förut och hon ska hjälpa henne igen – bara för att hon kan. Men hon tänker inte planera allt på förhand och ha en färdig lista när flickan kommer. Amalia tänker i stället slå sig ner med Magda – hon tänker på henne som lilla Magda, men flickan är ju i princip vuxen idag – och diskutera fram den lösning som Magda själv vill ha. Det enda hon gör på förhand är att ställa i ordning ett rum för Magda och fråga Lasse och Francesca om Alfred kan få sova hos dem medan han är på ett kort besök.

Men Amalia har bestämt sig för ytterligare en sak. Hon tänker använda sitt enorma arv efter Carl till något nyttigt. Hon ska starta ett härbärge bara för kvinnor och i synnerhet kvinnor som har blivit utsatta för våld och blivit havande mot sin vilja. De ska få mat, en plats där de kan föda sitt barn och hjälp med att placera barnet – om de så önskar. Dessa arma kvinnor tänker hon även försöka föra vidare ut i livet, så att de finner en plats och inte slutar som gatflickor i hörnen runt om i Stockholm.

Sedan väntar Amalia, dagarna är otroligt enformiga. Ibland finner hon sig själv stående vid ett fönster medan hon tittar ner på gatan för att se om hon skulle råka få syn på dem på gatan. Hon försöker komma ihåg hur de pratar, de pratar så annorlunda, men ändå så likt henne. Kantigare men ändå sjungande och vissa ord är så märkliga. Hon minns också lilla Magda, hon var väl en flicka på bara tretton – fjorton år när det brann, bara ett barn. Hon hade ansvar för sin lillasyster Anna, som blev kvar i huset och som brann inne. Det var en oerhört tragisk händelse. För Amalia, som nu har ett eget barn, har det nu sjunkit in hur tragisk händelsen egentligen var. För fadern som först förlorade modern, sedan den lilla och dessutom Elna ett par år senare. För Amalia som fortfarande saknar sin förlorade make, ter det sig som en gåta hur någon kan klara av det. Hon väntar alltjämt hem Carl, fantiserar i de ensligaste nätterna hur han har klarat sig, sköljts i land på en öde strand och fått arbeta ihop till sin biljett och därför blivit borta så länge. Hon kan känna hur han värmer henne i sängen och tomheten är etter värre när hon vaknar till sans och inte finner något annat än en kall sida av sängen och en milsvid tomhet som inte går att fylla med någonting. Orättvisan känns kolossal.

* * *

Seglatsen över Kvarken, mellan Wasa och Umeå är både snabb och plågsam. Vinden är till deras fördel så de kom sig snabbt fram men så kränger båten samtidigt ganska svårt i de stora, svarta höstvågorna. Magda, som sedan tidigare varken mår särskilt bra, eller är på särskilt gott humör för den delen, känner emellanåt som om det vore bäst att bara slänga sig i havet och låta sig uppslukas av många famnar vatten.

Hon försöker att inte kräkas, men det är helt omöjligt och ju mer hon försöker att inte kräkas – desto sämre mår hon. Det enda som ger lite lindring är att hålla sig ute i den iskalla vinden och andas den friska havsluften samtidigt som det stänker salt havsvatten i ansiktet. Men det blir för kallt i längden och hon måste söka sig in i den spystinkande kajutan.

När de väl stiger i land känns det som om marken gungar fortfarande flera timmar senare. De övernattar först en natt i Umeå. De två ska nu bo i samma rum tills de når Stockholm, annars blir det för dyrt. Därför spelar de ett gift par när de bokar in sig på gästhusen. Magda finner att det är både tungt och tröstande. När de sover första natten i samma säng, vaknar hon tidigt på morgonen och finner att hon sover tätt intill Alfred. Som tur sover han som en stock och har inte märkt att hon klängt sig fast vid honom.

Det visar sig att resan ner, ur och i olika skjutsar och därpå någon kortare sträcka i båt längs kusten ska bli något som etsar sig fast i minnet på Magda som något av det värsta hon har varit med om i hela sitt liv. Det är rått, kallt, regnigt och obekvämt. Skjutsar som gungar sig fram över dåliga vägar gör att Magda mår nästan lika illa som hon gjorde på båten över Kvarken. När de varit på väg en hel vecka och ännu inte nått Stockholm är Magda på god väg att ge upp. Hon vill inte resa en meter till. Men Alfred drar henne hänsynslöst vidare in i nästa skjuts. Magda snyftar ynkligt och tyst där hon sitter inkrupen under en filt med iskalla tår och röd näsa, inne i en täckt kärra dragen av ett par hästar.

Alfred biter ihop, han ska vara den starka för den stackars havande flickan. Han visar inte med en min att han avskyr skjutsarna lika mycket som hon gör. Han låtsas sova när hon kryper nära intill honom om nätterna och han räcker henne näsduken utan pikar och kommentarer när hon gråter och snorar. Han förstår henne så väl. Allt detta för en man som inte förstod skillnaden på ditt och mitt. Som tog något som inte tillhörde honom utan att bry sig om påföljden. Den arma jäveln. Om Alfred får tag på honom så ska han vrida nacken av honom; i maklig takt så att han hinner känna vad som händer, känna varje sena som sträcks ut tills den brister.

En oändlighet senare når de Stockholm. Magda har aldrig varit i en så stor stad förut, medan Alfred har lite mer erfarenhet eftersom han besökt Helsingfors ett par gånger. Men Stockholm känns fortfarande som en oerhört stor och livlig stad, även för Alfred. Det är människor överallt, hästar som springer kors och tvärs och larmet är högt. Lukterna tycker Magda är värst. Det luktar från dassen, längs med vägarna ligger det på många ställen högar som uppenbarligen hällts ur slaskhinkar och hästdyngan växer i drivor. Magdas känsliga näsa och ännu känsligare mage lider svåra kval. Som tur är det kallt – höstvindarna sliter i deras kläder och äter dem genom märg och ben – så stanken mildras av det. Hade det varit sommar och sol hade stanken troligen varit mångfalt värre.

De stiger av droskan invid en stor station inne i stadens kärna. Det vimlar av folk och ingen av dem vet exakt hur de ska hantera sitt bagage och samtidigt nå fram till Amalias adress. Efter att ha studerat platsen en stund noterar de att det går att ta skjuts inom staden också. Så de ställer sig i kö och Alfred har lappen med Amalias adress i gott förvar i fickan. De blir tvungna att vänta en stund innan de slutligen blir först i kön. Alfred rotar fram den skrynkliga lappen och läser adressen för kusken. Han bara nickar till svar. Så de packar sina saker i droskan och åker iväg. De väntar sig en rejäl tur genom staden, men det visar sig att det bara tar några minuter. De kör förbi det imponerande slottet. Båda två stirrar med öppen mun när de får syn på det kungliga slottet och den magnifika slottskyrkan. Endast något kvarter från slottet stannar kusken utanför ett högt, vackert hus i flera våningar.

"Detta är adressen herrn uppgav, är herrn säker på att den är korrekt?" frågar kusken i lite högdragen ton.

"Jodå, jag är alldeles säker. Du kan vänta här medan jag går och kontrollerar att någon är hemma", svarar Alfred och försöker låta högfärdig. Vilket är svårt när han ser lika mycket ut som en landsortsbo som han känner sig. Klädd i sin finaste vadmalsjacka och byxor, höga läderstövlar och en luva känner han sig rejält tafatt bland männen i fina dräkter med silkesdukar runt halsen. Han kontrollerar adressen en gång till, går fram till dörren och nappar tag i handtaget. Dörren är utsirad, pompös och förvånansvärt tung, så han får ta i med mera kraft än väntat för att få upp den. Pulsen stiger och han svettas plötsligt svårt när han stiger in i det eleganta trapphuset. Vad i hela friden har han gett sig in på? Besöka Amalia av alla personer på detta jordklot.

Han tar några steg i taget i trapporna, noterar nöjt att det står namn på dörrarna så att man ska veta vem som bor var. Han läser på alla dörrar på första våningen, sedan går han upp till andra, tredje och sist till fjärde våningen. Sedan börjar han misströsta. Alfred har ännu inte hittat någon dörr med namnet Palmlöf. När det bara återstår en våning, ser han att det bara är en dörr på den översta våningen. Han tvekar. Det kan ju omöjligt vara den. Men han går upp eftersom han inte har något annat val. Med klappande hjärta – både av nervositet och av klättringen i trapporna – når han översta våningen. Dörren är elegant snidad i ett mörkt träslag och på dörren finns en skylt gjord av en blank metall på vilken det står skrivet "Palmlöf" med snirkliga bokstäver. Han suckar djupt, står en stund för att försöka stilla hjärtat innan han med darrande hand tar tag i den glänsande portklappen. Han klappar två stadiga gånger. Sedan river han av sig sin gråa mössa. Han hör fotsteg som klapprar mot golvet på insidan av dörren. Han harklar rösten innan dörren öppnas. En ung kvinna, som inte är Amalia, öppnar dörren. Han antar att hon är någon form av tjänsteflicka.

"Ja, kanske herrn sökte ingången för tjänare?" inleder flickan. Alfred blir alldeles tagen och stum. Har tjänarna en annan ingång, borde han ha tagit den? Flickan ser att han ser villrådig ut så hon fortsätter.

"Söker herrn någon?"

"Jo, alltså jag söker fru Palmlöf. Jag heter Alfred Karlsson och har kommit över från Wasa. Alltså från Finland. Jag har meddelat fru Palmlöf att vi kommer. Jag och min frus syster. Hon väntar där nere", säger han stammande.

"Ett ögonblick", säger flickan och drar plötsligt igen dörren framför näsan på honom.

Hon släpper inte in mig, hinner Alfred tänka medan han står kvar några sekunder och villrådigt funderar på vad han ska ta sig till. Han går långsamt ner för trapporna igen. Då hör han steg närma sig dörren igen, denna gång mer bestämda. Dörren öppnas igen och Amalia uppenbarar sig i dörren. Hon stiger ut på trappavsatsen och ser ut som ett enda stort leende.

"Alfred välkommen! Och jag ber så mycket om ursäkt för Stina, hon förstod inte vem du var. Du är naturligtvis väntad. Eller ni är väntade, var är lilla Magda?" hasplar Amalia ur sig. Hon har röda kinder och hon vrider händerna där hon står och tittar ner mot honom i trappan. Alfred vänder om.

"Hej Amalia, eller alltså fru Palmlöf! Så frun var hemma. Jag tänkte först att frun kanske var ute, eller att frun inte vill ta emot oss med vårt nesliga ärende. Men nu är frun här och det tackar jag för. Magda är där nere i kärran, vi tog inte loss bagaget innan vi visste om vi var på rätt ställe eller välkomna", svarar han, samtidigt som han sträcker ut handen mot henne. De skakar hand. Amalia ler nervöst och blicken flackar.

"Utmärkt, jag sänder ut någon för att bära bagaget. Magda ska bo hos mig och du ska bo hos kapten Lasse och faster Francesca. Men vi äter här hos mig först innan det är dags för dig att gå över till dem", svarar hon. "Och snälla, kalla mig bara Amalia", tillägger hon. Amalia vänder sig om och ropar något in mot bostaden. Med ens uppenbarar sig en ung man.

"Du ska bära in herr Karlssons packning. Det står en kärra här utanför, alla deras väskor eller kistor ska hit upp", kommenderar hon.

"Ja visst frun", svarar han med en mycket officiell, nasal röst.

Alfred koncentrerar sig och försöker komma ihåg att han trots allt är van vid att styra och ställa med tjänstefolk – det är väl inte annorlunda för att han är i storstan – så han morskar upp sig och tar ledningen. Men öronen bränner och hettar när han går tomhänt bakom mannen som bär hans packning.

***

De överlevde den kanske mest pinsamma återföreningen som man kan tänka sig, och slappnar sedan av. Amalia kräver inte att Magda ska berätta så mycket, så Magda känner sig inte så värst illa till mods. Diskussionen rör sig mycket kring Wasa, flytten av staden samt vad som har hänt på gården i Runsor.

Snart är det dags för middag och de bänkar sig runt bordet. Då dyker en barnpiga upp med lilla Edvin vid handen.

"Hej Edvin, mina vänner från ett annat land är här. Magda kommer att bo hos oss en tid. Du får gå fram och hälsa på dem", uppmanar Amalia honom.

Edvin tittar blygt på de nya ansiktena, så muttrar han något för sig själv och sätter sig ner på golvet. Amalia försöker förmå honom att hälsa med en ny uppmaning, men han bara skakar på huvudet.

"Nåväl, vi ska äta nu, du kan ge Edvin hans middag inne i köket", avfärdar hon dem sedan.

De bänkar sig och så får de in maten på bordet. Ett bräckligt, dyrbart porslin, bestick som känns för fina för att sätta i munnen och en mat som inte är vad de är vana vid – om än oerhört delikat. Magda har varit hungrig länge så hon äter med glupande aptit. Hon är varken blyg till sättet eller särskilt förfinad så hon pratar på. Hon ojar sig över allt vackert och gott på ett mycket oblygt sätt, så Amalia är ganska road. Varför skulle hon låtsas som om någonting hemma hos Amalia ens är i närheten av den normala vardagen när Amalia mycket väl vet hur det ser ut och fungerar hemma hos dem? Alfred försöker hejda sina stora ögon och verka lite mera världsvan, men när de blir serverade glass till efterrätt kan han inte hejda ett långt utdraget hummande. Smaken på tungan är som om himmelriket har fallit ner och tagit sin boning i munnen. Det är en perfekt blandning av sött och surt, underbart kallt och lent och känslan när glassen smälter på tungan känns som smaken av en ljuv sommarmorgon en ledig dag då det är dans på logen till kvällen.

"Kan vi äta glass alla dagar?" frågar Magda med blicken riktad mot Amalia och ett saligt leende på läpparna.

"Jaså, säger du det. Vilken smak tänkte du dig?" frågar hon.

"Vad, finns det fler än en? Och vilken smak äter vi nu?" undrar Magda med runda ögon.

"Detta är nog smak av bär. Vi brukar även ha med smak av frukt, choklad, marsipan, lavendel eller kola. Så vi kan byta om från dag till dag", skrattar Amalia som svar på Magdas kommentar.

"Vad, jag förstår inte, var hittar ni all denna glass?"

"Det är vår kokerska som gör glassen. I Cajsa Wargs bok om kokandets konst finns ett utmärkt recept på glass. Ingenting jag kan göra förstås, men jag äter gärna glass då och då, men främst brukar den serveras till

Edvin eller på bjudningar."

"Mm, den är underbar", suckar Magda och lägger upp ytterligare en klick i sin kristallskål.

Efter att middagen är över och de har satt sig runt en öppen spis med varsin tekopp är det Magda som vågar inleda det svåra samtalet som de alla undvikit. Hon sitter och rör om sockret i sin tekopp samtidigt som hon blickar in i elden. Så tar hon mod till sig.

"Ja kära Amalia. Det bär mig emot att klampa in i ditt liv på detta vis, men nöden ger mig just nu väldigt få val. Jag är skändad och utskämd, jag skulle helst bara ta en strumpsticka och försöka bli av med ungen, men jag är för feg och för lydig. Och nu sitter jag här och utnyttjar din godhet och det faktum att du råkade befinna dig i Wasa för några år sedan när det brann. Jag antar att Karlssons tänkte att de var goda mot er, så nu ska du vara god mot oss. Men så glömmer de att du redan har räddat mig en gång. Då när jag övergav mitt brinnande hem", säger Magda med släpande röst och med långa pauser mellan meningarna.

Amalia sitter och tittar på sina händer som vilar i famnen. De plockar inte ens nervöst med tyget utan vilar stilla i knät.

Alfred vet inte vart han ska titta eller vad han ska säga, så han försöker hitta olika föremål att granska i det stora rummet. Amalia reser sig, hon går fram till en vacker möbel på vilken det står en kristallkaraff fylld med en gyllene vätska. Hon häller upp två väl tilltagna drinkar och en pytteliten. Hon räcker glaset med den lilla vätskemängden till Magda och hon och Alfred tar varsitt glas med en rejäl skvätt i. Sedan sätter hon säg ner igen.

"Det är en gammal fin whiskey, det känns som om vi behöver något som värmer oss inifrån." säger hon och för sedan glaset till munnen och tar enbart en liten klunk av drycken, så att den inte ska bränna på tungan.

"Du ska inte ha dåligt samvete för att du ber mig om hjälp, tvärtom ska du skatta dig lycklig över att du råkar känna mig. Det är få av er bönder på landet utanför Wasa som har dylika kontakter, det behöver vi inte hymla om. Och ens vänner är till för att räcka ut en hand när man är i nöd. Du och jag har ju hjälpts åt förut."

Alfred drar efter andan, alldeles som om han menar säga något. Amalia hytter med fingret mot honom och han tystnar innan han ens hinner börja.

"Den här diskussionen angår dig på inget sätt alls kära Alfred, du har, enligt mig, enbart på ett mycket förtjänstfullt sätt fört Magda till mig", säger Amalia och sneglar mot Alfred.

Han rodnar ända upp till hårfästet, men säger ingenting.

"Jag kan medge att jag till en början blev ganska osäker när jag fick brevet i vilket det stod att du redan var på väg hit. Men efter att jag har fått fundera på saken några dagar samt i övrigt reflektera över min position och mina möjligheter, så har jag kommit fram till att detta är en utmärkt lösning. Jag planerar att starta ett härbärge för kvinnor i din situation och hjälpa dem på traven. De flesta kvinnor i liknande position som jag gör inget annat än äter bakelser och baktalar folk hela dagarna, men jag orkar inte med det. Jag vill hjälpa. Och om du vill så får du gärna bistå mig med hjälparbetet", säger Amalia medan hon iakttar Magdas ansikte för att se hur hon reagerar.

Magda kan knappt tro sina öron. Så inte nog med att Amalia tänker hjälpa henne, hon kommer även att ge henne en mening och ett uppdrag.

"Jag hade nyss fått tjänst på fruntimmersskolan när jag åkte. Jag skulle redan ha börjat, och det var en enorm sorg för mig att inte kunna ta det arbete som jag har drömt om så länge", svarar Magda medan hon skruvar sig i stolen och ser på Amalia med gnistrande ögon.

Alfred känner sig utanför i diskussionen, men han har vett att hålla tyst. Han känner dock ett stygn av något som liknar svartsjuka över att Magda ska få en framträdande roll i Amalias liv när han bara får uppleva sig klumpig i hennes hem och känna suget nere i magen när han ser hennes skönhet. Han inser att Amalia har glömt deras flirt och han besluter sig för att åka hem fortare än kvickt och han kommer inte att låtsas om någonting. Även om en del av honom hade trott att hon skulle se på honom med trånsjuk blick. Dumt nog så är det han som är den trånsjuka av dem. Han sitter försjunken i sina tankar, men lystrar till när han hör kvinnorna tala om barnet.

"Ja, jag är alldeles säker på att jag inte vill ha barnet som han tvingat på mig. Jag hatar min kropp som bär på det och jag hatar män som gör så att kvinnor måste vänta barn", säger Magda med en ton som dryper av hat.

"Nå, nå, lilla vän. Bara för att du råkat ut för en skitstövel, betyder det inte att alla män och alla barn är av ondo", säger Amalia leende.

Magda bara skakar på huvudet och kröker på munnen när hon hör Amalias ord.

"Nej, jag är helt övertygad om att jag aldrig kommer att vilja att en man rör vid mig igen", utbrister hon hetsigt.

"Hur gammal är du lilla Magda, sjutton - arton eller hur var det? Jag kan berätta för dig att då vet man väldigt lite om hur det är att vara vuxen och ensam. Eller hur Alfred?" svarar Amalia och vänder blicken mot Alfred. Han sväljer först, innan han svarar.

"Jo, så är det, när man är i din ålder är man nästan bara ett barn och barn ska inte utsättas för det du har varit med om. Så du ska inte använda detta som referens för återstoden av ditt liv. Vi behöver alla någon att dela vår glädje och sorg med. Och även när man har någon i sitt liv är det svårt nog", säger han med en suck.

"Jag fyllde faktiskt arton år nu i höst. Men strunt i det. Jag är mer intresserad av härbärget du pratade om. Jag vill så oerhört gärna arbeta med dig", avbryter Magda diskussionen om hennes framtida kärleksliv.

"Ja men det ska du göra! Jag har ännu inte ens skrivit min idé till pappers så du får vara med och planera från starten. Det är alldeles pinfärskt detta och idén fick jag dels från din situation och dels från en mission som jag arbetat frivilligt med ibland. De struntar i kvinnor som råkat i olycka men de hjälper nog de män som super sig så redlöst berusade att de ställer till det så de halvt slår ihjäl sig. Det får mig att må illa", svarar Amalia.

"Är det sant, är det så illa?" frågar Magda.

"Det är troligtvis ännu värre än du kan föreställa dig. Kvinnan är ingenting värd i jämförelse med mannen. Varken hennes liv eller hennes rättigheter. Därför krävs det en ung, rik änka med en så snäll far som min är. Hon måste dessutom vara tillräckligt dum för att sträcka ut hakan och arbeta för dessa utsatta kvinnor som dör som flugor när de försöker fördriva foster med strumpstickor eller gift sedan män sått sin säd i dem utan att ansvara för konsekvenserna", spottar Amalia ur sig. Hon har gått upp i varv nu.

Alfred undrar i sitt stilla sinne varifrån hennes hat kommer, hon som inte behövt kämpa mot detta under sin korta livstid. Han vågar inte fråga. Han orkar snart inte höra på längre, så han reser sig ur stolen och visar med all tydlighet att han tänker söka sig till Lasse och Francesca för att ta kväll. Amalia viftar till sig pigan och ber henne visa honom vägen. Kvinnorna noterar knappt när han går sin väg.

"Vi ses imorgon Alfred", är det enda som Magda säger till hans rygg när han går ut ur rummet.

"Javisst, sov gott", svarar han utan att stanna upp.

"God natt", svarar Amalia.

Kvinnorna sitter kvar och samtalar en god stund och av klasskillnaden och övriga skillnader märks nästan ingenting.

14
Sen höst 1857

För varje dag som går känner Jakob sig lite bättre. Han har arbetat
med att sy en handske i tunt läder som är hopsydd ovanpå de saknade
fingrarna. Den första versionen han sydde hade sömmen mitt uppe
på knogarna och den var helt omöjlig att bära, eftersom sömmen hela
tiden skavde på den nya, tunna huden. Den andra versionen har också
enbart halva fingrar, så att han ska kunna använda sin fingertoppskänsla
när han arbetar med skor och läder.

Om nätterna slåss Jakob ofta mot fantomsmärtor i fingrarna som inte
längre finns kvar. Han skulle vilja gnida sina fingrar, men de finns ju
inte längre där. Och han slåss även mot husbonden brännvin. Suget
efter supen tar musten ur honom, men han ser till att inte ha brännvin
hemma. Det gör att han inte kan stiga upp mitt i natten och dricka när
maran rider honom och supen skulle stilla det hela. Om dagarna går det
ganska bra att vara utan dricka, när han har folk runt om sig och det finns
något att göra. Då hinner han inte heller tänka så mycket på att det gör
ont någonstans.

Jakob går omkring och väntar på brev från Magda och Alfred, men
dagarna går utan att det dimper ner någon post. Han undrar vad svenskan
har sagt och han undrar när Alfred ska komma hem igen. Isen håller på
att lägga sig utanför Wasa när de nu är inne i november.

Han sitter ofta inne i köket tillsammans med Stina och de pratar om
sina barn och undrar hur det går. Ragnar är sällan med, istället är han
inne i deras egen del av huset eller ute och arbetar på gården. Jakob
njuter av att sitta i sällskap av en kvinna, även om det inte är hans Signe.

Kvinnor tänker på något vis annorlunda och det blir inte den där eviga maktkampen eller enbart prat om hästar och skrot som det ofta blir män emellan.

Det är då tanken föds. Han vill ha en ny kvinna. Mest för att dela vardagen med någon, inte för det sexuella. Som snart femtioårig gubbe vet han inte ens om han klarar av det längre. Men visst vore han villig att prova på, det kan ju hända att det finns hur mycket fräs som helst i honom fortfarande, om tillfälle ges. Men var hittar man en kvinna? Inte något barn och inte någon gammal kärring. Fast han nu själv är en gammal gubbe – men det är inte samma sak, anser han. Men så en dag tar han mod till sig.

"Du Stina?"

"Ja-a?"

"Jag har tänkt lite på kvinnfolk på sista tiden."

"På kvinnfolk, vad menar du nu?"

"Nå men om jag skulle ta och skaffa mig en ny kärring till huset. Tror du det finns någon som skulle gå med på att ta mig? Kanske du har några kontakter?" fortsätter han.

Stina kan inte hålla sig allvarlig utan skrattar så bysten hoppar. Slutligen måste hon böja sig ner och slå sig själv på knäna för att kunna besinna sig. Tårarna rinner i så strida strömmar att de droppar ner från hakan. Jakob känner huden knottra sig när han hör på henne. Han tycker inte att han sade något som var roligt. Han borde ha förstått att man inte kan anförtro sådana saker till kvinnor överhuvudtaget.

"Nå, nu räcker det. Vad skrattar du egentligen åt?" säger han snart med höjd röst för att överrösta henne. Hon kippar efter andan och försöker sansa sig. Efter några djupa andetag slutar hon skratta och sätter sig ner framför honom vid bordet.

"Förlåt, jag fick bara riktigt roligt när jag såg framför mig hur du försöker förföra ett fruntimmer. Du är ingen ungdom längre, du är en kantstött gubbe och du kan inte prata fina ord. Men säkert kan du hitta någon som desperat behöver någon som tar hand om henne, men någon kärlek och romantik tror jag inte du behöver ge dig ut och jaga efter. Och några småflickor tillåter jag inte att du ger dig på, och därmed basta", förklarar hon.

Jakob skakar på huvudet, skrapar sig på den orakade hakan och drar djupt efter andan.

"Ja. Nej, du har nog rätt. Vem skulle vilja ha en gubbstrutt som mig, varför har jag ens tänkt i dessa banor. Vi tar och glömmer det jag sade. Jag ska nu gå in till mig", svarar han, reser sig och går mot dörren.

"Nej, stanna, sätt dig ner tillbaka. Inte är det så där illa, det är bara jag som överreagerade lite. Kanske är jag lite avundsjuk på dig som funderar på att prova på nya vindar. Här får jag gå med min surgubbe, dag ut och dag in", försöker hon så att han ska hejda sig.

Jakob stannar innanför dörren, men han vänder sig inte om och han ser inte på henne.

"Nej, jag håller fast vid det jag sade. Vi glömmer det jag sade och försöker att inte återkomma till ämnet. Och säg inget till Ragnar, att jag pratade som jag gjorde. Det var ett stort misstag."

Han öppnar dörren och går ut. Han slänger igen ytterdörren bakom ryggen med en smäll.

Söta, så dumt det där blev och hur otroligt fånig han känner sig! Jakob hör fortfarande hennes hånskratt ringa i öronen. Han snubblar över gården, vet inte om han ska bli arg eller ledsen, försöker att inte bry sig. Men det är svårt när man sväljer stoltheten och anförtror sig åt någon och svaret blir ett skratt rakt i ögonen.

Jakob sitter sedan i sin gungstol och gungar med våldsam fart, nästan så att stolen tippar över baklänges när han sparkar fart. Då besluter han sig. Stina får skratta bäst hon vill, han behöver inte hennes hjälp med att skaffa sig ett fruntimmer. Han ska minsann visa dem. Och inte enbart när det gäller fruntimmer heller för den delen. Han har nog både kraft och förmåga kvar att utföra saker i livet. Imorgon dag ska han skrida till verket.

* * *

När Amalia kryper ner mellan lakanen är hon trött, men kan ändå inte somna. Hon försöker tänka på Magda och allt de pratade om. Hon försöker tänka på sina planer för härbärget. Hon försöker framförallt somna. Men hur hon än försöker skjuta ifrån sig, tänker hon mest på Alfred.

Han verkade oerhört mycket äldre än senast och han var så grå i sina vadmalskläder. Men blicken var den samma, om än lite mörkare. Det är kluvna känslor. Hon hade inbillat sig att det skulle vara en hisnade känsla att återse honom, att knäna skulle darra och småfåglar sjunga som i boken "Svindlande höjder" hon nyss läst ut. Men inget sådant hände. Allt som hände var att hon kände sig flera decennier äldre än när de senast sågs. Och då har det ändå bara gått fem år sedan branden och sedan de bodde på hans gård. Det är säkert Elna och hennes död som format honom, liksom Carl och hans död har format henne. Tankarna irrar fram och tillbaka.

En god stund senare stiger hon upp och hämtar ett glas vatten. Utanför fönstret piskar regn och vind så hårt att det fladdrar lätt i den tunna köksgardinen. Amalia huttrar och kryper hastigt ner tillbaka i sängen. Äntligen somnar hon, bara för att sova en orolig sömn, fylld med mardrömmar om brand och våldsamma våldtäkter.

Nästa dag känner hon sig som om hon skulle ha druckit rejäla mängder vin kvällen innan. Hon ser sig i spegeln en god stund, bara stirrar, suckar djupt och skakar på huvudet åt sin spegelbild. Det gör inte saken bättre eftersom det då känns som om hjärnan dansar av och an inne i huvudet. Hon ursäktar sig för Magda, som bara rycker på axlarna till svar.

"Vi måste prata om hur vi ska ha det medan du bor här", säger Amalia till Magda medan de äter kokt ägg och stekt bröd med sylt på till frukost. Magda svarar inte utan inväntar bara Amalias fortsättning. "Jag vill inte vara som någon extra-mamma för dig. Jag vill inte att vi ska känna oss tvungna att hela tiden berätta för varandra vad vi gör och vart vi går. Vi måste kunna leva som vuxna, utan rapporteringsskyldigheter. Eller, jag tar tillbaka det där. Jag är den vuxna här, vi bor i mitt hushåll och i min stad. Det betyder att jag inte är skyldig att rapportera till dig, men någon måste hela tiden veta vart du går och hur länge du ämnar vara borta. Helt enkelt för att vi inte ska riskera att tappa bort dig. Vi ska gå ut på stan tillsammans idag, om vädret tillåter. Men kanske vi borde samtala med Alfred istället. Jo, det måste bli en annan dag. Men hur som haver, jag ska visa dig runt i de kvarter där du får röra dig. Utanför dem jag visar dig får du inte gå. Och du får bara gå ute på dagarna. Du vet ju själv nu, av erfarenhet, hur det kan bli när man litar för blint på att folk – män – kan uppföra sig. Det tror jag inte att du gör om."

"Absolut, jag gör precis som du säger Amalia, jag vill inte vara till besvär för dig. Naturligtvis behöver du inte anmäla dina förehavanden till mig. Jag kommer inte ens att fråga efter dig", svarar Magda med nedslagen blick.

Det stinger till i Amalia när hon ser på den unga flickan och hon undrar med ens om hon var för hård mot henne.

"Jag sänder bud till Francesca och Lasse att vi väntar oss att Alfred kommer hit på eftermiddagen. Vi måste prata lite om framtiden med honom. Vet du hur länge han stannar i Stockholm?"

"Nej, jag vet inte, men vi pratade ju om att han bara ska stanna en kort tid. Han måste över vattnet tillbaka till Finland innan isen lägger sig."

"Ja, precis, så var det. Nåväl han hinner säkert hit en gång till innan han åker," nickar Amalia. "Har du förresten ordentligt med kläder? Jag har sparat alla kläderna jag använde när jag väntade lilla Edvin. Kanske du kunde ta över dem nu? Fast du har inga former eller någon kula under kjolen än, så det är kanske lite för tidigt. Du får ta någon av mina vanliga klänningar först, tror jag. Eller förresten tror jag att de är för långa. Klänningarna skulle släpa i marken. Vi måste kalla på min sömmerska, så får hon ändra på någon klänning till dig. Vi kan sända bud efter henne, så att hon kommer redan imorgon. Jag är tveksam till om du kan gå ut på stan med mig klädd i det där", babblar Amalia.

Magda känner hur svetten bryter fram och hur det stockar sig i halsen. Hon sväljer och sväljer. Hon vill inte att Amalia ska se att hon tog illa vid sig. Hon har trots allt sina allra bästa och finaste kläder på sig. Kläder som hon var stolt över när de reste från Wasa. Och nu duger de inte ens till en promenad på stan bredvid Amalia.

Snart kommer pigan tillbaka och meddelar att Alfred inte var på plats hemma hos Francesca och att han inte hade uppgett vart han tänkte gå heller. Däremot är det klart att han inte har rest, för hans pinaler är kvar i rummet där han bor. Magda finner det konstigt att han gått ut, men hon litar på att han inte reser ifrån henne utan att säga så mycket som ett litet hej.

Damerna börjar plocka i kläderna istället. Mycket riktigt visar det sig att Amalias klänningar är för långa för att sitta rätt på Magda. Midjan i hennes normala klänningar är också för smal. Så då återstår enbart de klänningar som Amalia använde när hon väntande barn. Magda har mycket svårt att hålla tand för tunga när hon ser in i Amalias klädgarderober. Det överflöd som där råder måste vara emot Guds vilja. Många människor har så lite och en enda person har så oerhört mycket, det är motbjudande, tänker Magda medan hon plockar i klänningarna, den ena vackrare än den andra.

"Du får ursäkta dessa klänningar. De är inte särskilt genomtänkta eller välgjorda. Jag mådde oerhört dåligt när jag väntade barn eftersom jag nyss hade fått meddelande om Carls försvinnande. Du har väl hört om det?" säger Amalia.

Magda vet inte vad hon ska svara när Amalia ber om ursäkt för klänningar som hon själv tycker är det lyxigaste och finaste hon sett i hela sitt liv. Hur svarar man på det? Men hon hittar ett kryphål i och med att Amalia pratade om mannen som försvann, så hon svarar på det istället.

"Jodå, jag beklagar så oerhört mycket. Det måste ha varit en ofattbar sorg och saknad för dig, att bli ensam kvar utan att veta med bestämdhet vad som har hänt och om du kan vänta hem honom längre", svarar hon därför. Efter att de har plockat bland klänningarna en god stund väljer Magda ut två klänningar. Bägge två är sydda i ett mindre glansigt material och väldigt enkla, jämfört med vissa av dem som är sydda i konstiga, blanka material. En grön klänning ser helt fantastisk ut. Tyget speglar sig i färgerna runt omkring och den liknar ingenting Magda tidigare har sett. Hon lägger den bestämt åt sidan och ryser till. Hon skulle känna sig som en gatflicka i den där slippriga saken, tänker hon, medan klänningen i själva verket kostar mer än en gatflicka tjänar under hela sin aktiva arbetstid. Klänningarna hon valt ut är på tok för långa och måste kortas av. Midjan är en aning vid, men det får den förbli eftersom hon kommer att växa rejält ännu innan hon ska trycka ut ungen.

***

Alfred har gett sig fan på att hitta adressen till Fankens bygg, där den där Sten Besk – eller Sören – arbetade innan han kom till Wasa. Han har besökt flera myndigheter och frågat efter företaget, utan att få svar. Sedan går han fram till olika husbyggen för att fråga om de möjligtvis hörde till Fankens bygg eller om byggarna kände till detta företag. Han har startat sin rundvandring direkt klockan nio på morgonen för att hinna med så mycket som möjligt på en dag. Han går så att stövlarna skaver och humöret blir konstant sämre för varje kilometer han avverkar. Tankarna på hämnd är våldsamma och han har aldrig förut fantiserat om en annan mans pung, men nu kommer han på alla möjliga saker han vill – och ska – göra med den. Och ingen av hans fantasier innehåller element av vare sig romantik eller njutning.

Han håller på att ge upp. Antagligen finns detta Fankens bygg inte, har väl aldrig existerat heller. Hela mannen är en enda stor lögn. Alfred är på väg tillbaka till Francescas för att äta middag, när han ser ännu ett bygge som han kan kontrollera. Han går in genom en elegant port längs en liten gata. Snart finner han en man som står och rappar en vägg. Han går fram till honom, med lite osäkra steg.

"Ursäkta mig, kan jag få störa ett kort ögonblick?"

"Javisst, vad kan jag göra för dig?" svarar mannen, som ser både utarbetad och krokig ut.

"Jo, det är så att jag söker en gammal bekant, jag skulle hälsa från hans vänner i Österbotten, men jag finner honom inte. Han arbetade förut på ett byggföretag som heter Fankens bygg. Råkar du känna till företaget och var jag finner det?" frågar han och försöker se oskyldigt ut, trots sin lögn.

"Ja men visst, jag känner till dem. Du ska inte köpa tjänster av dem, de lurar dig in på bara skinnet. Vill du bygga kan jag ge dig tips på många bättre byggare än Fankens", svarar mannen.

"Det var som tusan. Nej jag ska inte bygga något, jag söker bara en som arbetar, eller har arbetat där, så det är ingen fara. Men var finner jag dem?"

"De har sitt kontor i Tanto, en bra bit härifrån. De har kontoret invid bygget av sockerfabriken i Tanto, och de har väl alla sina anställda i arbete vid sockerfabriksbygget. Hittar du till Tanto? Jag vet dessvärre inte om de har något gatunummer", berättar mannen.

"Tanto, nej jag har aldrig hört talas om det stället, jag är inte härifrån, men jag ska säkert hitta det med lite hjälp"

"Perfekt, jo jag har räknat ut att du inte är härifrån när du pratar som du gör", svarar mannen, vänder ryggen till och fortsätter med sitt arbete.

Tanto? Alfred känner sig konfunderad. Hur ska han ta sig dit, han vet inte ens hur långt borta det ligger. Eftermiddagen är ganska sent liden och det känns nästan onödigt att påbörja det äventyret mer idag. Kanske han kunde fråga Francesca, hon som är stockholmare vet säkert var Tanto ligger.

När han knackar på dörren är det Lasse som öppnar. Han ser konfunderad ut.

"Jaså, du behagar att dyka upp nu, du försvann tidigt utan ett ord och har varit borta hela dagen. Amalia och Magda sände bud efter dig tidigare idag också. Var har du varit?"

"Ja, jag ber om ursäkt, jag har ett viktigt ärende som jag vill få uträttat innan jag lämnar Stockholm. Jag lovar att berätta över middagen för jag vill be om hjälp. Men just nu behöver jag gå på dass och sträcka ut mig på sängen en kvart för jag är helt slutkörd. Ropa när det är mat", svarar han och försöker se både urskuldande och ärlig ut.

Alfred har ännu inte bestämt sig för om han ska berätta hela sanningen om varför han ska ut till Tanto, eller om han halvt ska ljuga ihop en historia. När han lägger sig ner för att vila, vänder och vrider han på problemet. Magda ska ju leva sitt liv här och alla kommer att se att hon väntar barn, det är ett som är säkert. De kommer även att begripa att det är något otillbörligt med barnet eftersom hon är här utan man och eftersom barnet sedan försvinner. Så för att få hjälp med att hitta Tanto och Fankens bygg tänker han berätta.

Han får kanske assistans med att dissekera Besks ballar också, om han har tur. Fast egentligen vill han hantera dem själv. Vrida, slå och sparka. Så att mannen aldrig kan få ett dugligt stånd under återstoden av sitt liv. Däremot vill Alfred inte bli någon mördare – även om mannen inte förtjänar att leva. Tanken att blanda in polisen föresvävar honom inte ens.

Efter en liten stund knackar det på dörren och Lasse ber honom komma till bords. Alfred masar sig upp, stönar och suckar, trött till kropp och själ. Det tär att ätas upp från insidan av hämndbegär, känna suget av hemlängtan och oroa sig för de nära och kära.

Alfred hugger hungrigt in på stek med potatis, sky och pressgurka. Han har inte ätit ordentligt sedan morgonmålet. Han känner i luften att han förväntas säga något, så han sväljer och tar till orda.

"Jo, det är så här att en svensk man som arbetade på ett bygge i nya Wasa har skändat Magda å det grövsta och nu är jag ute och söker efter denna jävel. Hittar jag honom ska jag vrida bollarna av honom. Om du ursäktar ordbruket faster", hasplar han ur sig. Väl medveten om att det kommer att komma många frågor på det han säger.

Först uppstår en tryckande tystnad. Sedan är det Francesca som tar till orda.

"Så det är därför ni är här! Jag anade att det var något skumt på gång. Med andra ord ska Amalia återigen betala för att hon fick lite hjälp när staden brann ner. Trots att ni fick pengar av min bror också" fräser hon.

Hennes ord känns som ett slag i ansiktet på Alfred. Inte alls vad han hade väntat sig. Han hade trott att hon skulle tycka synd om Magda och vara villig att räcka honom en hand.

"Amalia har varit med om alldeles tillräckligt med otrevligheter i sitt liv och hon behöver inte få någon extra börda från er för att betala en skuld som redan är betald. Jag vill att du tar flickan med dig och ger dig iväg härifrån och det med omedelbar verkan. Jag vill ha dig ut ur mitt hus, NU!" ryter hon.

Alfred slänger ifrån sig besticken, reser sig från bordet och snubblar bort till gästkammaren där han krafsar ihop sina få tillhörigheter och störtar mot dörren. Lasse, som hittills bara suttit tyst, följer efter honom. Han tar mössa och jacka, öppnar dörren och stiger ut framför Alfred.

"Kom med mig pojk", säger han kort. De går ner för trappan sida vid sida. När de kommer ner på gatan går Lasse före och uppmanar Alfred att följa med. De stiger snart in genom en mörk dörr i en källarvåning. Det doftar gott av mat därinne och det sitter några gubbar vid stadiga långbord, men det är varken stökigt eller rökigt i källarkrogen. Lasse går fram till en högbröstad dam bakom disken.

"Min vän Alfred från Finland här skulle behöva få sova någonstans i natt, råkar du ha ett ledigt rum? Han är både lugn och redig, en änkling, så Fina behöver inte vara orolig", säger han till damen.

Hon synar Alfred uppifrån och ner, han rodnar slutligen för han känner hur hon granskar honom och ser att hon blinkar med ett öga till honom. Hon flirtar, noterar han och håret reser sig på armarna.

"Jadå, jag ska nog kunna ta in herr...?" säger hon och ser på Alfred.

"Herr Karlsson, Alfred heter jag", svarar han med lite stamning på orden.

"Jaja, Fina, låt honom vara. Han kan ta hand om sin väska, sen ska vi ha öl", säger Lasse.

Alfred följer Finas svängande bakdel genom trappen. Han undrar om hon svänger på baken för honom eller om hon alltid går så i trapporna.

Hon visar in honom i en oansenlig kammare, den minsta han har sett, det finns bara en smal säng med halmmadrass och en minimal byrå med ett tvättfat på.

"Det finns inga löss här, jag hatar dem, så vi byter ut halmen ofta och vi tvättar filtarna. Och jag vill helst inte ha nedlusade kunder", säger hon och vänder sig mot honom. Samtidigt tar hon tag i hans nacke och pressar ner huvudet mot sin urringade klänning så att Alfreds ansikte nästan trycks in mellan de svällande brösten. Hon tittar ner i hans hårbotten och smackar med tungan.

"Ja det ser bra ut, jag ser i alla fall inget som kryllar", säger hon och han känner hur hon nafsar honom i ett öra.

"Kanske vi kan ses ikväll, du som är änkling känner dig otvivelaktigt ensam", viskar hon samtidigt.

"Nja, jag vet inte, det behövs inte", säger han osäkert, men han känner hur lemmen plötsligt bultar innanför byxan. Hon överrumplar honom med ett bestämt tag om lemmen på utsidan av byxan och hon gnider ett par gånger längs med skaftet.

"Jag tror bestämt att herrns mun och kropp säger olika saker. Saken är avgjord, jag kommer via här när jag har stängt", fnittrar hon och slinker ut genom dörren. Alfred står kvar ett ögonblick och tvekar. Vad fan, han har inte haft en kvinna sedan Elna, så det är nog dags och denna mamsell lär han inte se igen. Men först måste han tala med Lasse.

Männen slår sig ner med varsin öl. Sedan berättar Alfred för Lasse allt han vet om det som Magda råkat ut för och om mannen som han nu söker efter. Lasse sitter mest tyst, svär och skakar på huvudet för sig själv medan Alfred berättar, men han avbryter inte.

"Så känner du till hur man tar sig till Tanto och hur lång väg det är dit?" avslutar Alfred. Lasse skrapar sig i huvudet.

"Vet du, jag har ingen aning, platsen är ny för mig. Jag har inte bott här särskilt många år trots allt." Han vänder sig om. "Fina!" ropar han. Hon kommer glidande mot dem och sneglar mot Alfred och blinkar igen.

"Sluta fåna dig Fina! Vi undrar var Tanto är, du vet säkerligen det", säger Lasse.

"Jodå, det ligger ungefär tre kilometer härifrån, söderut, vid Tantobommen. Ni kan lätt ta en skjuts dit", svarar hon.

"Fint, tack det var allt", säger Lasse. Hon går vidare med vaggande höfter.

"Vi åker dit imorgon, jag följer med. Vi träffas här utanför klockan tio. Du ska inte komma till oss igen, Francesca blir så uppjagad att det inte går att bo med henne när hon blir så där. Men det är självklart att vi ska reda upp detta. Och vad Magda och Amalia ankommer, har Amalia säkert alldeles tillräckligt med skinn på näsan för att säga ifrån själv om det inte känns lämpligt att ta emot Magda. Så det ska du inte ha bekymmer om. Men fråga henne igen, innan du åker, om det passar sig att Magda stannar där", säger Lasse.

Alfred nickar och berättar sedan sina fantasier om att tortera mannen som utsatt Magda för övergreppet. Lasse stiger snart upp och går, ursäktar sig med att hans fru inte ser nådigt på att han gav sig iväg med Alfred, så det är bäst att han inte stannar länge.

Alfred beställer en öl till av Fina. Han dricker den långsamt och njutningsfullt medan han sitter kvar och iakttar Fina medan hon går omkring mellan borden med svängande höfter. Efter en timme ungefär visar hon ut den sista kunden, förutom Alfred. Hon kommer fram till honom och ber honom ge henne några minuter och försvinner in i ett rum bakom disken. Han tar tillfället i akt att gå ut och pissa, även om det är lite svårt när han är så kåt. När han kommer in står hon i trappan och väntar. Han märker att hon doftar av en söt, fyllig parfym som hon inte hade tidigare. De säger ingenting till varandra. Direkt de stiger över tröskeln till hans rum river hon av sig sin klänning. Han klär också av sig, osäker på vad som förväntas av honom.

"Klä av dig och lägg dig på sängen", uppmanar hon honom till sist när hon noterar att han tvekar.

Utan smek eller kyssar sätter hon sig sedan gränsle ovanpå honom, han är så styv som en man kan bli, och hon rider honom så brösten gungar honom i ansiktet. De för ett oherrans oväsen men akten blir ganska kort för Alfreds del som hållit på sig i åratal. Fina suckar besviket när det är över.

"Jaså, var det så illa ställt" säger hon och makar sig ner bredvid honom i den smala sängen.

"Mm, det var visst det", svarar han skamset.

"Nåväl, kanske det går att ta en repris snart", säger hon. Alfred tvivlar. Men Fina är en påhittig kvinna och det tar inte mer än en halvtimme tills de tar en ny rond, denna gång betydligt grundligare.

Alfred somnar direkt som det är över och nästa dag när han vaknar känner han sig både kladdig och besvärad. Han noterar att det finns vatten i kannan och han tvättar sig så gott det går, men han känner lukten av kön över hela sig.

Han går ner till krogen, där står nu en man.

"God morgon, jag bor här. Är Fina i arbete idag?" frågar han.

"Nej, min hustru kom hem sent i natt så hon sover lite längre i dag", svarar mannen och blänger på honom. Alfred försöker se oberörd ut, men svetten bryter genast ut och han kan inte prata. Hon är gift. Han rycker på axlarna och tvekar, men återhämtar sig snart.

"Ja, jag undrar om det finns ett bad i närheten?" säger han med neutral röst.

"Jaha, kanske herrn luktar illa och är kladdig", svarar mannen. Alfred väntar att han ska komma mot honom och ge sig på honom.

"Herrn behöver inte se så förskräckt ut, jag vet gott att min hustru rider alla främmande, hela och rena, villiga, unga karlar och det ger jag fan i. Jag är inte intresserad av henne, men jag blir ju inte av med henne heller. Jag hoppas herrn fått alla hennes sjukdomar, jag skulle inte ta i henne med tång." Mannen avfyrar ett högt hånskratt. "Gå till höger, sväng även nästa till höger och gå förbi två hus, där hittar herrn ett bad som har morgon öppet", fortsätter mannen och går sedan ut ur rummet.

Alfred snubblar ut. Han hittar badet, tvättar sig grundligt och hoppas han inte fått någon sjukdom. Sedan köper han en bit bröd på vägen tillbaka till krogen och går för att invänta Lasse.

När Lasse dyker upp ser han pillemarisk ut.

"Nå, fick du dig en skön ritt igår?" frågar han direkt, men utan att vänta på svar. Alfred rycker till, vet alla vad han har gjort igår, undrar han. "Vad?"

"Jodå, jag vet gott att Fina gillar att rida sådana som du och jag antog att du behövde rivas av", säger Lasse med skrattet bubblande i bröstet.

"Men nog om det. Vi går några kvarter så hittar vi skjutsarna, sedan åker vi ut till Tanto. De har nog inlett dagens arbete där ute nu" svarar han och tar ledningen.

15
Tidig vinter 1857

D et första intrycket av Amalia och känslan av att komma till hennes hem var positiv. Men snart känner Magda att hon inte hör hemma där, i det fina hemmet med den fina damen. Det är så här Amalia måste ha känt sig på Karlssons gård när hon kom dit i samband med branden. Magda själv var så ung då och mest upptagen av sitt eget elände och hon minns inte mycket av Amalia från den tiden. Men hon minns att Amalia ofta satt på sidan om när de andra arbetade på gården och hjälptes åt med alla sysslor.

Hur Magda än försöker så känns det som om hon äter fel, klär sig fel, låter fel och är fel. Tanken på att arbeta med Amalias härbärge känns spännande, men att ha Amalia som föreståndarinna känns lite skrämmande. Hon minns den snälla föreståndarinnan för fruntimmersskolan med värme och ett sting av saknad. Just nu känns det mest som om hon ville åka hem tillbaka med Alfred och strunta i om folk skvallrar om barnet. Kanske hon kan hitta någon som skulle gå med på att gifta sig med henne.

Det är endast andra morgonen hon vaknar hos Amalia. Allt är lyxigt och fint och hon lider ingen nöd. Magda orkar inte stiga upp direkt, utan ligger kvar riktigt länge och drar sig mellan de mjuka bolstren. Hon hör hur Amalia och lilla Edvin är vakna.

Plötsligt hör hon en bekant röst som hon inte kan placera och bestämda steg som närmar sig hennes dörr. Hon hinner sätta sig upp innan dörren öppnas med ett ryck och en bister dam störtar in med höjt finger.

"Ja, här ligger du din lilla slyna, blodsugare och fattighjon. Du ska ut härifrån, här har du ingenting att hämta. Det säger jag minsann. Se till att packa och kom dig härifrån i rödaste rappet!", skriker kvinnan upphetsat medan hon står och viftar med det höjda pekfingret.

Magda är alldeles mållös och fryser fast i sängen där hon sitter. Hon säger inte ett ord till sitt försvar, men Amalia dyker upp framför damen.

"Håll truten faster Francesca! Du har ingenting med detta att göra och du ska inte komma hit och blanda dig i. Jag vet inte vad du tror att du vet, men jag ska säga dig att vad det än är så har du gruvligt fel. Nu tar du och ber om ursäkt och försvinner ur mitt hem. Magda här är min gäst!" replikerar Amalia samtidigt som hon lägger en hand på fastern och försöker knuffa ut henne ur Magdas kammare.

När hon fått ut fastern ur rummet, drar Amalia igen dörren bakom ryggen på dem. Hon hinner dock vända sig hastigt mot Magda och mima "ta det lugnt bara" till henne.

Magda häver sig ur sängen och söker efter sin gamla klänning. Hon längtar med ens hem ännu mer än innan. Hon rafsar till sig klänningen, klär den på sig, trycker ner sina övriga ägodelar i en väska medan både tårarna och snoret rinner. Hon drar med baksidan av handen under näsan när strömmen av snor blir för stor. Utan att tänka på vad hon gör torkar hon kladdet på sin klänning. När Magda är säker på att hon har allt med sig, öppnar hon sin dörr i all hast och rusar mot ytterdörren.

Amalia och Francesca står kvar innanför dörren och samtalar med höjda röster. Magda hör inte vad de säger. Hon bara tränger sig förbi dem och vidare ut i trapphuset. Hon hör att Amalia ropar efter henne och springer ett par trappor bakom henne, för att sedan stanna och ge upp.

Magda slänger upp dörren till trapphuset och kommer ut på gatan. Hon ser sig om och snurrar runt ett par varv innan hon tar av till höger, utan att ha en aning om vart vägen för henne. Hon irrar omkring och magen kurrar för hon har inte ätit någonting på morgonen.

Efter att Magda har gått omkring länge slår hon sig ner på en parkbänk. Det är början av vintern och svinkallt ute och hon fryser så hon skakar. Magda sitter en stund och grubblar på vad hon ska ta sig till. Hon vet inte ens var hon är och hon vet inte heller på vilken adress Amalia bor. Men hon vet att det är alldeles intill slottet, så hon skulle nog hitta om hon tog sig tillbaka till slottet. Men det vill hon inte.

Hon går vidare och hittar en öppen dörr till ett höghus så hon går in och sätter sig i trappan. Där är inte varmt, men lite varmare. Hon nickar till och vaknar av smällar i ryggen. En gammal tant står bakom henne och dunkar henne med sin käpp i ryggen.

"Försvinn ut ur vårt hus ditt patrask, fattighjon!" morrar tanten med rynkade ögonbryn.

Hon dunkar allt hårdare och Magda måste ta sig undan, det gör ohört ont. Hon snubblar ut tillbaka och den isande vinden tar tag i hennes huckle så det nästan slits av.

Tårarna stiger i ögonen. En tyst, slitande gråt som river i bröstet på henne, som är bottenlös som det svartaste kärr. Inne i sitt huvud upprepar hon orden: ingen vill ha mig, alla hatar mig, ingen vill ha mig... Hon snubblar vidare och kommer snart tillbaka till Gamla Stans smala gator. Hon hittar en fönsternisch där hon sätter sig ner och hon faller omedelbart i sömn, kall, hungrig och utmattad som hon är.

Där sitter hon ihopkrupen under en obestämd tid, och hon vaknar sedan igen av en smäll. Det är mörkt ute nu och hon kan inte se vad som händer. Hon stiger instinktivt upp för att kunna försvara sig mot slagen som nu regnar ner över henne. När hon reser sig hör hon en kvinnlig röst väsa:

"Du ska inte tro att du kan komma hit och ta mitt område utan bestraffning. Här har jag haft mitt kvarter länge och alla som försöker komma hit och ta kunder ifrån mig får veta hut." Den förklarande harangen avslutas med ett hårt slag mitt i magen. Luften går ur Magda med ett hisnande ljud. Det svartnar för ögonen på henne och hon segnar ner.

När Magda vaknar ligger hon länge och tittar sig omkring, hon söker efter minnen som kunde tala om för henne var hon är. Men ingenting kommer tillbaka, allt känns blankt. Hon förstår inte var hon är och inte varför hon är där. Det är ett mörkt, illaluktande rum. Det ligger folk i sängarna längs med väggarna och hon hör ett oavbrutet stönande, stånkande och jämrande från de andra människorna. Det låter oerhört obehagligt. Men hon säger inget. Magda känner snart efter hur det känns i kroppen och hon känner att hon är så matt, att inte en led i kroppen kan röra på sig. Hon har ont i magen, det känns som om en helvetesbrand brinner lågt nere i magen och huvudet är tungt som sten. Snart sluter hon ögonen igen, hon orkar inte tänka och hon orkar inte känna. Det enda hon med klarhet inser under den korta tiden hon är vaken är dels, att hon är övergiven av alla hon känner och dels att det springer löss över hela hennes kropp.

Hon vill bara sova och aldrig mer vakna.

Nästa gång Magda vaknar är det någon som står och ruskar om henne. Våldsamt, hela hon skakar där hon ligger.

"Nu är det dags fröken, du måste vakna nu innan du svälter ihjäl", ropar någon intill hennes öra.

Magda vänder bort huvudet, hon vill inte höra. Men rösten följer envist efter henne.

"Nej du, nu ska du vakna fröken. Vem är du, vad heter du?" säger rösten.

Magda kniper ihop ögonen och vägrar se på människan som stör hennes sköna sömn som sakteliga glider mot döden. Hon har inte tid och lust med den där människan när friden väntar på henne. Mamma och systrarna väntar på henne. Då börjar personen skaka om henne igen, denna gång ännu hårdare.

Det känns som om det bodde en våt skogsmosse i huvudet, någonting skvalpar omkring innanför skallbenet.

"Låt mig vara!" fräser hon till sist och himlar med ögonen.

"Jaså, du är från Finland hör jag. Därifrån kommer också min mor så jag känner väl igen ert sätt att prata. Men mig kommer du inte undan ser du. Magda vänder återigen bort huvudet, men nu griper den andra personen tag i hennes huvud och vänder det tillbaka.

"Jag heter Arja, vem är du?" säger hon, nu med lite vänligare röst. "Jag vill bara att du ska vakna och hållas vid liv, inget annat", fortsätter hon. "Ja, ja, jag är Magda", viskar hon till svar, men sluter sedan ögonen. I detsamma griper kölden tag i henne när Arja rycker bort den loppbitna filten av henne.

"Nej, sluta!" fräser Magda.

"Haha, du får filten tillbaka om du lovar att sätta dig upp och dricka och äta lite tunn potatissoppa med mycket salt, vi måste få i dig näring. Du har sovit här i nästan två dagar och du kommer snart att torka ut och dö. Fast det är väl det du vill efter din olycka, stackars liten. Vad har du riktigt råkat ut för?"

"Olycka?" frågar Magda släpigt medan hon försöker hasa sig upp i sittande ställning. Hon orkar inte själv, det svartnar för ögonen när hon arbetar med att ta sig upp, så hon börjar må illa istället.

"Jag måste spy", piper hon ynkligt.

"Nå men lilla gumman, du har ingenting i magen att spy upp", svarar Arja men hon lägger samtidigt fram ett fat. Magda ulkar och kämpar, men det kommer bara lite magsyror.

När illamåendet avtar, tar Arja tag under armarna och lyfter henne mot sänggaveln. Hon säger ingenting utan tittar bara medlidande på Magda. Men Magda orkar inte möta hennes blick som verkar ha så många krav och önskemål.

"Var kan vi hitta dina anhöriga? De är säkert oroliga."

"Jag vet inte, Alfred har nog åkt hem igen och till Amalia vill jag inte åka igen", viskar Magda till svar.

"Var fanns Alfred innan då? Vi vill hitta honom så att du får åka hem. Här kan du inte vara kvar."

"Var är jag?"

"Du är på fattighusets sjukstuga. Det var en polisman som hittade dig liggande, nerkyld och blodig på en gata i Gamla Stan."

"Blodig? Är jag skadad?" Magda ser ner över sin kropp och tycker att hon ser hel ut, förutom att magen är sjuk.

"Jag trodde att du visste, eller förstod. Men ingen har väl talat med dig förrän nu, antar jag. Vi antar att du har väntat barn och förlorat det, eftersom du har blött rätt mycket. Jag beklagar förlusten oerhört mycket", viskar Arja, så att de övriga sjuklingarna inte ska höra vad hon säger.

Magda bara stirrar på henne, inledningsvis totalt oförmögen att fatta vad Arja sade. Förlorat barnet? När faktum sakta sjunker in, känns det som om tunga kedjor lossnar från henne. Snart börjar hon skratta. Först bara ett tyst fnissande som bara låter som luft som andas ut i stötar. Arja ser frågande på henne.

"Såja, lipa inte, du får nog fler barn, du är ju bara ett barn själv", tröstar hon medan hon stryker Magda över det lusiga håret.

Då kan Magda inte hålla emot längre och de tysta fnissen övergår i ett skratt som växer i volym. Snart skrattar hon så den sjuka magen hoppar. Arja skakar på huvudet och går sin väg. Snart gör det så ont i magen av skrattet att Magda måste besinna sig.

När Arja kommer in med mat och dricka lapar Magda snällt i sig födan, nu med nytt mod i bröstet. När hon ätit klart ser Magda på Arjas blick att hon är betänksam.

"Det var ett oönskat barn som jag inte ens gick med på att avla, så lättnaden är stor över att det är borta. Nu vill jag bara åka hem till Runsor igen. Kan du sända någon form av ord eller bud till en fru Amalia Palmlöf? Jag vet inte hennes gatuadress, men hon bor intill slottet. Tror du att ni finner henne? Skriv i meddelandet att enbart Alfred får komma och hämta mig. Kan du göra det?" säger Magda.

"Ja, jag måste undersöka lite, det är ett speciellt namn så jag tror säkert att vi hittar henne. Är hon en av de rika?"

"Jo, hon är äckligt rik", svarar Magda nedlåtande.

När Arja lämnat henne ifred lägger hon sig ner tillbaka. Magda arbetar med att börja röra på sina armar och ben. Den isande känslan i kroppen avtar i sakta mak när hon fått i sig lite näring. Men hon är oändligt trött, tillräckligt trött för att kunna ignorera lössens upptäcktsfärd över hennes kropp. Magda sluter ögonen och ligger och funderar och minns.

Efter en stund minns hon Francescas ord, hur hon irrade omkring och att det kom en kvinna som slog henne i magen. Det måste vara slaget som gjorde att hon miste barnet. Vilken ofattbar tur i oturen hon har haft. Nu ska hon komma sig på benen igen, glömma det hon varit med om och åka hem och börja arbeta. Ta hand om sin far. Aldrig ha en man. Sen somnar hon igen.

***

Skjutsen stannar utanför ett bygge, det tog inte mer än femton-tjugo minuter ut till Tanto. Alfred betalar och de klättrar ner ur kärran. De står en stund och funderar på hur de ska gå tillväga innan de skrider till verket. De går fram till en herre som ser ut att vara någon form av ledare på bygget av det stora huset.

"Ursäkta, vi söker en person, kan herrn hjälpa oss", frågar Lasse, som ser ut som en viktig person numera med dyra kläder och ansat yttre. Mannen svänger sig mot dem och suckar innan han svarar.

"Jag vet inte, det beror väl på vem herrn söker."

"Vi söker en man som var byggare i er tjänst förut. Kanske herrn har ett kontor dit vi kan gå och fråga", fortsätter Lasse.

"Ja, det är väl kanske bäst så. Herrn kan gå cirka tvåhundra meter ditåt sedan kommer ni till ett hus med en dörr på vilken det står "Fankens bygg". Där är vårt kontor", svarar han och pekar neråt gatan varifrån de kom.

"Tusen tack, vänligt", svarar Lasse och lyfter på hatten. Alfred bara mumlar och nickar med huvudet.

De finner dörren direkt och stiger in. Det sitter en ung man vid en disk innanför dörren. De upprepar sitt ärende för honom.

"Herrn kan vänta här, jag ska prata med vår direktör. Jag vågar inte ge ut så känslig information utan lov", svarar mannen. De slår sig ner på en träbänk.

Efter en stund återkommer mannen och visar dem mot en dörr i en korridor.

"Ni får själva tala med direktör Lilja"

Sedan upprepar de sitt ärende igen, förklarar hur Sten Besk ser ut och säger att de har ett viktigt ärende till honom. Kontorschefen bläddrar en stund i ett arkivskåp och lyfter sedan upp en bunt med papper som han synar.

"Jodå, en Sten Besk har jag nog här, men det finns ingen bild så det går inte att säga om det är samme man. Men jag skulle väl tro det. Han arbetade här tidigare. Sedan sade han upp sig, vet inte vart han tog vägen, men nu är han tillbaka. Han arbetar på bygget här invid. Jag kan skriva en lapp som ni kan ge till förmannen på bygget, så hämtar han Besk till er", svarar han.

"Nejdå, det behövs inte! Vi kan fånga honom när han slutar, nu när vi vet att han arbetar här. Vi vill inte störa ytterligare på arbetstid. När slutar han sitt skift?" svarar Lasse med formell röst.

"Skiftet slutar klockan fem, återkom då", svarar han. De reser sig och skakar hand. När de redan vänt ryggen till, tar mannen till orda igen.

"Vad var det ni sade att ni hade för viktigt ärende till Besk?" frågar han plötsligt.

"Jag minns inte om vi sade det. Hans mor har dött och vi kommer från hans hemby med bud", svarar Lasse innan Alfred ens hunnit tänka ut något att säga. Sedan hastar de ut ur rummet.

De går sedan till en krog där de äter en köttstuvning och nygräddat bröd och dricker ett par ölstop. Eftersom det är kallt ute vill de inte spendera någon extra tid utomhus.

När klockan närmar sig fem söker de sig mot bygget igen. Paret står invid porten och väntar. Eftersom våldsmannen inte känner dem gör det inget fast han får syn på dem. De synar männen som kommer ut, de formligen myllrar ut genom porten och i skumrasket är det oerhört svårt att se hur alla ser ut.

Alfred känner irritationen välla upp i bröstet. De kommer inte att hitta honom. Precis när på väg att ge upp och återkomma nästa dag, närmar sig en eftersläntrare som passar in på beskrivningen. Alfred knuffar i Lasse, de utbyter blickar och nickar mot varandra.

Först låter de Besk passera dem och när han gått några steg börjar de gå bakom honom. Inte för nära, men ändå så att de ser vart han går. Det är redan ganska mörkt i kvarteren. Besk har redan hunnit titta över axeln en gång innan de besluter sig. På en tyst signal småspringer de en stund för att komma närmare honom. De närmar sig en mörk park. Då går de raskt ikapp honom. Han har ännu inte noterat att han är jagad. De går upp på varsin sida om honom. Alfred nappar tag i armen på Besk och drar.

"Vad fan gör du!?" ropar Besk.

"Sten Besk?" frågar Alfred.

"Ja, vad har det med dig att göra?", svarar mannen.

"Håll käften om du vill leva" morrar Lasse tillbaka. Så Besk tystnar och följer efter dem. När de når parken försöker han prata med dem igen.

"Jag har inga pengar så ni har tagit fel person. Jag kan visa er vem som är byggherren istället, vi kan ju samarbeta, då går det mycket enklare", föreslår han panikartat när han känner det hårda greppet kring armen.

"Ja, men följ med oss så ska vi prata om saken", säger Lasse. Besk följer snällt efter i tron att de ska samarbeta. Lasse går in bakom ett stort buskage. När Alfred drar in Besk bakom buskarna står Lasse färdig med en vass kniv i handen.

"Vad, har du en kniv med dig?" frågar Alfred chockat.

"Håll käften, nu har du din chans", fräser Lasse.

Alfred har längtat och drömt om ögonblicket när han ska få hämnas å Magdas vägnar. Med ens försvinner all logik och han handlar som i trans med alla planer på tortyr av mannens kön flimrande framför ögonen.

"Dra ner hans byxor", fräser Alfred. Då skriker Besk som en besatt och Lasse slår honom hårt i huvudet. Besk stupar. Så knycker Alfred ner byxorna på honom och noterar att våldtäktsmannen minsann inte är lika på hugget idag. Den ynkryggen pissar på sig. Alfred måttar först en spark mot skrevet. Besk stönar högt men tystnar när han förlorar medvetandet.

"Ge mig kniven", fräser Alfred med låg röst. Lasse sträcker honom kniven. Det sjunger i Alfreds huvud och han tappar all besinning. Allt han kan tänka på är hämnd.

"Döda honom inte, vi är inga mördare", väser Lasse till svar.

"Nä, men jag ska se till att han inte våldför sig på fler kvinnor." Alfred höjer kniven och hugger först en gång och sedan en gång till mot pungen på Besk. Blodet flödar ymnigt och Besk rycker till vid bägge huggen, men han är för borta för att dra sig undan.

"Ett hugg för varje kula, din djävul. Där fick du för Magda!" viskar Alfred.

I nästa stund besinnar sig Alfred och reser sig upp. Han har blodstänk på sig och huvudet dunkar och det känns som om en hand kramar hans inälvor. Lasse tar tag om honom, rister honom hårt och tvingar honom tillbaka till verkligheten.

När Alfred kommer till sans och inser vad han just gjorde känns sanningen som ett slag på käften.

"Vi måste ta oss härifrån, vi får hålla tummarna för att ingen känner igen oss. Men vi måste gå normalt så det inte ser ut som att vi gjort något fel. Kniven ska jag dumpa i havet", viskar han och de börjar gå.

De kommer ut på andra sidan parken och når snart ett av Stockholms vattendrag i vilket Lasse kastar kniven så långt han förmår. Samtidigt står Alfred och ulkar och spyr ner i vattnet. Verkligheten har sjunkit in och den är inte vacker. Tänk om han dödade mannen...

Sakta men säkert söker de sig mot Stockholms centrum igen. De hittar en låglänt strand där de tvättar av sig det synliga blodet. Ingen av dem säger något på en lång stund. När de är i centrum slinker de in på en krog igen. Efter att de har bänkat sig med varsin öl och en sup brännvin viskar de med varandra, eftersom de inte vill någon ska höra.

"Vi måste vara diskreta, ingen får höra något vi säger som kan härleda till detta", säger Lasse.

"Absolut. Du återgår till ditt stilla leverne med tanten och jag åker nu hem med första båten. Jag måste bara hinna ta farväl av Magda", svarar han.

"Men fan vad bra vi var, och vad bra det kändes. Vi borde gå någonstans där vi kan tala om det", säger Alfred, plötsligt alldeles uppfylld av det som hänt.

"Hysch", svarar Lasse bara på det. Men han stiger samtidigt upp från bordet och nickar med huvudet i sidled som ett tecken på att Alfred ska följa med. De går ett kvarter och slinker sedan in i något som liknar en redskapsbod. Det är mörkt och de kan inte se varandra, men de vågar prata med låg röst.

"Jag undrar om han dör, det är jävla kallt att ligga på marken och blöda. Jag är ju ingen mördare egentligen och jag hade bara tänkt sparka honom på bollarna och kanske klämma till ordentligt, men när jag såg din kniv kunde jag inte besinna mig", viskar Alfred.

"Jag tror att det är stor risk att han förblöder eller fryser ihjäl, för han kommer varken att hittas innan det blir ljust eller kunna ta sig därifrån för egen maskin. Vi måste hoppas att ingen känner igen oss. Vi har trots allt mött flera personer och frågat efter honom. Dock inte presenterat oss för någon", svarar Lasse. "Men jag borde inte ha gett dig kniven, så vi är lika skyldiga till det", fortsätter han.

"Om någon frågar något, var vi på krog hela kvällen och ute och sökte en ny affärsrörelse till mig på dagen. Vi har ingenting med Besk att göra, kom ihåg det", säger Alfred.

"Det är klart, vi vet ingenting. Men det gläder mig att han fick sig. Vi måste ljuga för Francesca också, men lämna det till mig", väser Lasse.

Sedan vandrar var och en tillbaka till sitt. Det är sent och kolsvart både ute och inne. Normalt skulle Francesca ha låtit ett ljus brinna, så Lasse förstår att hon fortfarande är vred. Han väljer att inte lägga sig bredvid frugan.

Alfred lägger sig i sängen som han natten innan delade med Fina. Varken Alfred eller Lasse somnar på många timmar. Det som hänt spelas upp innanför ögonlocken och de repeterar lögnen de ska dra – om de,

Gud förbjude – måste stå till svars någon gång. Ordet "mördare" gnager innanför skalet på Alfred. Visst ville han hämnas och låta mannen smaka på egen medicin, men inte skulle han ju döda honom. Om han nu är död.

* * *

Eftersom Jakob har arbetat som skomakare i Wasa och i byarna däromkring hela sin yrkesverksamma tid, har han god uppfattning om vilka kvinnfolk som finns i bygderna. Eller kanske snarare om vilka som fanns innan branden. Nu har han tappat greppet en aning. Han vankar omkring och funderar på saken ett par dagar. Han går igenom de lediga fruntimmer han känner till. Det skulle ju väldigt gärna få vara någon som är yngre än han själv. Trevligare så, än att se på en gammal kärring om dagarna, tänker han, utan att i det minsta ta i beaktande att han själv inte är det största och bästa kapet en yngre kvinna kan göra på äktenskapsmarknaden. Så han besöker ofta torget där kvinnorna säljer sina varor, där går han omkring och ser på kvinnorna och utvärderar dem alla. Han känner till huruvida vissa av dem är gifta eller ej, men långtifrån alla. Jakob går och spanar så till den milda grad, att kvinnorna uppmärksammar honom. En dag när han långsamt lunkar förbi ett bord där en kvinna säljer potatis och morot får han höra.

"Jaha, här kommer kvinnospanaren, bäst att se sig för!" utropar hon. Många andra kvinnor i närheten hör henne och alla stämmer upp i något som liknar ett hånskratt i Jakobs öron.

Han skyndar bara vidare utan att se sig om, sedan håller han sig ifrån marknaden ett par veckor. Under tiden inser att han måste ha en ny strategi. Det går inte att hitta en kvinna genom att se på dem på torget. Och någon vettig kyrka där han kan hålla utkik har de inte heller. Den lilla tillfälliga byggnaden invid lasarettet är liten och otrevlig och besökarna är få, enbart de som bör avlägga nattvarden går dit. Och inte känner han någon lämplig person som kunde hjälpa till med att para ihop honom med någon passande änka.

Då får han en idé. Kanske han kunde tänkas fråga prästen. Så han knallar ut till prästgården en dag, knackar på och står med mössan i handen när en husa öppnar dörren. Prästen höjer lätt på ögonbrynen när husan visar in Jakob i arbetsrummet.

"Stig på, herr... ja, hur var namnet. Jag minns att vi har träffats flera gånger, men jag har en stor församling", säger han och håller upp dörren för Jakob.

"Tackar, tackar, jag heter Jakob Grönberg."

"Kom in i min kammare och berätta vad herr Grönberg har på hjärtat", svarar prästen och visar på en stol framför det bastanta skrivbordet. Jakob känner en rysning längs ryggraden när han går genom dörren. Han har inte varit inne i prästgården sedan de begrov Anna. De slår sig ner och Jakob avböjer något att dricka.

"Nej, jag ska inte bli långrandig alls och jag är osäker på om prosten kan hjälpa mig över huvudtaget", svarar han med sänkt blick och brännande kinder.

"Alldeles, men berätta min goda herre. Vad kan jag göra för dig idag?"

"Jo, det är så att jag har lagt två döttrar och även min hustru i graven och nu reste den yngsta dottern till Sverige, så jag är ensam." Där pausar han och drar andan. Prästen säger inget, han undrar nog vart Jakob vill komma.

"Och nu har jag tänkt att jag gärna skulle vilja hitta en ny hustru att dela vardagen med. Det blir så ensamt. Men jag känner inga människor och jag vet inte var jag ska söka denna kvinna. Tänkte därför fråga, om prosten som själasörjare råkar känna till någon lämplig änka som skulle kunna vara i behov av en vän?" hasplar han ur sig, fortfarande med blicken på sina händer som vilar i famnen.

"Precis det, Grönberg begriper väl tvivelsutan att jag inte sysslar med äktenskapskoppleri här i prästgården?"

"Nej, naturligtvis inte, förlåt jag ska inte störa längre", säger Jakob snabbt, reser sig från stolen och tänker gå. Detta är nästan värre än när Stina skrattade ut honom.

"Sätt er gärna ner tillbaka, jag är inte klar ännu", uppmanar prästen. Jakob dunsar tillbaka ner på stolen.

"Jag tänkte säga att jag gärna kan hålla ögon och öron öppna. Ni kan komma hit igen om cirka en månad, så ska jag se vad jag finner tills dess. Jag lovar inget, men visst vet jag ju förstås att det finns ensamma damer. Men det finns även ensamma herrar efter att deras fruar dött i barnsäng", säger prästen med mild blick.

"Jag vet att ensamhet är tung att bära. Du är välkommen att ta en aktivare roll i vår församling, vi är en varm gemenskap och samhörigheten med Gud ger även den en känsla av att ha en familj och framförallt en känsla av att vara älskad. De enstaka nattvardsgångarna är så få, att gemenskapen kanske inte känns särskilt stark då. Vi har ju bara en tillfällig kyrka ännu, men vi träffas även ofta i olika bönehus."

"Ja absolut, det låter ju naturligt. Hittills i livet har jag inte varit någon gudfruktig man, men jag ska naturligtvis fundera på den saken."

Jakob knallar iväg och funderar på det som prästen hade sagt. Han har aldrig varit religiös eller ens frivilligt gått i kyrkan – men så har han heller aldrig tänkt så noggrant på saken eller ens lyssnat till vad prästen talar om. Han har naturligtvis tragglat katekesen som alla andra. Kanske det är därför han inte blivit någon stor vän av kyrkan, för han avskydde hjärtligt att läsa och lära sig katekesen utantill.

Nästa dag tar Jakob skjutsen in till nya Wasa. Han ska undersöka möjligheterna att öppna en egen butik. Han går till stadskontoret för att höra sig för om utsikterna att få lån och att få hyra ett utrymme för en butik. Han får vänta oerhört länge på sin tur. Sedan får han en kort audiens inför en sur, uppklädd herreman med fin titel. Han får dessutom stå framför denne herre medan han framför sitt ärende. När han berättat att han är skomakare, att hans hus brann ner, att han numera bor i Runsor och att han vill ha en affärsfastighet i nya staden för sin verksamhet, sitter mannen länge tyst framför honom. Han bläddrar flera varv genom sina pappersbuntar och tar sedan till orda.

"Nu är det så att staden inte har några passande affärsfastigheter lediga. Ni är en gammal och uppenbarligen en aning invalidiserad man dessutom, så vi ser det som så, att staden har bättre lämpade skomakare som bör få våra fastigheter när de står klara. Ni kan naturligtvis återkomma i ärendet om ett par år kanske, så får vi se hur ni då mår och om staden då har fler fastigheter att erbjuda", säger mannen med nasal röst och plirande ögon.

"Ni säger alltså nej, att jag inte kan få öppna mitt skomakeri här i nya Wasa?"

"Ni förstår mig rätt, vi har inte någon fastighet tillgänglig just nu. Ni kan säkert hitta kunder på landet. Ni kan gå. Tack för visiten", svarar han.

Det är andra gången på två dagar som Jakob får kalla handen i ett ärende. Mor Stina hade visst rätt ändå, när hon skrattade åt mig, tänker han med en strävsmak i munnen. Jakob tar skjutsen tillbaka till gamla Wasa, går med sävliga steg mot sin lilla stuga. Han slår sig ner i gungstolen, orkar inte ens tända brasan. Han sitter och fryser och i sin tomma avskildhet korkar han flaskan han köpte på vägen hem.

Djävulens liv.

Jakob halsar hela flaskan. Under tiden sitter han och tycker allt mer synd om sig själv. Det är som om eländet inte skulle ta någon ände, utan det kommer bara nytt. Snart sitter han och gråter som ett barn, snoret rinner och han vet inte vad han ska ta sig till. Då, när han är tillräckligt desperat, minns han vad prästen sade och han knäpper sina händer och mumlar:

"Gode Gud, kära Jesus. Förlåt mig, jag är en usel människa, ett avskum som ingen vill ha. Jag vänder mitt ansikte mot Eder och jag sträcker mina händer mot Er och ber Er hjälpa mig. Jag orkar inte längre. Kom till mig och fräls mig ifrån detta elände och låt mig leva i Er gemenskap. Om jag inte får göra det vill jag bara få dö, inte av min egen hand utan bara få somna in och komma till gemenskapen där i himlen och träffa mina flickor igen. Käre gode Gud, hjälp! Amen."

Sedan somnar han med knäppta händer medan han fortfarande sitter i sin gungstol. Han har ingen eld i spisen fast det är sen höst och kallt ute.

Han vaknar några timmar senare av att han fryser. Han ser tillika ett stort ljus och det känns som om en varm hand skulle leda honom till sängen där han sjunker ner. När han vaknar nästa morgon är han helt övertygad om att Gud hörde hans bön.

16
Tidig vinter 1857

A malia vandrar oroligt fram och tillbaka över golvet. Hon oroar sig för Magda som är försvunnen ute i den kalla natten. Amalia gav sin gamla faster en rungade örfil efter att Magda störtat ut på grund av tantens elaka tunga. Troligen kommer faster inte att tala med mig igen, grubblar hon. Men å andra sidan kändes det på sätt och vis oerhört bra att få smälla till fastern så det rungade efter alla år av purkna miner och vassa kommentarer. Egentligen borde jag ha slagit henne för längesen, tänker hon. Jag skulle nog ha gjort det om jag skulle ha anat vilken tillfredsställelse det ger.

Hon gnider händerna mot varandra för att lindra pirret i handen efter det hårda slaget. Men hur kan det komma sig att fastern visste allting? inte kan väl Alfred ha varit så dum att han berättat för henne? Alfred har inte kommit tillbaka sedan han lämnade av Magda och hon undrar var han är. Om inte Magda är tillbaka till morgonen måste hon gå till polisen, även om det kan vara för sent, eftersom det är så kallt ute.

Efter många långsamma och plågsamma timmar lägger hon sig i sängen. Hon somnar direkt, men sover ryckigt med svåra mardrömmar och många uppvaknanden.

Nästa morgon klär Amalia sig tidigt och genast klockan slår tio står hon utanför dörren till polisstationen. Där tar de emot Magdas signalement och Amalias adress och lovar att återkomma om de finner flickan. Men Amalia ser tydligt att de inte bryr sig ett dyft om att hennes finländska vän är försvunnen. De har större fiskar som ska fångas. Den ena sliskiga polismannen visslar till och med efter henne som om hon vore någon slags hund eller slinka. Amalia finner det väldigt obehagligt. Hon hade inbillat sig att poliser skulle vara hyfsat och redbart folk, men den uppfattningen ändrar hon direkt nu, när hon har att göra med dem för första gången. Amalia går därför hemåt med en otillfredsställande känsla i bröstet. Hur ska hon hitta flickan? Hon inser att hon måste gå till fasterns hem för att ta reda på om Alfred är där. Hon vill ogärna gå dit, efter det som har utspelat sig mellan henne och Francesca, men nöden har ingen lag. Hon går dröjande upp för stentrapporna och knackar på med den tunga dörrklappen. Amalia hoppas innerligt att det ska vara Lasse som öppnar dörren. Det dröjer länge innan någon närmar sig dörren. Det är en husa som öppnar.

"Jag söker herr Alfred Karlsson som är gäst här", säger hon.

"Tyvärr, herrn är inte inne, vi har inte sett till honom nästan alls och jag vet varken var han är eller när han väntas hem. Jag tror att han har flyttat ut för hans saker är försvunna. Ingen har dock meddelat något. Vill fru Palmlöf prata med frun istället? Herr Lasse är inte heller hemma", svarar hon.

"Nej, tack, jag ville bara prata med Alfred. Kan du vara vänlig och hälsa honom att han ska söka upp Amalia direkt han kommer tillbaka, om han kommer tillbaka."

Hon går ner för trappan och går långsamt hem igen. Hon kan inget annat göra än invänta något nytt från antingen Alfred, polisen eller Magda själv.

På vägen hem ångrar Amalia sig. Hon går in till missionen där hon brukar arbeta och ber om audiens hos föreståndaren. Det är inte ofta hon pratar med honom, men han är en vänlig men bestämd man som det går utmärkt väl att tala med.

"Jaha, vad kan jag göra för fru Palmlöf idag? Vill frun sluta arbeta hos oss?" frågar han, medan han sitter och gnider sina pincenéer.

"Bara på sätt och vis", svarar hon och han tittar upp. Hon har fångat hans uppmärksamhet.

Så berättar hon för honom om sina planer att starta ett härbärge för kvinnor som är ofrivilligt havande, ensamstående och som så ofta dödar fostren och sig själva på kuppen. Hon berättar om sin dröm att kunna erbjuda dessa kvinnor husrum, vård, mat och sedan hjälp med att få barnet bortadopterat eller placerat på barnhem om kvinnorna inte vill eller kan ta hand om det lilla livet.

När hon berättat klart, sitter föreståndaren och ser tankfullt på henne en god stund. Han harklar sig.

"Det är inte det att jag betvivlar din förmåga att bygga upp och driva ett sådant härbärge. Du skulle även ha gott om kvinnor som mer än tacksamt tog emot din hjälp. Men det finns ett men, det gör det alltid.

"Vad menar du att det är? Något jag inte har tänkt på?"

"Nåja, jag är helt övertygad om att du har tänkt på saken. Det hör jag av det du säger. Men jag är rädd att du inte har förstått vidden av problemet", fortsätter han. Föreståndaren tar ett djupt andetag.

"Du ska veta att detta är oerhört dyrt. Och då menar jag att det sväljer otroliga summor pengar. Och du säger att du ska göra detta på egen hand, för din ärvda förmögenhet som i princip inte ökar alls. I stället är det ett kapital som bara väntar på att bli uppätet. Det kommer att gå något enstaka år. Du kommer inte att kunna ha mer än högst tio kvinnor inne på samma gång. Under tiden avvisar du minst femtio som behöver hjälp lika mycket som de som är inne. Redan detta kommer att äta upp dig inifrån. Denna mission klarar vi nätt och jämnt av att driva tack vare pengar från staten. Vissa månader har vi inte pengar att köpa det vi behöver och alla läkarturer här sköts av unga volontärer som kommer hit och får erfarenhet. Du kan få se på vår budget Amalia. Vi kan boka en tid med vår kamrer, så får han visa dig vilka inkomster vi har och vad det kostar att driva denna verksamhet. Och som du ju väl känner till är det ingen som bor här. Vad sägs om det? Då får du en bättre insikt i vilka kostnader vi pratar om. Då får du jämföra kostnaderna med den mängd pengar du har på kontot just nu".

Amalia vet inte vad hon ska svara, hon vill säga emot och försvara sin idé, men hon inser att det bara vore dumt och barnsligt.

De slår fast en tid redan nästa dag med härbärgets kamrer.

På väg hem går Amalia även via banken. Bakom den tunga disken i mörk mahogny sitter en uppnosig ung man med tvinnande mustascher.

"Kan herr funktionär vara så snäll och ge mig en utskrift på hur stora tillgångar jag har på banken?" ber hon.

"På vilket namn om jag får be?"

"Amalia Palmlöf", svarar hon enkelt och han försvinner in bakom en dörr. När han återvänder ser munnen ut som ett streck och hakan är högt uppe i skyn.

"Nu är det så att jag behöver veta att frun med säkerhet är den som frun uppger sig vara innan jag ger frun någonting", säger han snorkigt.

"Jag har inga papper på mig, så funktionären måste helt enkelt hämta sin chef, bankdirektören Storskog. Direktören känner mig väl", svarar hon med minst lika överlägsen min och ett isande tonfall.

"Javisst, ett ögonblick." Bankfunktionären försvinner igen in bakom den tunga dörren prydd med vackra mässingsbeslag. Han återkommer snart, denna gång med en man i släptåg.

"Detta är kvinnan jag pratade om", säger han och pekar ohövligt mot Amalia.

Amalia känner direktör Storskog väl sedan allt extra arbete de haft med att reda upp efter Carls märkliga försvinnande och död. Hon ger därför direktören en kall blick medan hon totalt ignorerar den snorkiga unga mannen som pekar på henne.

"Nej men se fru Palmlöf, så trevligt att fru Palmlöf besöker oss idag. Vad kan jag göra för frun idag?" säger direktören med lismande röst medan han bockar och bugar framför henne. Samtidigt ger han funktionären en vass armbåge i sidan så att han säkert ska begripa att han har gjort sig själv en enorm otjänst som förnärmat Amalia.

"Jo, det enda jag ville få på ett papper på, var hur mycket pengar jag har på denna lilla bank. Detta av den enkla orsaken att jag funderar på välgörenhet, men jag är inte på det klara med hur mycket jag kan spendera."

"Men absolut", svarar han. "Hämta det bums!" fräser han till den andre mannen, som ilar iväg.

"Vi kan gärna bistå med råd från bankens sida om frun berättar vad det är frun planerar och funderar på. Vi har goda ekonomiska rådgivare som känner igen satsningar, Vad det lönar sig att göra eller inte. Ska vi boka ett möte?" frågar han.

Amalia funderar på saken, tuggar på nedre läppen och undrar om hon behöver hjälp.

"Jo, egentligen kan det vara en ypperlig idé. Eftersom missionens kamrer eventuellt skulle ha nytta av mina pengar i deras verksamhet så det kan ju hända att han inte är helt ärlig och pålitlig. Mötet är imorgon redan klockan femton vid missionen där jag arbetar. Passar det er kamrer?"

"Absolut, bara sänd ett kort meddelade med adressen, så kommer någon med på mötet. Här kommer fruns uppgifter", säger direktören, bugar igen, sträcker henne pappren med siffrorna och går sin väg. Den unga funktionären bugar och bockar.

"Ursäkta missförståndet frun", försöker han säga men hon är redan på väg därifrån.

När Amalia återvänder hem glömmer hon nästan bort att oroa sig för Magda och Alfred eftersom hon blir så uppslukad av att studera sin ekonomiska situation. Hon visste inte ens om att hon har så många konton och så mycket pengar. Hennes egen kamrer sköter alla hennes räkningar och hon tänker väldigt sällan på saken. När hon skriver under några papper kontrollerar hon sällan vad det är hon skriver under. Och många av hennes ärenden skriver hennes far under eftersom han är hennes förmyndare. Det ser ut som om hon är våldsamt rik.

* * *

När Alfred väl kommer sig för att masa sig upp ur sängen, skvätta lite vatten i ansiktet och få sig något annat än brännvin till livs, inser att han att han måste gå och leta reda på Amalia och Magda. Han lämnade av Magda hos Amalia för några dagar sedan, tre, tror han och sedan dess har han inte besökt Amalia. De måste verkligen fundera vart han tog vägen. Eftersom det är Amalia han ska besöka känner han sig brydd och förlägen. Därför uppsöker han samma badetablissemang en gång till och sedan går han till en klädaffär och köper en ny, billig skjorta. Att den egentligen är helt fel till hans grova byxor och stövlar ser han inte.

Medan han vandrar i de trånga kvarteren i Gamla Stan går han och läser på tidningarna som ligger till salu i de små tobaksaffärerna. Han söker efter rubriker om ett mord i en park i Tanto. Men någon sådan rubrik finns inte, än i alla fall. Men den har säkert inte hunnit med än, tänker han.

Han går med tunga steg upp för trappan till Amalias lägenhet. Det är långa trappor. När han klappar på dörren tar det lång tid innan någon öppnar. När en husa uppenbarar sig blir han osäker. Men han hinner inte säga något innan hon tar vid.

”Herr Alfred är väntad. Fru Amalia är inte inne, men kom in, sätt er ner och vänta så hämtar jag lite te och scones åt er.”

Han hinner inte protestera förrän hon har försvunnit och han står ensam kvar på mattan. Han undrar vad scones är, men det lär han nog snart få se. När hon dyker upp ser han att det är bakverk som man tydligen ska lägga sylt på.

”Är Magda inne?” frågar han husan innan hon hinner avlägsna sig igen.

”Nej”, svarar hon kort och gott och försvinner igen.

Alfred sitter och dricker sitt te och hinner sätta i sig tre scones medan han repeterar inne i sitt huvud allt som hände med Besk. Det känns snart som om han hade väntat hela dagen och fortfarande har damerna inte behagat uppenbara sig. Han blir behagligt loj och lutar sig bakåt i den mjuka och bekväma stolen han sitter i, tar av sig stövlarna och lägger upp sina fötter på en annan stol. Snart somnar han, efter nattens usla sömn, och där snarkar han fortfarande gott en timme senare när Amalia kommer in efter att ha besökt polisen och banken. Han märker inte ens att hon anländer.

Amalia sätter sig mittemot honom. Hon sitter och ser på honom. Han ser mycket äldre ut än när hon träffade honom i Runsor. Även om hans ansikte är avslappnat i sömnen. Han snarkar lätt, men det låter bara trevligt och mysigt, inget dovt brummande. Amalia motstår en plötslig frestelse att sträcka ut handen och stryka honom över den nyrakade kinden. Hon vet att han skulle bli oerhört generad av att vakna när hon sitter och stirrar på honom så hon går ut till husan och ber henne gå och väcka honom med att säga, att fru Amalia nu kommer hem medan hon går ut till tamburen och stiger in när han rätat på sig. Husan fnyser åt påfundet, men lyder.

Då Amalia stiger in igen sitter Alfred upprätt, han har lagt av sig filten och håller på att dra på sig sina stövlar.

"Bästa Alfred, jag har väntat att få se av dig igen sedan du försvann", säger hon och försöker att inte låta så retad som hon plötsligt känner sig.

"Ja, jag förstår det. Jag fick plötsligt väldigt mycket att ta itu med här i staden. Men nu är jag här. Var är Magda?" frågar han.

Då berättar Amalia om Francescas beteende och hur Magda försvann morgonen innan och fortfarande är borta. Hon berättar också att hon nyss kommit hem från polisen och att hon har anmält Magda försvunnen.

Alfred rusar upp ur stolen.

"Men varför i helvete har du inte sagt något tidigare? Och varför sade inte Lasse någonting?!"

"Ja, nu är jag ju inte riktigt säker, men jag skulle tro att ni inte har träffat faster sedan detta hände?" frågar hon.

Alfred suckar och ruskar på huvudet.

"Nej så är det väl och om hon var så arg skulle hon knappast sagt något heller. Och tänk att det var jag som gjorde henne så arg när jag öppnade min stora käft och berättade varför vi är här. Det är mitt fel att hon är försvunnen. Men vad gör polisen? Och vad ska vi göra, vi kan väl inte bara sitta här?"

"Jag vet inte vad polisen gör, de lät inte särskilt engagerade i att satsa tid på att leta efter en försvunnen finländska. Och nu är det snart kväll igen, så vi kan inte göra mycket mer idag. Om någon hittat henne så hör de säkert av sig snart", suckar Amalia.

"Nu ska jag be dem laga mat till oss, åtminstone jag är väldigt hungrig", säger hon och går iväg med frasande kjolar.

Alfred följer henne med blicken hela vägen tills hon försvinner in till köket.

Medan de sitter och äter en gräddig fisksoppa försöker de prata med varandra om vardagliga saker, men det känns svårt och pinsamt. Plötsligt lägger Amalia ner skeden med en smäll.

"Nej, men nu får du väl berätta varför du försvann två dagar i en totalt främmande stad!" uppmanar hon honom. Han hade väntat på det.

"Nå ser du, jag har funderingar på att utöka sågen så jag besökte många olika agenter och hörde mig för om sågverk till salu – eller om det eventuellt skulle kunna finnas någon annan affärsverksamhet som jag kunde kombinera sågen med på ett förtjänstfullt sätt", ljuger han så det bara rungar och kinderna hettar.

"Nå, fann du någonting? Här måste ju finnas många möjligheter."

"Både jo och nej, jag fann väldigt mycket intressant. Men jag har inte bestämt mig för någonting. Det var mycket dyrare än jag trodde och mina sparpengar räcker knappast, jag har ju inga statliga pengar att tillgå denna gång", svarar han och försöker se henne stadigt i ögonen. "Ja och Lasse var med mig hela tiden, därför har han inte hört att faster har varit här och skällt på Magda. Faster blev förresten arg på mig också, så jag har flyttat ut och bor nu på en krog".

"En krog, men det går inte an! Du ska naturligtvis sova här i natt. Nu går du och hämtar din packning medan jag ber att de ska bädda för dig på golvet i Magdas rum. Vi får hoppas hon dyker upp till natten, då kanske du får flytta ut", säger Amalia och reser sig från matbordet.

Alfred suckar tungt, men går till krogen för att hämta sina saker. Fina ger honom en menande blick och vickar på höfterna när hon får syn på honom. Han går fram till henne och betalar sin skuld och säger att han inte behöver rummet längre. Hon muttrar besviket, men han struntar i henne.

När han återvänder sitter Amalia uppkrupen i en stol framför en kakelugn, hon har bytt kläder till en mjuk klänning och tjocka sockor och håret är utsläppt. Alfred drar häftigt efter andan när han ser henne sitta där. Hennes kinder är röda i värmen från spisen och hon sitter med ett stort glas gyllengul whiskey i handen. Hon pekar mot bordet, där står ett glas till.

"Där är ditt glas, slå dig ner. Jag är dödstrött, men finner ingen sömn när jag inte kan sluta tänka på Magda."

Han gör som han blir tillsagd, men först drar han av sig stövlarna och knäpper upp den nya, obekväma skjortan några knapphål. Det känns väldigt intimt att sitta nära. Men Amalia verkar inte tycka det och i sakta mak slappnar han av.

Sedan sitter de och pratar med varandra. Vartefter glasen töms blir deras samtal allt mer personligt och djupt. De talar om Carls och Elnas död och ensamheten som är så tung att bära. Efter en stunds tystnad tittar Alfred på Amalia och noterar att hon har somnat. Han väntar en stund men hon vaknar inte. Då tar han mod till sig, går fram till henne och lyfter henne varsamt upp ur stolen. Hon väger nästan ingenting, tycker han. Alfred går till hennes sängkammare, lägger henne ner på sängen och böjer sig över henne för att dra ett täcke över henne. Samtidigt som han står böjd över henne slår hon upp ögonen. Det dröjer bara bråkdelen av en sekund innan hon lyfter armarna och lägger dem om honom.

Han tvekar också ett ögonblick, sedan sänker han sig varsamt ner över henne. Ingen av dem säger ett ord, men hämningarna har släppt hos dem bägge två. Under natten får de utlopp för den uppdämda längtan som de burit på de senaste fem åren – om än inte särskilt aktivt de senaste åren.

Innan Amalia somnar tänker hon på hur vissa känslor aldrig försvinner, även om man är bra på att pressa undan dem och kanske till och med tro att man har glömt. Sen när tillfälle uppstår flyter känslorna lika hastigt upp till ytan igen som när man försöker dränka en kork.

De somnar utmattade mot morgonkvisten och bägge två har lyckats glömma Magda några timmar, men när de vaknar igen mår samvetet desto sämre. Amalia väcks dessutom av att Edvin står bredvid henne vid sängen och ser på den sovande Alfred med stora ögon. När hon sträcker handen mot honom svänger han tvärt om och springer sin väg. Med en tung suck stiger hon upp, sveper en morgonrock runt sig och hasar iväg efter honom. Huvudet känns som om det skulle vara fyllt med gungfly.

Alfred vaknar av att Amalia kliver upp ur sängen. Med ens känner han sig klarvaken, oerhört pissnödig och i svårt bryderi över vad han nu ska ta sig till. Ska han stiga upp och låtsas som om ingenting eller ska han försöka tala med henne direkt? Och vad ska han i så fall säga? Han har i alla fall haft en helt underbar natt. Det känns som om han har längtat efter den kvinnan hela sitt liv.

Lite senare, medan de sitter och äter frukost tillsammans med Edvin, löser problemet sig tillfälligt, för de får annat att tänka på.

Det ringer på dörren och utanför står en liten trashank till pojke.

"Är det här som Alfred Karlsson befinner sig?" frågar han och försöker se viktig ut. Husan ropar efter Alfred.

"Ja, söker du mig, jag är Alfred Karlsson. Hoppas du har nyheter om Magda, vi har febrilt sökt efter henne", säger han.

"Jag har ett brev åt herrn, läs det sedan kan herrn följa med mig om han anser att det verkar korrekt", piper pojken.

Alfred läser brevet från fattighuset. Han suckar tungt när han läser att hon är vid dålig kondition, men måste hämtas.

"Ja, detta är kvinnan jag har sökt. Ta mig till henne", säger han. Han tar på sig sina ytterkläder och försvinner ut genom dörren. Sedan vänder han om och går in tillbaka.

"Förlåt, jag tänkte glömma i min iver. Tack för frukosten Amalia, jag är snart tillbaka med Magda. Förbered ett bad och lättsmält mat. Hon är

tydligen illa däran och svag. Ge mig förresten en stor filt att ta med mig",
säger han. När han fått filten rusar han iväg utan att invänta svar.

* * *

Plötsligt står Alfred framför henne. Det känns som ett våldsamt
uppvaknande. Hon ser i hans ögon att hon är en fruktansvärd besvikelse
för honom, trots att han även ser lättad ut. Han sträcker fram handen
mot henne och smeker henne lätt över kinden.

"Älskade lilla Magda", viskar han. Sedan nickar han till henne och går
mot föreståndarinnans rum. Magda ser att de diskuterar en god stund
och Alfred sneglar flera gånger mot henne. Magda antar att han nu får
höra att hon har förlorat barnet. Han nickar och skakar på huvudet om
vartannat.

Sedan kommer en av damerna fram till henne och börjar arbeta med att
få henne lyft ur sängen. Magda känner sig dödstrött och tung i kroppen
och hon orkar inte tänka på att åka någonstans. Snart kommer Alfred
fram till dem och han böjer sig ner för att knyta hennes grova kängor.
Sedan när de ska gå säcker hon kraftlöst ihop och han svingar henne upp
i famnen och bär ut henne. Hon stuvas in i kärran, inlindad i filten, likt
en säck potatis och hon fäller tårar över sin egen ynklighet. När kärran
ryckt igång och de är på väg från fattighuset känner hon sig tvungen att
säga något.

"Alfred jag är full av löss, det formligen kryllade av dom i sängen där
jag låg. Det är så väldigt obehagligt", piper hon åt honom. "Hur ska vi få
bort dom ur mitt långa hår?"

"Ojdå, ja jag är inte så bra på löss, men vi kommer nog på något. Jag
tror kanske inte Amalia vill ha löss i sitt hem. Men du är för svag nu för
att vi ska kunna åka via ett bad med dig och vi har inga rena kläder."

Magda bara nickar till svar.

När de når Amalias port ber Alfred kusken att vänta lite. Han springer
upp och förbereder Amalia och husan på att det är löss på kommande.

Ingen av dem blir särskilt uppåt av det. Sedan får han bära henne upp för alla trappor. När de når översta våningen, där enbart Amalias dörr finns, står husan i trapphuset och väntar. Hon har ett stort lakan i handen.

"Frun gav order om att fröken måste ta av alla kläder här, så lägger vi lakanet runt om henne, för henne i badet och bränner alla kläder. Håret ska jag ta hand om. Frun har aldrig kammat löss", säger hon bestämt.

Alfred ställer ner Magda. Hon gör allt hon kan för att stå så stadigt som möjligt. Medan Alfred håller upp lakanet hjälper husan henne att klä av sig. Kläderna åker ner i en liten säck vartefter hon klär av sig. När hon klätt av sig varje tråd på kroppen sveper Alfred lakanet runt om henne. Hon försöker gå genom att stöda sig mot honom, men hon orkar inte och han får återigen lov att bära in henne. De går direkt in i tvättrummet. Hon orkar ingenting ensam och Alfred måste assistera henne. Hon snyftar när han tar av henne lakanet, ser hennes magra, loppbitna kropp, och lyfter henne ner i badkaret.

"Lilla Magda, det är bara jag, du behöver inte vara rädd eller ledsen inför mig. Jag vill bara ditt allra bästa och jag hjälper dig med allt jag kan. Bada nu och tvätta dig ren, husan är hos dig. Fläckarna efter betten försvinner snart men de kommer att klia en tid."

Magda får sitta för sig själv och bara vila i badet en stund. I sin hand har hon fått en rejäl mugg varm, söt vinbärssaft. Men plötsligt är det slut på lugnet och ron när husan dyker upp.

Husan har med sig både svamp, en stark tvål, sax och luskammen. Hon inleder med att tvaga Magdas hår, sedan kroppen och slutligen säger hon till Magda att stå en stund så tvagar och kammar hon busken Magda har lägre ner.

Magda lider och det är fruktansvärt pinsamt, men visst begriper hon att det måste göras. Så får hon sätta sig ner och blir sedan beordrad att turvis lyfta på armarna. Där klipper husan helt kallt bort buskarna under armarna.

Sist vidtar luskamningen av håret. Men det är helt omöjligt. Då åker saxen fram igen. Husan klipper av hennes fina, långa hår jämt med axlarna. Tårarna rinner tyst, axlarna skälver och huvudet hänger.

"Måste du?"

"Vi får inte bort lössen annars. I värsta fall får vi ta klippa av allt, men vi ska försöka undvika det." försvarar husan sig när Magda snörvlar.

Sedan jagar husan lössen i håret under minst en timmes tid. Vattnet blir kallt så Magda får komma upp ur vattnet och sätta sig på en pall istället, med ett lakan runt om sig. Det är varken få eller små löss som plockas av henne. Även om lössen inte är någonting märkligt tycker Magda att det är fruktansvärt förnedrande. Amalia håller sig undan, hon är inte van vid nedlusade människor.

När de är klara får Magda en särk på sig och äter lite bröd och ägg och dricker varm mjölk till innan hon kryper i säng. Helt utmattad.

När Magda har somnat sitter Alfred och Amalia och samtalar framför kakelugnen igen och Alfred berättar för Amalia att personalen på fattighuset hade berättat att Magda har förlorat barnet. Att hon hade blött riktigt när hon kom in.

"Är du säker, jag undrar lite för hon verkade inte blöda längre. Jag har för mig att det inte går om särskilt hastigt när en kvinna förlorar sitt barn. Men jag är inte helt på det klara med detta."

"Ja, jag är helt säker. Arja, på fattighuset, sade att det måste vara så, hon hade sett det många gånger, och jag tror henne".

"Nåväl, vi får väl tro henne. Kanske det är lika bra att hon miste barnet som hon inte vill ha."

"Arja berättade även att Magda hade börjat skratta helt hysteriskt när de berättade det för henne. Att hon hade förlorat barnet alltså."

"Stackars flickebarn, allt ska hon behöva gå genom också. Vi måste orka tro att det ordnar sig till det bästa. Vad tänker du om framtiden? Ska hon ändå stanna här med mig eller tror du att hon vill åka hem till Runsor?"

"Jag kan bara gissa, men jag tror faktiskt att Magda vill följa med mig hem till Runsor. Hon hoppas troligen fortfarande på att kunna inleda sitt arbete på fruntimmersskolan, som hon tidigare blev lovad".

"Så jag antar att du åker hem igen ganska snart då?" Amalia får svälja hårt några gånger för att hålla rösten stadig. Alfred noterar detta och tittar på henne en stund innan han svarar.

"Jag hör dig och jag tänker likadant. Men det går inte, eller inte just nu i alla fall. Jag har nyss kommit hem efter ett år på vift och du har ditt liv här. Vi får skriva några brev så ser vi vad vi kommer fram till", svarar han.

Amalia nickar och gör sig klar för sitt möte med kamrererna klockan femton. Hon skulle egentligen inte ha lust med det just nu, men det måste bara bli av eftersom hon kommit överens om mötet. Hon är redan sen.

När Magda vaknar flera timmar senare dyker husan upp igen och ska fortsätta sin lusjakt i håret. Några nya individer uppenbarar sig och Magda suckar tungt. Hon har ingen klänning heller eftersom hennes egen var förstörd och blev uppbränd. Hon vandrar därför omkring i en lånad särk och så har hon dessutom svept en filt runtom sig.

Alfred stiger snart in genom dörren, han har en tidning under armen och slår sig ner vid bordet och börjar bläddra. Han lusläser, sida upp och sida ner. Magda sitter tyst och tittar på en stund.

"Söker du något", frågar hon till sist.

"Vad, nej naturligtvis inte. Jag läser bara för att se vad som är på gång i Stockholm så där annars", svarar han frånvarande. När han läst klart stuvar han undan tidningen med en suck av lättnad.

"Jaha du Magda, vad gör vi nu? Om vi ämnar oss hem är det väldigt bråttom. Eller vill du stanna här? Om jag är korrekt informerad så har du förlorat barnet?"

"Ja, jag fick ett hårt slag i magen av en kvinna som ansåg att jag satt i hennes fönster och tog hennes kunder, när jag satt och sov. Hon boxade till mig i magen så jag säckade ihop. Sedan när jag vaknade låg jag i en säng tillsammans med lössen." Magda ruskar på huvudet. "Men som svar på din fråga, ja, jag tycket att vi åker hem. Vem vet, kanske jag kan få inleda arbetet på skolan till jul istället. Jag har ju far att tänka på också."

"Men då så. Du får klara dig själv här en stund. Amalia är ute på bankärenden. Jag ska gå och kontrollera resan över till Finland. Jag känner inte till hur det är med isläget eller något annat om transporter mellan Stockholm och södra delen av Finland."

"Fint, du behöver inte bekymra dig över mig. Jag går tillbaka till sängs. Husan har visst bytt sängkläder igen, för lössen. Det är ett otyg med dem", svarar hon.

När Amalia anländer till mötet med missionens och bankens kamrerer kan hon nästan sina siffror utantill.

De inleder mötet med att missionens kamrer visar vilka deras tillgångar och utgifter är. Genast när Amalia ser vilka enorma summor det kostar att driva missionen varje år, förstår hon att det inte kommer att gå. Hon skulle ha råd att driva sitt härbärge ett par år och sedan skulle hon vara utblottad. Hennes representant från banken bara skakar på huvudet när han hör vad hon har planerat.

"Däremot tycker jag gott att vi kan göra så, att fru Palmlöf donerar till denna mission och att vi sedan sköter kvinnorna du önskar ta hand om för de pengar som flyter in. Vi ser till att de får råd och hjälp, men vi kan inte ha dem inneboende", föreslår missionens kamrer.

Amalia är omedelbart med på noterna. Hon behöver inte ens fundera på saken. De skakar hand redan efter det första mötet.

"Vi återkommer om summorna om en tid. Sedan får fru Palmlöf meddela om frun vill ha en aktiv roll eller om frun bara är med som tyst finansiär", säger kamreren.

Amalia är lite frustrerad, men tillika lättad. Hon hade knappast heller tagit in till fullo den stora mängden arbete det skulle ha varit att driva ett härbärge. Hon hoppas nu bara att inte Magda blir allt för besviken. Nog för att Amalia gissar sig till att Magda kommer att välja att åka tillbaka hem nu, när hon mist barnet. Det känns tråkigt. Amalia har sett fram emot att få ha Magda hos sig som sällskap och lekt med tanken att själv behålla barnet. I synnerhet om det hade varit en liten flicka. Men å andra sidan är det omöjligt att som ensam kvinna få adoptera ett barn. Och Magda skulle knappast ha stått ut med att ha barnet så nära. Men det är onödigt att gråta över spilld mjölk, konstaterar hon för sig själv.

17
Vinter 1857

Jakob vaknar sent och känner direkt att han mår illa, riktigt illa. Han vågar först inte röra på vare sig huvud eller kropp med risk att spy, så han försöker ligga stilla. Men det snurrar i huvudet, hjärtat skenar och magen rumlar. Han håller emot så länge det går, men snart inser han att han inte lyckas. Han för fötterna försiktigt över sängkanten och nappar sedan hastigt tag i nattkärlet – som han pissade i under natten – och spyr så det stänker både spyor och piss över hela honom. När han spytt tills det nästan känns som om inälvorna följde med, lägger han sig ner igen. Jakob fryser så han darrar och han är så lågt nere som en gammal man kan vara.

Undan för undan kommer gårdagen tillbaka till honom. Och han minns att han fick besök av Herren. Han vet inte med säkerhet om det var den helige fadern eller sonen som förbarmade sig över hans usla person, men det känns gott. Han känner att han är kallad till att ta plats i den stora gemenskapen och att han vill och får ingå i den kristna familjen. Men han är osäker på hur han ska gå tillväga. Och tänk om det bara var brännvinets livliga fantasivärld! Men det tror han inte, han kände en klar närvaro i rummet och han kände sig älskad – och det händer inte ofta.

Han måste hitta prästen igen och berätta vad som hänt – men kanske inte berätta att han var asfull när han upplevde detta. Och inte idag, idag måste han vila. Och så måste han raka sig och tvätta av sig lite innan han går till prästen igen, så att han ser proper ut.

Jakob ligger till sängs största delen av dagen. Han har hämtat filt och bolster även ur Magdas säng för att försöka hålla värmen. Han äter inget och slumrar från och till hela dagen, somnar och vaknar, om och om igen.

Dagen därpå stiger han upp tidigt, gör upp eld i spisen och värmer vatten för både stärkande te och tvättvatten.

Efter en omständlig procedur med att snygga till sig och stärka den darrande kroppen, är han klar. Jakob går ut på gården och får fatt i en av drängarna och ber honom om skjuts till prästgården.

"Jag skulle verkligen inte ha tid med det just nu. Jag har många saker jag borde göra", muttrar drängen till svar, samtidigt som han börjar gå åt ett annat håll.

"Säger du det, frosten ligger på marken och pigorna sköter djuren. Berätta vad du har som brådskar så", svarar Jakob med höjd röst till drängens rygg. Drängen tvekar lite och stannar till sist.

"Ja, nå, kanske jag nog hinner avvara en timme. Om vi kan åka nu direkt?"

"Jadå, det går utmärkt väl. Vi får bara anta prästen är på plats, det finns ju ingen garanti för det."

Så kommer de sig iväg. Jakob drar ett fårskinn över benen och han sticker även in sina ledbrutna händer under skinnet.

De kör längs vägen till gamla Wasa, det är folktomt längs vägen och de kala kvarteren i den före detta staden är lika tysta. Det märks att det inte är torgdag. Jakob tycker det är väldigt trist. Sin vana trogen tittar han in på deras gamla tomt när de kör förbi. Inte för att det finns något att se, men platsen känns fortfarande på något konstigt sätt hemma.

När han knackar på vid prästgården denna gång har han inte lika god tur. Prästen är på ett besök, men han väntas hem inom någon timme. Om Jakob är beredd att vänta är han välkommen att slå sig ner med en kopp kaffe och en skiva vetebulle. Efter att ha funderat en stund sänder han hem drängen och slår sig ner för att vänta över en rykande kopp kaffe.

Så sitter han där. Först ser han sig bara omkring och beundrar de tunga ryamattorna på väggarna, kandelabrarna och de tunga, mörkbruna möblerna. Allt skinande blankt och rent. Han får syn på en gammal, tjock bibel som ligger på en byrå, reser sig och går för att hämta den. Han läser lite verser här och där. Vissa känns verkligt märkliga och är svåra att begripa. Andra går rakt in i hjärtat på honom. Prästen har märkt ut några ställen med fina silkiga band genom boken och en liten stjärna i kanten.

Han finner en text i Matteus evangelium som han läser om och om igen. Han finner det han söker och han känner starkt att han har kommit rätt.

"Kom till mig så ska jag ge vila åt alla er som arbetar hårt och stapplar under tunga bördor.
Gå in under mina villkor och låt mig undervisa er! Jag är mild och ödmjuk. Hos mig finner ni det som ger ert liv ro och vila, och jag tvingar inga tunga bördor på er."

Det är ju precis detta som han söker. Någon som hjälper honom bära allt det tunga han varit med om, något som hjälper honom genomleva de sista åren utan att behöva supa ihjäl sig.

När prästen väl kommer hem långt senare finner han Jakob i samma stol, han håller bibeln i händerna och ser på prästen med tårade ögon.

"Hjälp mig, jag fann Gud", säger han med låg röst.

"Gud välsigne dig Jakob, det låter underbart. Kom med mig så ska vi samtala", säger han och visar in Jakob i sin kammare.

De pratar länge och Jakob är alldeles extatisk över allt det nya som han längtar efter.

"Hur kan det komma sig att det tog så länge innan Gud och jag fann varandra?" undrar han plötsligt.

"Det är först nu som du har öppnat sinnet för det nya, kära vän. Gud kan inte tvinga sig på folk hur som helst, utan man måste vilja älska honom och lyda honom", svarar prästen.

Jakob himlar med ögonen, men accepterar svaret. Han inser att det finns mycket som han måste lära sig för att bli en god kristen.

"Men vad gör jag nu då?"

"Du kan komma på gudstjänsterna jag håller i bönehusen här runt omkring. Jag har en lista med tider och platser som du kan få av mig. Du lyssnar till Guds ord och så läser du din bibel varje dag. Då ska du se att du lär dig väldigt mycket. Men du kommer naturligtvis även att ha många frågor, så vi kan regelbundet träffas för samtal om du så tycker", svarar prästen.

Jakob är nöjd med planen, tackar och knallar iväg hem. Medan han vandrar hemåt i maklig takt kommer han ihåg att han inte har någon bibel, den har brunnit upp.

Nästa dag söker han upp Ragnar. Han sitter sin vana trogen bakom sitt slitna skrivbord. Jakob kan inte förstå vad Ragnar gör bakom skrivbordet dagarna i ända.

"Ursäkta Ragnar, jag undrar om du har en bibel jag kan få köpa av dig?"

"Bibel, vad ska du med den till?"

"Jag har funnit Gud och ska börja studera bibeln alla dagar och min egen bibel försvann i branden så jag behöver en ny", svarar han.

Ragnar ser på honom med runda ögon och skakar på huvudet. Jakob låtsas inte se hans reaktion. Ragnar reser sig från stolen med tröga rörelser och går fram till hyllan. Han lyfter fram en ganska liten, svart bibel med tjocka läderpärmar. Han håller i den en stund och blåser dammet av den.

"Nu är det såhär att jag inte har någon bibel jag är beredd att sälja till dig, men du kan få låna denna tills du fått köpa en på annat håll. Hur låter det?"

"Jag tackar för förtroendet, det passar bra. Jag måste prata med prästen, han finner säkert råd", svarar han och tar emot bibeln av Ragnar. Han läser ett namn i den.

"Ja, det var min mors bibel, jag håller den kär så jag kan inte tänka mig att sälja den. Men du får gärna läsa i den." Ragnar nickar.

"Men vänta lite, berätta nu vad du har ställt till med när du mitt i allt tänker bli kyrklig av dig."

Jakob berättar, utan att utelämna ens de mest pinsamma detaljerna. Det är uppenbart att Ragnar inte haft en aning om hur illa det har varit

med Jakob den senaste tiden. Efter att ha lyssnat en god stund säger han:
"Men kära vän, varför sade du ingenting till mig, jag kunde ju ha hjälpt och stöttat dig. Men jag visste inte hur illa det var för dig. Här sitter jag ändå bara ensam och ingen behöver mig till någonting längre."

"Ja, det tänkte jag inte på. Du har inte sett ut som om du inbjöd till förtroende. Förlåt mig. Kanske du också vill komma på gudstjänsterna med mig, så får även du en mening med livet?"

"Nja, det känns inte särskilt lockande. Men jag kan komma med någon enstaka gång för att se hur det verkar, när jag inte råkar ha något annat som måste göras."

Jakob tar bibeln med sig och går in i stugan. Han eldar i spisen, kokar lite potatis och äter saltad fisk. Sedan slår han sig ner i gungstolen med bibeln i sina händer.

* * *

Alfred får tag på två båtbiljetter över till Helsingfors. Därifrån upp till Wasa blir de sedan tvungna att hitta skjuts. Det kommer att ta oerhört med tid och bli ett kallt äventyr.

Den sista dagen hos Amalia funderar de på kläder. Husan blir till och med sänd för att köpa några nya plagg, så att både Alfred och Magda ska hålla sig varma och torra under resan.

De äter, dricker te och samtalar.

Magda är lågmäld och grubblande.

"Vad är det du funderar på lilla Magda?" frågar Amalia till sist.

"Jag tänker på ditt härbärge och att jag nu missar möjligheten att arbeta med det. Det hade varit riktigt spännande att få vara med och bygga upp något nytt tillsammans med dig. Om än det sannolikt blir ganska svårt också", svarar hon.

Amalia svarar med ett leende.

"Oj men nej, vad dumt, jag har i brådskan och med allt glömt att berätta för dig att det inte blir av. Jag var på ett möte med ett par herrar som arbetar med ekonomi och pengar och det visade sig att jag – trots att jag har rätt en stor förmögenhet efter min man – inte har tillräckligt med pengar för att trygga framtiden för detta härbärge. Vi kom därför överens med föreståndaren för missionen, där jag har arbetat en del, att jag istället kommer att skänka pengar till deras verksamhet mot att de börjar ta in de havande kvinnorna så gott det går inom lagens gränser. Lagen tillåter ju till exempel inte fördrivning av barn, inte på något vis", svarar Amalia.

Magda suckar tungt.

"Jag vet inte vad jag ska svara på detta, det är ju inte precis en lättnad att kvinnorna fortfarande är hemlösa och i trubbel, men jag är glad för din skull att du upptäckte detta i tid. Det hade varit värre om du precis hade kommit igång och sedan blivit utan pengar och därefter fått spendera återstoden av dina dagar som utblottad – och dessutom blivit tvungen att skrota det du byggt upp. Jag är också väldigt glad över all hjälp som kvinnorna kan få, gudarna ska veta att de har det kämpigt nog som det är."

"Jo, exakt så här tänkte jag också. Jag ska pressa på där jag kan för att möjligen hitta ett sätt att göra det bättre för dem. Kanske staten i något skede kommer på att det handlar om människor; kvinnor och barn. Men vi vet ju väl att det är männen som besluter och då handlar det mesta om just männen och deras välmåga. Men till glädjeflickorna går de gärna i ur och skur utan det minsta bekymmer för eventuella barn och sjukdomar de lämnar efter sig. Svinpälsar!"

"Varför får det vara så olika?"

"Det har jag inget svar på till dig lilla Magda, kanske någon dag, om hundra år, är kvinnor och män värda lika mycket. Det är även så att jag inte får fatta beslut om mina egna pengar utan att min far, som är min förmyndare, också skriver under mina beslut, tänka sig det! Vilken tur att han ställer väldigt få frågor och krav".

Efter middagen går Magda och lägger sig tidigt. Alfreds madrass är flyttad ut till salen. När Amalia har gått och lagt sig ligger han och vrider på sig. Slutligen har han snott in sig i lakanet och orkar inte stå emot längre. Han öppnar pirrigt Amalias sovrumsdörr, kikar in och lyssnar. Han hör sin egen puls susa i öronen. Först hör han ingenting av henne. Sedan hör han hur hon ligger och fnissar tyst.

"Ja men kom då och sluta stå där och avslöja oss", viskar hon.

Han smyger fram på tå till hennes säng. Slinker in under hennes täcke och finner att hon är spritt språngande naken.

"Oj!" viskar han.

"Jag visste att du skulle komma, jag tyckte bara att du tog överraskande lång tid på dig."

Alfred småskrattar lite, men har snart både händer och mun fulla av annat och hans andhämtning övergår från skratt till suckar av välbehag.

När de fått nog och ligger tätt hopslingrade och bara håller om varandra känner Alfred hur varma tårar rinner ner för Amalias kinder och vidare ner på hans bröst när hon lutar kinden mot honom. Han låter henne hållas utan att säga något, smeker bara hennes hår med mjuk hand.

"Varför ska du och jag bara nudda vid varandra och sedan skiljas åt?" frågar hon efter en stund.

"Jag har inget svar på det Amalia, men jag tänker att det nog måste bli så att det för oss är tredje gången gillt som gäller. Det är helt enkelt inte riktigt meningen, inte än. Men nästa gång, då blir det för evigt."

"Så måste det vara, det måste vi orka tro på. Vi får göra som vi har planerat och skriva till varandra och se vart livet för oss och hur vi ska göra", svarar hon.

"Sedan är det som du sade, att du har för många åtaganden och plikter för att lämna din gård och att det troligen blir jag som får ge med mig. Men kanske vi även kunde ha en bostad inne i det nya Wasa där jag kan bo ibland näi jag tröttnar på lantluften?" frågar hon.

"Ja Amalia, du har ju tillräckligt med pengar för att köpa denna bostad själv och vad mig ankommer behöver du inte be om lov. Du är din egen person, vuxen och med gott förstånd och jag skulle inte vilja agera far för dig", svarar han.

De hinner sova ett par timmar och Alfred vaknar av att husan går i en dörr. Han antar att hon sett att han inte ligger på sin plats och att hon därför medvetet smällde i en dörr. Han undrar lite om hon misstycker eller om hon vill varna sin husfru. Han vill inte under några omständigheter att Magda i detta nu ska inse vad som försiggår. Hon skulle kunna anse att han bedrar hennes syster Elna. Så han slinker iväg och kryper hastigt in i sin egen tillfälliga bädd, ligger kvar ett ögonblick och stiger sedan upp därifrån som om han var nyvaken. Kort efter det sveper Amalia in i rummet.

"God morgon Alfred, jag hoppas att du har sovit gott trots att du ligger på golvet."

"God morgon Amalia, tack jag har sovit som en stock, en av de bästa nätterna i hela mitt liv tror jag", svarar han med en nästan omärkbar blinkning.

Hon ler varmt mot honom och går in i gästkammaren för att väcka Magda.

"Vakna lilla Magda, nu är det dags att åka hem igen", säger hon och ruskar henne lätt.

Magda blir med ens klarvaken och studsar upp ur sängen med en spänst som hon inte haft i kroppen på länga tider. Hem, hon suger på det ordet som på en god karamell. Hemma är det bästa som finns. Hemma är där hjärtat bor, där de man älskar bor och där man vill vara. Hemma är en känsla, inte en plats. Och Magda längtar efter sin far, sin hund och efter att få arbeta på skolan. Här i Stockholm finns ingen hon älskar och ingen plats hon känner igen. Ingen känsla. Naturligtvis kunde hon finna både det ena och det andra, men chansen är allt för liten och hon vill inte slösa bort sitt liv nu efter att det var så hisnande nära att ta slut. Så hon åker hem.

En timme senare är de klara, skjutsen har anlänt och de klär på sig ytterkläderna. Magda skämtar och klappar i händerna – ivrig att komma iväg. Hon ger Amalia en snabb och ytlig kram och är redo att gå.

Alfred däremot klär på sig med sävliga rörelser. Det värker inombords och han vet inte hur han ska kunna förmå sig att stiga ut genom dörren och vända Amalia ryggen. Senast åkte hon och lämnade honom upp-och-ner, nu är det han som åker ifrån henne, och han är nu ännu mer upp-och-ner-svängd. Innan han går ska han ge henne en snabb, formell kram, tänker han. Men när han lagt armarna om henne kan han inte förmå sig att släppa henne så som han borde ha gjort för att inte väcka en aning uppmärksamhet. Han ger henne dessutom en snabb kindpuss – som även den tar exakt bråkdelen av en sekund för lång tid.

När han tar ett steg tillbaka ser han att Magda står och tittar på honom och att hon sedan ser på Amalia, som står kvar med nedslagen blick och rodnande kinder.

"Vad gör du?" frågar Magda med gnällig röst.

"Vad menar du, jag tar bara farväl av en kär vän som hjälpt oss väldigt mycket och som vi kanske aldrig träffar igen. Det känns oerhört sorgligt på något vis", svarar han och försöker att se oskyldig ut. Sedan tar de sina väskor, och går ner för trapporna.

Det är åskväder inne i Alfreds hjärta och det gör ont. Han får henne aldrig, trots att hela han begär henne, både kroppsligt och själsligt. Och det känns inte ett dugg bättre av att han nu äntligen vet att det är ömsesidigt. Hans Amalia. Hans vackra, späda kvinna.

* * *

När dörren stängs bakom Alfred klarar Amalia av att stå upprätt tillräckligt länge för att husan ska hinna försvinna iväg till sina domäner i köksregionerna. Sedan säckar hon ihop en stol. Edvin står alldeles stilla bredvid och ser på henne. Hon gråter så hon skälver, klarar inte alls av att hålla emot och hålla masken trots att Edvin ser på.

Plötsligt känner hon hans lilla hand smeka henne på ryggen.

"Såja mor, såja. Det blir nog snart bra", säger han med sin lilla röst. Han är alldeles stilla och lugn, i motsats till hur han normalt är. Edvin lämnar inte hennes sida, han står kvar tills hon lugnat sig. Hon lägger armarna runt sin son, den älskade lilla gossen som är så lik sin försvunna fader.

När hon suttit i stolen och snörvlat en god stund och gör sig klar att stiga upp och gå ur förstugan, tittar han henne i ögonen.

"Ledsen?" frågar han.

"Ja du lilla Edvin, mor har ont. Inte i kroppen utan i hjärtat. Vet du hur det känns? När man vill ha någonting så mycket att det värker, men man inte kan få det man vill ha?" frågar hon, men väntar sig inget svar.

"Som när jag vill ha en kisse?" frågar han lillgammalt.

Amalia blir mållös. En katt, hon minns nog att han nämnt en katt några gånger, men hon har aldrig reflekterat över den saken i efterhand. Hon kan också dra sig till minnes att hon själv, i samband med branden, hade bestämt sig för att skaffa sig en katt.

"Men min lilla älskade pojke, en katt. Jag har aldrig insett att du längtar så mycket efter en katt."

"Edvin vill ha kisse."

"Vill Edvin ha en kisse väldigt mycket. Men ojdå, det har jag inte förstått."

"Jo."

"Men då måste jag fundera på det, lille vän", säger hon och ger honom en varm, lång kram och bär sedan ut honom till salen, även om han börjar bli en stor gosse.

Amalia tänker sedan både ofta och länge på samtalet. Ska hon ge honom en katt? Både för att han längtat så länge efter en och också en aning för att lindra sitt dåliga samvete. Hon ska tänka på det. Kanske till sommaren, kanske katten kan bo ute i skärgården.

Det har bara gått ett par dagar sedan Alfred och Magda åkte när Amalia börjar skriva på sitt första brev till honom. Hon skrynklar ihop arket flera gånger, för hon har svårt att bestämma sig för hur hon ska skriva. Om hon ska skriva om tårar, längtan och oändliga nätter fyllda med brännande hud eller om hon ska hålla brevet på en mer praktisk nivå.

Sådant som att hon funderar på en katt åt Edvin. Till sist blir brevet en blandning av båda. Men hon postar det inte direkt utan det ligger och bränner i en låda. Hon vågar inte sända iväg det ifall det skulle riskera att på något konstigt vis nå Runsor innan Alfred själv gör det.

Hon grubblar även över vad hon ska ta sig till med fastern som hon varken sett eller hört något av sedan den där olycksaliga morgonen när hon skrek till Magda och Amalia slog till henne. Amalia vet inte hur hon ska gå tillväga för att bli vän med henne igen. Och på sätt och vis vill hon inte ens det, men å andra sidan är det barnsligt. Men det får bero en tid till. Det är bara några få veckor kvar till jul, så de får väl försöka bli vänner igen senast på hennes föräldrars julmiddag, där de kommer att träffas. Hennes föräldrar vet – troligen – ingenting. Hon tror inte att Francesca har berättat för dem eftersom det ju innebära att hon måste berätta om sin egen pinsamma andel i den sorgliga historien.

Plötsligt ringer Lasse på dörren. Hon bjuder in honom och de slår sig ner vid salsbordet. Han verkar väldigt konstig och sitter tyst över sin kopp kaffe.

"Hade du något på hjärtat Lasse?" frågar hon till sist när hon länge sökt efter något att småprata om.

"Det där, jo. Eller nej. Eller tja, jag tänkte bara be dig om en sak. Men du ska inte fråga något mer när jag berättat klart. Lova det", säger han kryptiskt.

"Jaha, vi säger väl det, tror jag."

"Om någon, vem som helst, kommer hit och frågar något om tiden när Alfred var här så svarar du att jag och Alfred var ute och försökte hitta något företag att köpa hela den första hela dagen han var här. Förstår du?"

"Ja jag förstår vad du säger att jag ska säga, men jag förstår inte varför"

"Bra, bra. Du ska inte förstå varför heller. Om ingen frågar talar vi aldrig mer om detta. Om någon frågar så viskar du det i mitt öra sedan. Du ska inte skriva ner det eller något liknande."

"Vad har ni gjort Lasse. Jag anar ugglor i mossen."

"Vi har inte gjort något farligt, det blev bara lite onödigt."

"Är du rädd att faster ska fråga något? Har ni varit med fruntimmer?"
Nu går Amalias röst upp ett tonläge för hon ser framför sig hur Alfred
hade en annan kvinna natten innan han besökte hennes egen bädd.

"Nejdå, naturligtvis inte, ingenting sådant. Det har med myndigheter
att göra. Men fråga nu inte något mera, du ska inte veta detta".

Sedan reser han sig, tackar för sig och går. Och Amalia sitter kvar och
funderar så det knakar vad det kan handla om.

Om hon läste stadens tidningar skulle hon kanske ana att det kunde
handla om rubriken om den döde, ökände våldtäktsmannen som hittats i
en park – men eftersom hon inte läser sådana rubriker kommer hon inte
att koppla ihop det som Lasse sade med rubriken.

18
Vinter 1857

Hemma i Runsor har vintern kommit och det närmar sig adventstider. Det känns ingenstans att Alfred varit hemma eftersom han knappt hann vara hemma, innan han försvann. Däremot så märks det överallt att Magda saknas. Barnen frågar efter henne flera gånger per dag. Hon är väldigt saknad av alla och Stina sörjer henne och deras ständiga gemenskap och småprat inne i köket. Nu har hon ingen. Stina försöker finna glädje i barnen, men det är inte samma sak. Hon vill ha någon att prata med. Ragnar går oftast undan, Jakob blir märkligare för varje dag som går och det är inte riktigt tillbörligt att vara alltför personlig med dem som tjänar hos dem.

Hon har alla dagar väntat på brev från Magda eller Alfred, utan lycka. Nu vet hon inte ens om Alfred är på väg hem eller ej, kanske stannar han i Sverige över jul, eller över vintern till och med.

Stina försöker att inte grubbla och att i stället knoga på med sitt om dagarna. Stiga upp, koka gröt, klä och mata barnen. Arbeta med te, handarbete eller dylikt, koka mat. Allt går i en ständig spiral, runt, runt. Den ena dagen, den andra lik.

Hon försöker att inte tänka på att det är detta som återstår fram till den dag hon dör.

Att Jakob gick och blev varmt religiös är en sak, men att han blev så oerhört gudfruktig är tungt. Först skojar Stina och Ragnar bort hans prat om bibeln och Gud, men snart är det inte roligt längre. Han fortsätter att komma in till dem i storstugan på samma sätt som förut. De får akta sig mera noggrant om söndagarna så att de inte arbetar och vanhelgar vilodagen, ifall han skulle få för sig att rapportera dem.

Så en kväll när de sitter till bords och äter kvällsvard får de alla smaka på Guds – eller Jakobs – vrede.

Lilla Lisbet sitter och kladdar med maten, medan hon pratar och skrattar, sådär som barn gör ibland.

"Lisbet, sluta gå an, det är fel att flamsa och skratta vid maten som du gör nu och bara syndiga flickor gör sådant!" hötter Jakob plötsligt till den lilla flickan. Han viftar med fingret mot henne och blicken ur de smala ögonen är både kall och hård.

Den lilla flickan tystnar ögonblickligen.

"Nå vad säger du!" utfar han mot henne. Han reser sig hastigt, lutar sig över henne och tar tag om hennes nacke och tvingar ner huvudet.

"Förlåt morfar, jag ska inte vara syndig mera", piper hon. Hon lägger ifrån sig skeden och snyftar ynkligt.

Ragnar sitter och ser på det som händer runt matbordet i hans hus. Plötsligt reser han sig med sådan fart att stolen bakom honom välter. Han slår näven i bordet och alla ser mot honom.

"Ut ur mitt hus! Den som värdesätter Gud högre än sin egen dotterdotter är inte välkommen vid mitt matbord. Jag har hittills respekterat att du gått och blivit gudfruktig, men nu får det ta mig fan vara nog. Du förpestar luften runt omkring dig med dina förmaningar och förbud. Borta är glädjen och skratten, kvar finns bara hot och synd. Packa dig ut härifrån och visa inte ditt fula tryne här igen förrän du kan uppföra dig som en vuxen karl utan att kritisera och håna oss andra. Vill vi höra Guds ord går vi till prästen eller bönehuset, vi behöver dem inte från dig!" Ragnar pekar sedan mot dörren och spänner blicken i Jakob.

Först står Jakob kvar en stund, sedan vänder han om och går. Barnen lipar och han stryker lille Elmer över håret när han går förbi honom.

"Förlåt, det var inte meningen att vara elak. Du är en duktig pojke", viskar han då han går från bordet.

Ragnar bara viftar med fingret mot dörren för att förstärka att Jakob ska ut ur huset. Jakob vågar inget annat än att gå ut och söka sig mot sitt kalla, lilla hus.

Stina går ut ur köket och dröjer några minuter. Hon står och kämpar med sig själv bakom salsdörren. Hon böjer nacken djupt och trycker sin knutna näve mot den öppna munnen. Hon klarar av att hålla ljudet inne men tårarna rinner. Gång på gång upprepar hon i sitt huvud: Vad har hänt med alla i huset? Varför vill vi bara såra varandra? Till och med barnen ska spela med i vårt kalla spel. När gråten hotar att bli omöjlig att hålla, biter hon sig så hårt i handen att hon nästan glömmer bort att lipa. När hon stått bakom dörren så länge att hon blir rädd att någon ska komma och se vad som står på, traskar hon fram och tillbaka över golvet och ruskar på huvudet för att försöka tömma hjärnan på de vassa skärvorna som skär så illa.

När hon kommer tillbaka till bordet har barnen redan gått och Ragnar sitter ensam kvar. Han lyfter inte på huvudet när hon kommer tillbaka. Hon sätter sig tungt ner på bänken.

"Tillgiv mig min kära. Jag orkar bara inte se på honom när han gör så där mot de enda personerna här i huset som aldrig gjort någon illa, men som farit mest illa av oss alla. Jag tillåter det inte. Lisbet är inte syndig, hon är ett oskyldigt litet barn. Jag förvisar honom från gården om så krävs, men mina barnbarn ger han sig inte på."

"Tack kära Ragnar, jag håller fullkomligt med dig. Men Jakob har haft det värst av oss alla. Hans lidande och hans ensamhet är större än både din och min tillsammans. Nu har han försökt fylla alla håligheter med mening och den meningen blev Gud. Jag förstår honom, men jag önskar naturligtvis att han hade valt att predika kärlekens budskap istället för förmaningarna och synderna", suckar hon.

"Jag vet inte vad vi ska göra, men jag vill ju ogärna köra iväg Jakob. Dessutom äger han stugan", fortsätter hon.

"Ja, jag kan gott köpa tillbaka stugan om det är det som måste till."

"Nåja, detta leder ingen vart. Jag går och lägger mig och hoppas på en bättre dag imorgon, en rofylld advent och att Alfred snart kommer åter", svarar Stina.

"Nej men gå inte Stina. Det är så sällan vi pratas vid du och jag."

"Ja, Ragnar, tro vems skuld det är. Vem av oss är det som alltid sitter instängd i någon kammare och som bara tiger eller grymtar? Vem av oss två Ragnar – du eller jag, Ragnar? Jag föreslår att du tar dig en djup titt i spegeln", nästan viskar hon till honom. Sedan vänder hon på klacken och går sin väg.

Mycket senare, när hon somnar, har Ragnar ännu inte kommit över till deras del av stugan. Hon orkar inte bry sig. Så många kvällar har hon somnat utan honom. Och nästan alla kvällar har hon somnat utan att han har hållit om henne. Ja, nästan en hel livstid, ett liv som inte innehållit många glädjeämnen, som aldrig fört någon hisnande lycka med sig. Men som gått att leva. Något val fanns väl aldrig heller för den delen. Och hon har försökt att inte klaga och att vara tillfreds med allt det som är bra också. Men ibland är det svårt att hitta guldkornen. Som under denna vargtimma.

* * *

När Jakob kommer ut på gårdstunet stannar han upp, den nyanlända vintern smeker hans ansikte med kalla tentakler. Han står där och försöker förstå vad som nyss hände. Enligt hans egen mening var det enda han just gjorde att be Lisbet uppföra sig väl vid matbordet. Han ser inget fel i det.

Jakob vandrar en liten bit längs vägen som leder upp till gården för att klara tankarna. Han vill desperat förstå. Hur kan det faktum att han pratar Guds ord vara ett problem för Ragnar? Eftersom det är ganska kyligt och mörkt ute söker han sig in i stugan ganska fort.

Han slår sig ner i gungstolen och ber, eller snarare försöker föra ett samtal och resonera med Herren i hopp om att få några svar på sina frågor. Nu då han äntligen har funnit den som inte skrattar åt honom. För om han vill ha någon i sitt liv, får han skäll även för det – kanske det ändå var bättre när de skrattade åt honom.

"Vad gör jag fel Herre?" säger han plötsligt högt för sig själv. Ju mer han funderar på saken i sitt ensidiga samtal med Herren inser han två saker. Dels att det är Ragnar som har fel, inte han själv. Och dels att barnen bör tuktas och i synnerhet de syndiga flickorna; han har ju läst om vad som hände i Edens lustgård. Han känner också att han borde gå och samtala med prästen om denna sak, han har sannolikt också grubblat på dessa frågor någon gång.

Plötsligt slutar han gunga sin stol. Jakob tänker på Magda och hur hon så oerhört syndigt väntar barn före äktenskapet. Det är fruktansvärt skamligt och hon är för evigt förtappad för att hon förledde den stackars mannen att fela. Tänk om hon kommer tillbaka och vill bo i hans hus igen, dottern som bedriver hor och gör syndiga gärningar. Han kan inte acceptera det.

Jakob ryser där han sitter. Han ber med hög röst att Gud ska förlåta och visa vägen för dottern så att hon ska rena sig och inte behöva brinna i den eviga elden i helvetet för sin syndiga gärnings skull.

Plötsligt slår det honom! Kanske det är därför alla hans kvinnor och flickor dör; för sina synders skull. Inte vet han exakt vilka synder de skulle ha begått, men ändå. Fast han känner sig inte helt säker den här saken och inser att det är bråttom med att söka upp prästen så han får ordning på tankarna.

Jakob har inte arbetat på en tid, han orkar inte och han vet inte riktigt vad han ska ta sig till. Detta är ett bekymmer för han behöver naturligtvis fortfarande både äta och elda. Han påtalar detta när han besöker prästen.

"Jag har inte klarat av att arbeta sedan min hand blev fördärvad. Eftersom jag har arbetat med händerna hela mitt liv är det väldigt problematiskt för mig nu. Jag har heller ingen som kan försörja mig", berättar han.

"Ja, det är verkligen ett problem. Men jag kan kanske ha lösningen på det. Eller i alla fall en dellösning. Jag har nämligen en man som arbetar på heltid med att sköta om Kapellbackens begravningsplats, gräva gravar och dylikt. Samma karl har även assisterat vid gudstjänster. Nu har vi ju, som sagt, bara en tillfällig kyrka – ja Grönberg har ju besökt den – och så åker jag runt till bönehusen i nejderna. Men åter till denna man. Även han börjar alltså bli gammal och har pratat om att han gärna skulle minska på arbetet nu, när det innebär så många resor. Jag tänkte att vi kunde dela på tjänsten. Det är inte mycket pengar och jag vet inte hur Ni löser saken med transporten mellan Runsor, begravningsplatsen och övriga ställen. Ja, är du intresserad?"

Jakob tvekar inte en sekund, han är övertygad om att han orkar gå till byarna runt om den gamla staden.

"Jadå, absolut, jag tar det."

"Nåja, jag måste prata med Roger – han som har jobbet – först, sen ska vi se vad vi kommer överens om. Jag kan komma ut till Runsor och hälsa på Er i slutet av denna vecka, jag har ändå ärende ditåt. Passar det?"

"Det passar bra! Jag har även tänkt prata med Er om syndiga kvinnor. Vi kan ta det då på samma gång. Eller hur?"

"Vad menar Jakob? Tänker Ni nu på fallna kvinnor eller glädjeflickor eller vad de nu kallas? Jag har inte mycket att tillföra om dylika", säger prästen med mycket bestört min.

"Nej, inte sådana. Jag har tänkt på Edens lustgård och den fallna kvinnan. Jag har tänkt på att det säkert är därför som alla kvinnliga medlemmar i min familj dör eller råkar illa ut – för att de är just syndiga och inte förtjänar att leva."

"Nej men kära Jakob, hur har Ni kommit tänka i dessa banor?! Inte är de syndigare än någon annan, vanlig person!" Prästen skakar hårt på huvudet.

"Men vet Ni, jag hinner inte med detta nu, vi får ta diskussionen när jag kommer ut. Jag måste planera in en extra halvtimme hos Er", suckar han, reser sig och visar Jakob mot dörren.

När Jakob gått sätter prästen sig ner med en tung suck. Oj dessa bönder som tolkar bibeln precis hur som helst utan någon form av insikt. Men den här kom ju, som tur var, till honom med sina villfarelser i alla fall.

* * *

Båten ömsom gungar och ömsom sitter fast i isen. Det svarta havet mellan Finland och Sverige är fem före att dra istäcket över sig till vintern. De flesta dagarna är det minusgrader och det betyder att det är lika kallt även ombord på båten. Både Magda och Alfred tror att de ska frysa ihjäl vissa dagar. De sover i sin lilla bänk så tätt intill varandra som det är möjligt för att få lite värme av varandra. Utan de extra kläder och filtar som Amalia försett dem med hade de tvekslöst frusit ihjäl.

Magda känner att hon håller på att förkyla sig. Det är strävt i bröstet och det svider likt brännässlor i halsen när hon sväljer. Efter ett par dagar sätter hostan in. Det skräller och viner när hon hostar. Alfred sitter hos henne stora delar av dagarna medan hon är sängliggande.

"Är vi framme snart?" viskar hon med slutna ögon.

"Enligt kaptenen har vi färdats en god bit det senaste dygnet nu när det har blåst rejält. Vi är på bättre sidan i alla fall, det vill säga mellan Åland och Finland, så det är inte långt kvar. Men allt beror på isläget nu. Om vi måste hacka is igen tar det naturligtvis lång tid och det är mera is på grundare vatten och längre inomskärs.

"Jag orkar inte längre..."

"Men du har inget val Magda." Han lägger handen på hennes panna. "Jag hoppas innerligt att du inte får feber också, vi måste snart få dig uppvärmd. Vi har nog inget annat val än att försöka hitta något bra ställe i Helsingfors där vi kan vila, äta och värma upp oss ett par dagar – bara vi skulle komma fram någon gång."

Barken fastnar i isen igen när de närmar sig skären och kobbarna. Båten är utrustad med avlånga redskap som ser ut som påkar med metallkulor på ändarna som de använder för att hacka isen runt båten när den fastnar. Isen är inte särskilt tjock ännu, så det går, men det är ett oerhört drygt arbete. Alfred är med och hackar så svetten rinner och det flimrar för ögonen.

När de kommer till större bukter och öppna vatten går det att segla fritt igen. När de närmar sig infarten mot Helsingfors är det så många båtar i farten att det tack vare den livliga trafiken går att köra i den breda, öppna isrännan.

Magdas förkylning har inte blivit bättre men hon är inte dödligt sjuk i lungsot – inte än i alla fall, och Alfred vågar gå ifrån henne en stund. Han tar en skjuts in till centrum för att söka ett bra och billigt pensionat. Slutligen hittar han ett rum som passar deras börs och behov. Han åker tillbaka ut till hamnen för att hämta Magda. Han får in henne i droskan och de åker tillbaka till pensionatet.

"Kom lilla vän, stöd dig på mig. Vi tar in här ett par nätter, jag har fått ett rum med två sängar och de har kamin och ved i alla rum så vi kan hålla oss varma."

Magda orkar nätt och jämnt ta sig in, upp för trapporna och in på rummet på andra våningen innan hon säckar ihop i sängen. Alfred stoppar om henne med allt de har utom en filt som han behåller själv. Sedan somnar hon och vaknar inte förrän långt in på nästa dag.

Hon vaknar med ett ryck, tittar sig omkring och känner sig förbryllad. Munnen känns torr och hon har svårt att orientera sig, men hon får snart syn på Alfred som ligger på sin säng och bläddrar i en dagstidning och det känns genast bättre.

"Hej!" viskar hon.

Alfred har inte märkt att hon är vaken så han rycker till en aning.

"Men hej där! Det var längesedan sist. Är du hungrig?" frågar han.

"Om! Jag är helt utsvulten. Men halsen är fortfarande ganska öm så jag vet inte hur bra det går att äta."

Alfred går för att hämta mat och kommer snart tillbaka med en kruka fylld med ångade köttsoppa och ett alldeles nybakat bröd tillsammans med uppvärmd dricka. De äter bägge två med mycket god aptit.

Efter tre dagar bedömer Alfred att Magda är i så pass bra skick att de kan företa den långa, tunga resan hem. Dessutom vågar han inte stanna längre eftersom pengapungen snabbt töms av utgifterna för mat och logi. Skjutsen hem kommer att kosta rejält och han vet inte exakt hur mycket.

Det är hästskjuts som gäller och de kommer att få byta skjuts många gånger och det kommer att ta lång tid i anspråk innan de är hemma. Han vet inte riktigt om det ens är möjligt att åka från Helsingfors till Wasa. Men de måste försöka.

Om båtfärden var kall och obekväm så är inte skjutsarna som bär av upp genom landet mot Wasa, ett dugg bättre. Döden känns inte lika ständigt närvarande med mark under kärrhjulen istället för tiotals famnar djupt, iskallt vatten, men i övrigt är det nästan lika gungigt, stötigt och kallt.

Alfred och Magda byter skjuts så ofta att de snart inte vet längre hur många gånger de bytt. Men för varje gång de byter kommer de sig en aning längre norröver.

Ibland pratar de inte med varandra på många timmar. De sitter bägge två i sina egna tankar och längtar bort – eller kanske snarare längtar hem.

Det allra värsta är de skjutsar där körsvennen enbart pratar finska, eftersom varken Alfred eller Magda behärskar språket. De har förstås hört det förut, men de kan inte vare sig tala eller begripa sig på språket.

När de står på torget i Tammerfors har de länge besvär, men sedan kommer de på att de med hjälp av papper och penna kan klara sig lite bättre.

Alfred skriver "Wasa" och pekar på ordet för kusken. Antingen blir svaret en jakande nick eller en nekande skakning och om de har tur pekar kusken på någon annan. De har också fått tag på en grov karta över landet och de kan peka på den.

När de väl finner en skjuts som går i rätt riktning ber de kusken peka ut var den stannar. Som vanligt kommer de sig igen ett litet steg framåt. Priset förhandlar de fram genom att Alfred pekar på sin börs och ger kusken penna och papper. Därefter skriver kusken sitt pris. Varje gång försöker Alfred sedan få ner priset genom att skriva ett lägre pris tillbaka.

Och så kan de hålla på en stund. Oftast lyckas han få ner priset en liten aning.

Ju längre norrut de kommer desto glesare är bebyggelsen. En sen kväll blir de tvungna att stiga av skjutsen i en oansenlig by där det varken finns värdshus eller krog. De vandrar mellan husen en stund och kan sedan konstatera att de är strandade utomhus i en kristallklar vinternatt, klockan närmar sig elva. Snötäcket är inte särskilt tjockt ännu, men det är minusgrader och det blåser en kall vind. Magda sätter sig plötsligt pladask ner på en sten längs med vägen, begraver ansiktet i händerna och Alfred kan se på henne att hon gråter, fast han inget ljud hör från henne.

"Såja, kom nu, vi måste gå och knacka på någon dörr", försöker han trösta.

"Nej, men vem skulle vilja släppa in oss främlingar som pratar ett främmande språk", svarar hon snyftande.

"Det hjälps inte, vi måste försöka", säger han och drar henne i armen och släpar henne efter sig.

De knackar på första bästa dörr. Det dröjer, men snart kikar en kvinna ut genom en springa i dörren och drar igen den med en smäll när hon får syn på dem. Först i det fjärde huset öppnas dörren för dem. Alfred försöker på svenska.

"Vi söker efter ett värdshus men finner inget, vet ni var vi kan sova över natten?" Mannen och kvinnan tittar på varandra och pratar sinsemellan lite. Mannen pratar sedan på knagglig svenska:

"Inget ställe sova. Sova här. Betala mat."

"Tusen tack, vi vill inte vara till besvär, men det är kallt ute. Alfred tar fram sina pengar och ger mannen tjugo kopek silver. Mannen nickar.

"Bra. Äta."

Kvinnan pekar på en smal säng. Alfred och Magda är vana vid att sova intill varandra efter denna knaggliga färd, så det är inget problem. Sedan äter de en klibbig gröt som är nästan kall och en hård bit bröd. Det smakar som himmelriket efter allt saltat kött.

Det råder en pinsam tystnad i det lilla rummet och alla funderar febrilt på vad de ska säga.

"Var hemma?" frågar mannen efter en stund.

"Wasa", svarar Alfred och nickar. Han försöker inte ens förklara att de bor i Runsor. Men han visar staden på kartan.

"Häst", säger mannen, viftar med handen bortåt och räknar upp nio fingrar.

"Går häst imorgon klockan nio?" frågar Alfred och visar med fingrarna som att de skulle gå.

"Jo", nickar mannen.

"Tack, vi åker då. Nu sova", säger Alfred och sätter händerna mot kinden för att visa att han är trött.

Mannen bara nickar till svar. Han pratar finska med sin fru en stund och så går hon ut. Mannen pekar efter henne.

"Pissa", säger han och pekar.

Alfred och Magda lomar iväg bakom henne och hon visar dem var det lilla dasset står. Först går Magda, sedan husfrun och sist Alfred. Han ids inte pissa i snön när hon så snällt visar var dasset står.

Skjutsen de tar följande dag går ända till Orisberg, så de kommer sig nästan hela vägen hem. Varken Alfred eller Magda har besökt herrgården förut, så de vandrar omkring där och beundrar allt de ser. Där arbetar mängder med tjänstefolk, det sjuder av liv och de kan inte ens räkna mängden kor i fähuset. Herrgården är stor, tre våningar och målad i en ljus färg. Den ser nästan ut som ett slott.

"Kan du tänka dig detta ställe om sommaren, det måste formligen myllra av liv här då, när det ser ut såhär mitt i vintern", säger Alfred hänfört.

"Ja, här måste ju vara otroligt spännande att arbeta, kanske jag skulle söka tjänst här istället för på skolan. Kanske här finns någon fin adelsman i giftastankar", svarar hon med pannan i veck och drömsk blick.

De går för att be om lov att få sova över på något loft och för att höra sig för om skjuts till gamla Wasa eller nya Wasa. Det går bra att ordna med övernattningen, men när Alfred räknar pengarna, efter att han fått höra vad det kostar, inser han fort att de inte kommer att ha råd med både övernattning och den sista biten av skjutsen. Kinderna bränner av skam och han vet inte hur han ska säga det. Han sneglar först mot Magda som står bredvid honom intet ont anande.

"Nu ser det ut som att detta inte kommer att gå, mina pengar är snart slut och jag måste ha råd med skjutsen imorgon. Vi kommer ända från Stockholm och det har blivit en ofattbart dyr resa för oss", säger han med nedslagen blick och mössan i handen till en av förmännen.

Mannen blänger på Alfred. Han säger ingenting först. Alfred känner suget i magen som berättar att han är så skakis att magen hotar att slås sönder och dassnöden bli stor.

"Nåväl, ni ser ut att vara dugligt folk, så ni får arbeta hela kvällen så får ni ta skjutsen imorgon. Följ mig." Sedan marscherar han iväg och de följer efter.

Hela kvällen går i arbetets tecken. Magda arbetar i fähuset och Alfred hugger ved. De har sina sängar i olika sovkammare tillsammans med många andra. En kammare för män och en för kvinnor. Efter ett styvt kvällsmål stupar de bägge i säng och sover ovanligt gott med tanke på att det stundom är ganska livat i sovkamrarna.

Nästa dag får de med nöd och näppe betalat den sista skjutsen som tar dem direkt till gamla Wasa. Sedan får Alfred lov att promenera ut till Runsor och hämta skjuts medan Magda väntar med deras packning. De orkar inte bära den ända ut till Runsor.

Alfred går inte in i huset utan nappar bara tag i en av drängarna och de kör iväg, han vill inte att Magda ska behöva vänta en sekund längre än nödvändigt. Det är kallt ute och hon har varit svårt förkyld.

När de äntligen kör in på gården i Runsor är det en gnistrande klar och kall kväll ett par dagar före jul. Det brinner ljus i köksfönstret och det doftar skinka ända ut på gårdsplanen. Både Alfred och Magda är tårögda av trötthet och lättnad när de äntligen stiger av kärran och går med släpande steg genom den knarrande snön mot sina respektive hem.

Känslan av hemma är så intensiv att den värker i bröstet.

Alfred tas emot av både lyckliga föräldrar och skygga barn. Han slår armarna runt dem alla och andas ut. Han är hemma igen.

Magda öppnar dörren till stugan där Jakob sitter i gungstolen framför brasan. Han läser bibeln och dricker en kopp te. När hon stiger innanför dörren stirrar han först tyst på henne. Sedan reser han sig ur stolen, han spänner blicken i henne.

"Hej far, jag är hemma igen. Barnet är borta", säger hon och sträcker armarna mot honom. "Jag har saknat dig oerhört far."

Jakob slår undan hennes armar.

"Ut ur mitt hus, syndiga sköka. Jag kan inte bo under samma tak som lösaktiga fruntimmer", säger han med hög och gäll röst.

Magda blir så paff att hon först står alldeles mållös. Sedan reagerar hon blixtsnabbt och hon slår honom med öppen handflata rakt i ansiktet. Hon slår så hårt att det bränner i handen och han slungas iväg över golvet eftersom han inte var beredd på reaktionen.

Sedan vänder hon på klacken och lämnar stugan utan att säga ett enda ord. Hon känner sig tapper och stark när hon med bestämda steg går mot Karlssons hus. Hon tänker inte gråta och vara hysterisk över en sådan man, även om det är hennes egen far. Hon river upp dörren och stiger in.

Stina, Ragnar och Alfred sitter redan vid bordet och äter en kvällsbit. De lyfter alla förvånat på huvudet när hon stiger in med buller och bång.

"Godkväll Magda, vad roligt att du är hemma igen!" säger Stina och kommer fram till henne och ger henne en spontan kram.

När Stina håller om henne kommer känslorna över henne och hon börjar gråta. Fast hon inte skulle vilja.

"Men vafalls, är du inte nöjd över att vara hemma?"

"Jo, men far var inte glad att få hem mig, han kallade mig sköka och skrek att jag skulle ut ur hans hus", snyftar hon.

Utan att någon hinner reagera rusar Ragnar förbi dem och ut genom dörren. Han stegar in i stugan hos Jakob där han redan är beredd, med den tidigare episoden i gott minne. Han förstod att Magda skulle skvallra för Karlssons. Kvinnor är ena riktiga sladdertackor.

Innan Ragnar hinner säga något förekommer Jakob honom.

"Jag vet vad ditt ärende är och jag flyttar ut imorgon dag, jag vill inte bo kvar här mer. Denna gård har inte inneburit annat än sorg och skam för mig, allt har gått åt helvetet sedan jag kom hit. Det är säkert Guds sätt att säga mig att jag ska flytta. Magda får ta stugan, eller ni får behålla den. Jag bryr mig inte om vilket. Men jag betalar inte längre på den. Pengarna jag redan har betalat får ni behålla. Men gå nu och säg inte ett ord till mig, jag har inget kvar att tala om med dig."

Ragnar står tyst en stund framför Jakob. Han ruskar på huvudet.

"Du är en sjuk en du Jakob, jag önskar att du ruttnar i helvetet", fräser han och går ut genom dörren utan att stänga den bakom sig.

19
Vinter 1857 - 1858

Den tillvaro som Amalia måste anpassa sig till efter Alfreds och Magdas snabba visit, är allt annat än angenäm. Hon är rastlös, har inget tålamod med Edvin och hur hon än försöker engagera sig i missionen blir hon bara uppretad när det går så långsamt med deras planer för framtiden. Hon vill att ändringarna ska ske nu, på direkten. Men det visar sig att myndigheterna måste inblandas och då går det naturligtvis trögt – och ännu mer långrandigt blir det eftersom hennes planer och pengar nu skall gynna enbart kvinnor. Det är naturligtvis inte populärt bland de inskränkta byråkraterna som sitter och ser viktiga ut i sina bås och smyger omkring i sina herrklubbar med endast en agenda: männens välmåga i samhället.

Amalia postar sitt första brev till Runsor med stor fördröjning. Hon hinner skriva om brevet flera gånger innan hon vågar posta det. Efter att hon lämnat brevet för postning ångrar hon sig direkt. Hon kunde ha skrivit lite till. Kanske inte varit så utlämnande och ärlig utan snarare vänta på att han skriver först. Å andra sidan vet hon inte exakt när han kommer sig hem till Runsor eller när brevet når Runsor.

Någon fred med faster Francesca har hon ännu inte nått eller försökt nå. Hon har inte talat om det som hände med sina föräldrar heller, de skulle bli bestörta – i synnerhet över att hon slog sin gamla faster som hjälpt henne så mycket. Och i själva verket skäms Amalia inte ens över sitt tilltag.

Hennes mor planerar julen med en entusiasm som Amalia inte känner själv. Även Amalias bror, numera gift, kommer delta med sin lilla familj. När hennes mamma erbjuder sig att ta emot Edvin för att sova hos dem några nätter innan jul tackar Amalia hjärtligt och tar emot erbjudandet med stor lättnad. Hon måste åter försöka hitta balans i tillvaron.

När Edvin väl är installerad hos mormor och morfar tar Amalia en promenad till kyrkan där hon och Carl vigdes. Dörren är öppen så hon slinker in. Det visar sig att en kör övar julpsalmer för tillfället och hon kan smyga in i en bänkrad och sätta sig ner utan att någon intresserar sig för henne och hennes förehavanden. Där sitter hon sedan en god stund och lyssnar till den underbara sången. Hon samtalar med Gud, försöker koncentrera sig och skruva ner takten på tankarna som virvlar runt i huvudet likt höstlöv för vinden. Kören slutar sjunga och sångarna troppar ut en efter en, men Amalia sitter kvar. Plötsligt står en ung man i prästkappa framför henne. Han ser på henne med milda, bruna ögon.

"Kan jag hjälpa frun?" frågar han med len röst.

"Tack, men jag tror att jag klarar mig", viskar hon till svar. Hon vill inte höra ekot av sin egen röst mellan kyrkans höga väggar.

"Jo, alla säger det, men det stämmer ganska sällan. Jag finns i kyrkan hela kvällen om frun ändrar sig", viskar han tillbaka.

Hon sitter kvar en stund, reser sig sedan plötsligt och går fram emot altaret. Hon finner prästen i ett sidorum. Först noterar han inte henne och hon ser att han sitter och skriver med snirkliga bokstäver i en tjock bok.

"Vad skriver prosten?" frågar hon.

"Trevligt att ni tittar in frun! Jag skriver ner en text bara, inget speciellt med den. Kom frun på andra tankar vad gäller hjälpen?"

"Jo, faktiskt. Jag tänkte fråga prosten om Gud gör skillnad på män och kvinnor eller om det bara är människorna som gör skillnad på oss?"

Han ser ställd ut vid hennes fråga. Skrapar sig lite i huvudet.

"Gud älskar oss alla lika mycket, sen väljer vi ju vi tolkar texterna och var och en har förmåga att tolka dem till sin fördel. Fast Gud har ju gett mannen och kvinnan olika lotter i livet, men det ser jag som en annan frågeställning, medan kvinnorörelsen ifrågasätter även detta", svarar han. Amalia slår sig ner mittemot honom. De sitter och samtalar länge och väl och kommer även in på mer privata saker och Amalia berättar om Wasas brand som hon upplevde och Carls försvinnande.

Han berättar att han lämnat sin hemstad i södra Sverige för några år sedan och att han längtar oerhört mycket hem till havet och vidderna i Österlen. Hon ser på hans avsmalnande ögon och mjukt leende mun att det måste vara ett speciellt landskap eftersom det framkallar en sådan längtan.

"Men varför är du kvar här om du längtar hem så starkt?" undrar hon. Hon duar honom medvetet, han reagerar inte.

"Ja, jag har ett bra arbete här i Stockholms vackraste kyrka och där hemma finns bara små kyrkor och församlingar som jag kan vara hjälppräst i. Dessutom har mina föräldrar gått bort och min bror med familj bor numera på min hemgård och där finns inte plats för mig."

Deras vägar skiljs åt med ett löfte om att träffas igen.

När Amalia går från kyrkan, flera timmar senare, går hon med betydligt lättare steg än när hon gick dit. Hon tänker besöka kyrkan snart igen – och på samma gång ta tillfället i akt att samtala vidare med prästen.

* * *

Jakob försvann från Runsor, ingen annan vet exakt vart han tog vägen. Han lämnade den lånade bibeln på bordet i stugan. Han gick inte till prästen som lovat honom arbete heller. Utan att meddela någon tog han en droska till Vörå där han gick med i en frikyrklig församling. Han lever fattigt och isolerat, läser sin bibel, tar några ströjobb och väntar på döden.

För Magda är det en djup sorg, men tillika inser hon att efter de ord som fadern sade henne vid hemkomsten, hade det varit otänkbart att dela härd med honom. Hon är ingen sköka, hon blev tagen mot sin vilja och genom våld.

Stina har berättat hela historien för henne, hur Jakob ville gifta om sig och skaffa sig en butik, men att ingendera visade sig gå särskilt lätt. Då slog han om hågen till Gud istället och den Gud som han fann var inte den förlåtande och älskande guden, utan den stränga och förmanande.

Magda kan inte tro sina öron. Under hela sin uppväxt har hon sällan upplevt att Jakob skulle ha satt sin fot frivilligt i kyrkan. Och nu har han blivit en argsint, gudfruktig man.

Magda har nu ingen, förutom sin systers små barn. För hon hör ju inte till Karlssons familj. Hon flyttar ut till den lilla stugan, hon städar undan spåren efter Jakob. De få saker som finns kvar efter honom lägger hon i en korg som hon föser in under sängen. Det är tyst och ödsligt, men hon är ofta inne i storstugan.

Magda besöker fruntimmersskolan igen. Det är med bleka kinder som hon söker upp föreståndarinnan.

"Jag ber om ursäkt att jag inte kunde komma genast på hösten. Det råkade sig så att jag var tvungen att ta hand om ärenden som var brådskande. Jag tänkte fråga om det råkar passa att jag inleder mitt arbete efter jul istället?" frågar hon ängsligt.

Föreståndarinnan granskar henne ingående innan hon svarar.

"Är fröken arbetsför, kry och ogift fortfarande och klarar av att arbeta?"

"Jodå, absolut, jag har varit kry hela tiden bortsett från en svår och ihållande förkylning tidigare i höst."

"Ja, jag ska fundera på saken. Du kan komma hit igen i nästa vecka, då har jag säkert bestämt mig", svarar hon med plutande mun.

Magda nickar, niger och lovar att återkomma.

Veckan känns lång som ett år. När dagen kommer då hon åter skall till skolan, är det snöväder och kallt så hon ber drängen skjutsa henne. Hon får sitta och vänta ganska länge innan hon släpps in till föreståndarinnans rum.

"Ja, jag har bestämt, med viss tveksamhet, att vi inte behöver fröken här längre. Vi fann en annan mycket duktig flicka som håller det hon lovat och dyker upp väldigt punktligt. Vi önskar fröken lycka till".

"Jag förstår det, jag ber om ursäkt, det var dumt av mig att ens be om en ny chans. Förlåt", säger hon samtidigt som hon försöker att sitta rakt och se föreståndarinnan i ögonen. Det är lättare sagt än gjort när hon skäms som en hund.

Magda kämpar med att hålla tillbaka tårarna och lyckas ganska bra ända tills hon stiger upp ur stolen. På vägen ut ur huset rinner tårarna, men hon lyckas hålla ljudet inne. Hon blir ingen lärarinna, även det tog våldsmannen ifrån henne.

Alfred saknar Knut när han kommer hem. Det visar sig att Knut numera bor inackorderad vid bageriet där han arbetar som lärling och Alfred söker upp honom där.

Knut lyser upp som en sol när han får syn på Alfred. Han tar ett par snabba steg emot honom och ger honom en varm kram.

"Får jag se på dig, du har, ta mig tusan, växt så det knakar sedan jag såg dig senast på hösten", skrattar Alfred mot Knut.

"Jo, den här mjöliga luften tycks lägga sig på storleken. Men jag har det mycket bra här."

"Och skolan, hur sköter du den? Minns att du lovade att sköta om att utbilda dig också", svarar han.

"Jodå, jag håller vad jag lovat. Jag går i söndagsskolan och jag kan både läsa och skriva lite numera. Jag måste kunna det också när jag ska bli bagare, annars kan jag inte skriva ner mina recept i böcker och läsa andras recept", säger Knut allvarligt.

Knut bjuder honom på vetebullar med socker på tillsammans med en kopp rykande hett kaffe. Det smakar som himmelriket. Knut får ta paus och de slår sig ner vid ett litet runt bord med en vit virkad duk. Knut berättar om allt han lärt sig och hur otroligt många saker man kan göra med degar. Precis när Alfred är på väg ut genom dörren kommer han ihåg ytterligare en sak.

"Jag räknar med att du firar jul med oss, jag hämtar dig kvällen före julafton. Då får du gärna ta med dig några julbakelser till julkaffet", säger han. Knut lyser upp och gör tummen upp till svar.

När Alfred väl är inne i Wasa går han omkring och studerar hur den nya staden tar sig. Byggnationen har ökat en hel del sedan han var där senast, även om det finns mycket kvar att göra innan man kan kalla det en stad. Ännu bor nästan ingen i nya Wasa.

När de står i beråd att inleda julfirandet med både fisk och skinka är stämningen i det Karlssonska hemmet varm och glättig. Barnen är uppspelta, de vet inte exakt vad de väntar på, men det är roligt ändå. Knut hade med sig en stor påse sockerkringlor när han kom, de doftar underbart.

Magda och Stina arbetar på i köket och de dukar det stora långbordet i salen med vit duk och allt. Medan Magda pysslar på kring bordet stirrar Stina plötsligt på henne. Magda ser frågande på henne.

"Vad är det?" frågar hon till sist.

"Jag vet att du har berättat hela historien för mig, hur du miste barnet och blev sjuk. Att du blödde svårt och att de sade att du hade förlorat barnet."

"Ja-a, så var det. Vad tänker du på?"

"Har du haft någon blödning efter det, sedan den stora?"

"Nej, hurså, det är skönt att slippa den. Kanske jag gick sönder", svarar hon besvärat.

"Ja, jag är inte säker på det för i mina ögon ser du... Eller nej, kanske jag har fel", börjar Stina säga men avbryter sig.

"Vad? Säg!"

"Din mage ser rund ut, tycker du inte det du också? Jag undrar om du kanske ändå väntar barn. Men jag har nog fel", suckar Stina.

Magda tar sig hastigt för magen, den har onekligen blivit rund, hon har nog märkt det men tänkt att hon lagt på sig med all god mat hemmavid. Hon stryker över magen och inser att bulan är mycket lik den som Elna hade när hon väntade de små.

Hon sjunker ner på en stol, stirrar rakt framför sig och säger ingenting. Hon orkar inte springa ut och tjura längre, hon bara sitter där. Är barnet verkligen kvar? Kan det vara så, då är det för sent att ta bort det, både med strumpsticka och gift. Det enda som kvarstår är att gå i sjön, hänga sig eller föda barnet.

Hon äter julmiddagen som i en dimma. Hon sitter tyst vid matbordet och Alfred märker att något är galet, men frågar inget under middagen medan barnen är med. Men sedan när både barnen och Ragnar har gått och lagt sig orkar han inte hålla sig mera.

"Vad är det som har hänt Magda?"

Hon svarar inte, tittar bara ner i bordet. Stina väntar en stund.

"Jag tittade på henne förut idag och jag tror att hon bär på barnet fortfarande. Men vi kan inte vara säkra förrän någon har undersökt henne", säger Stina.

"Vad, barnet kvar. Nu hänger jag inte med", stammar Alfred.

"Nej inte jag heller, men när man ser på henne så ser hon onekligen ut som en havande kvinna med rund mage och svällande barm", säger Stina. Magda tiger fortfarande.

"Jag sänder efter Anna imorgon, hon som var med när Elna födde. Hon kan säkert säga direkt hur det ligger till", säger Stina samtidigt som hon reser sig från stolen och går mot den andra änden av huset.

Alfred och Magda sitter kvar bägge två. Ingen säger något och luften dallrar av återhållen frustration och besvikelse.

"Jag går in till mig", viskar Magda och smyger ut.

Alfred sitter kvar på sin stol en god stund. Han grubblar på livet, ödet och det han nyss fick höra. Mor har rätt, hon ser ut som Elna gjorde när hon väntade. Hur har han missat det? När han lägger sig i julnatten vrider han sig i ångest och vånda. Han har inget val.

Redan nästa dag kommer Anna hem till dem.

"Nu får Anna lova att inte sladdra med skvaller om det som du ser här", förmanar Stina henne.

"Jaja, inget problem, var är flickan?" svarar hon.

De går in till Magda som sitter vid det lilla bordet i stugan. Stugan är så kall att det står rök ur munnen, Magda har inte gjort upp eld i spisen.

"Du får öppna blusen så att brösten och magen syns så ska jag snart kunna säga hur det ligger till. Jag förstod på Stina här att ni misstänker att det är smått är på väg", instruerar Anna.

Magda knäpper långsamt upp sin blus, tar av sig linnet och öppnar hyskorna i kjolen. Sedan lägger hon sig ner med händerna knutna invid sidorna, hopbitna tänder och slutna ögon. Hon skäms så att skammen äter upp henne inifrån.

Magda blundar hårt och lyssnar till Annas mummel. Händerna som undersöker henne känns iskalla när de långsamt och mjukt klämmer kring magens rundning. Anna klämmer inte hårt, men det känns obehagligt. Plötsligt känner Magda hur hon flyttar händerna till brösten. Bröstvårtorna styvnar direkt under Annas kalla händer och det känns som om de inkräktar på hennes mest personliga delar.

Anna klämmer och känner en stund. Sedan drar hon ihop Magdas linne och ställer sig upp.

"Man kan se blodådrorna på brösten, de är fylliga och bulan på magen är tveklöst ett barn. Jag vet inte om jag ska önska lycka till eller beklaga, du ska bli mor Magda. Jag skulle gissa att det ska ske just innan sommaren, kanske april eller maj, kanske tidigare för magen verkar rätt rund. Om du haft en herre bara en gång är det ganska lätt att räkna ut, om det är ihållande borde vi få veta när sista blödningen var för att kunna räkna ut det."

Magda känner att tårarna åter stiger i ögonen och hon vänder sig hastigt på sidan med ansiktet mot väggen.

"Såja Magda lilla, det ordnar sig ska du se", säger Stina och smeker henne tafatt över ryggen.

Kvinnorna går snart och Magda sitter ensam i den lilla gråa stugan. Hon kryper in under lapptäcket och somnar efter en stund.

När hon vaknar är det varmt i stugan och ett ljus är tänt på bordet. Det doftar av mat och bordet är dukat för två personer.

Hon sätter sig hastigt upp med bankande hjärta, hon ser att en man sitter i gungstolen med ryggen mot henne, med ansiktet mot brasan.

"Far?" frågar hon med grötig röst.

"Nej, det är bara jag", svarar Alfred medan han reser sig ur stolen med sävliga rörelser.

"Kom upp och ät lite, sätt dig med mig", säger han.

Hon kravlar sig upp ur sängen, knäpper igen sina kläder och slår sig ner vid bordet.

"Mor berättade", inleder han. "Anna hade visst sagt att det kanske varit så, att du bar på två barn och att du miste ett när det onda skedde", säger han.

Hon bara nickar. De lägger för sig av maten som han haft med sig från Stinas kök, men Magda bara föser runt maten på fatet, den smakar inte. Först tiger de bägge två, men sen tar Alfred till orda.

"Jag har grubblat på detta nu i ett dygn och jag har bestämt mig. Magda, bli min hustru", säger han med eftertryck medan han följer varje skiftning i hennes ansikte.

Hon blir både häpen och ledsen när han friar.

"Men du är inte kär i mig Alfred. Du älskar Amalia, jag såg ju det. Du har älskat henne hela tiden, eller hur?"

"Jag kände kanske lite värme för Amalia, men jag kommer lätt över det, jag vill att vi gifter oss nu så tar jag hand om dig. Vi kan bli en familj; du, jag, Lisbet och Elmer. Barnet du bär på säger vi är mitt om någon vågar fråga. Det blir bra, vi blir en fin familj Magda."

Han ljuger om de verkliga känslorna han har för Amalia, men det ska Magda aldrig behöva få veta. Hon ska aldrig få veta att han vill ha Amalia. Det är ändå en omöjlighet att de två skulle hitta en gemensam mark någonstans, så olika som de är.

Magda sitter tyst och ser ner i bordet. Sedan lyfter hon blicken mot honom.

"Jag gör det bara om vi blir man och hustru på riktigt. Då ska vi älska, gräla och fostra våra barn som vilket par som helst. Jag tänker inte bo med en man som inte är min man, om du förstår vad jag menar..."

Alfred har tänkt på den saken också. Så vill han ha det.

"Ja vi har ju delat bädd många gånger du och jag, vi får bara ta det ett steg längre. Vi lär oss nog älska varandra när vi är samman, så har folk gjort i all tid", säger han och blinkar till henne.

Alfred reser sig från bordet, tar hennes hand och drar henne intill sig.

"Nå vad säger du, blir du fru Karlsson?"

"Ja Alfred, jag blir det för jag har inget annat val, men du är inte mitt första val. Och jag är inte ens ditt andra val. Men det får bara lov att gå", svarar hon lågt.

När de pratat ihop sig en god stund tackar Alfred för sig och stiger ut i den mörka, klara vinternatten. Han går långsamt över gården och lyfter blicken mot den lilla månskäran.

"Det blir inte du och jag Amalia, det står helt enkelt inte skrivet i stjärnorna att vi ska vara samman", viskar han mot himlen.

När han kommer in slår han sig ner och svarar på Amalias brev som anlände för ett par dagar sedan. Det är fyllt med kärlek och längtan som han oerhört gärna skulle besvara. Istället skriver han bara som det är, att Magda ändå bär på ett barn och att han gör sin plikt nu och äktar henne. Han skriver också att de inte ska ha kontakt vidare, de blir bara upprörda av det och han vill satsa på att få ett bra äktenskap med Magda. Tårarna rinner medan han skriver och han vet att Amalia kommer att lida alla helveteskval av att läsa hans ord.

Sedan lägger han sig i sängen och inleder samma procedur som alla andra kvällar sedan den ödesdigra kvällen i Tanto. Han knäpper händerna, kniper ihop ögonen och börjar rabbla: *"Gode Gud förlåt en våldsman och en eventuell mördare..."*

Redan på nyåret gifter sig Magda och Alfred. Det är varken högtidligt eller festligt. De har inga gäster och ringen hon får är Stinas mors gamla vigselring. Inte ens Jakob är med. De har försökt finna honom, men ingen vet var han finns och han har inte hört av sig sedan han stegade ut genom dörren. Inte ens prästen känner till något om fadern.

Stina sörjer med de unga, hon ser att ingen av dem är bekväm med det beslut som de har tagit. Hon försökte övertyga Alfred om att det på inget vis är hans plikt att gifta sig med den andra systern när hon är i nöd, att det inte är hans personliga ansvar. Men han håller inte med henne. Så nu står han där, hennes son, med den andra systern Grönberg vid sin sida. Och han ser inte lycklig ut.

Efter middagen är det sent och brudparet drar sig tillbaka till sin sovkammare i bruklig ordning. Det är pinsamt.

"Du behöver inte älska med mig Alfred", viskar hon. "Jag förlåter dig för att du inte längtar efter min kropp som en våldsman har gjort med barn", fortsätter hon.

"Jag hör vad du säger, men om vi ska få ett normalt liv ska vi påbörja det nu. Låter vi tiden gå tror jag det rinner ut i sanden", svarar han.

Han går fram till henne och smeker av henne kläderna. Med undflyende blick och öron som hettar står hon mest bara stilla och väntar på vad som ska hända. Sedan lägger de sig ner intill varandra och efter en del fumlande och nervösa skratt fullbordar de äktenskapet och älskar ömt och länge med varandra. När det är över ligger de nära varandra.

"Tack Alfred", viskar Magda.

"Det är mitt nöje", viskar han tillbaka.

När hon har somnat ligger han och ser på henne i skenet av ljuset som står på byrån i rummet. Hon är söt som en docka, men hon är inte hans Amalia. Sen ber han sin bön.

* * *

Amalia får brevet från Alfred ett par månader in på det nya året. Full av förväntan öppnar hon kuvertet när det kommer. Hon har redan hunnit fundera på bostaden hon ska köpa i Wasa och hur hon ska sköta missionens ekonomi via en kamrer. När hon slår sig ner för att läsa noterar hon direkt att brevet är väldigt kort, bara några rader och hon hinner ana oråd redan innan hon börjar läsa det han har skrivit.

När hon läst texten flera varv sjunker budskapet sakta men säkert in för henne. Alfred valde bort henne igen. Trots att de har älskat och pratat om framtiden. Det känns näst intill overkligt. Hon varken gråter eller är arg utan sitter bara där och känner sig tom inombords. Amalia funderar på alternativet att åka till Wasa till sommaren. Att ställa honom mot väggen och kräva svar. Så vitt hon vet kan även hon vänta barn efter det intensiva dygnet tillsammans med Alfred. Det skulle just bli en fin liten soppa.

Först tänker hon inte besvara Alfreds brev, bara vara tyst. Men efter ett par dagar ändrar hon sig och skriver ett brev som hon sedan hastigt lägger på posten innan hon ändrar sig. Egentligen är det som hon skriver inte helt sant, men hon vill inte att han ska veta exakt hur ont det gör att höra att han återigen har valt bort henne. Att hon står som det andra valet för andra gången. Även denna gång brädad av en Grönberg-flicka.

Amalia skriver hastigt och med stora slängar på bokstäverna, varje ord fyllt med känsla och eftertryck. Hon torkar tårarna vartefter så att de inte ska droppa avslöjande ner på brevet. Han ska inte få veta hur hon lider och hur illa han gör henne.

Kära Alfred,

Detta var en högst oväntad utveckling med tanke på våra gemensamma planer och med tanke på att du inte hyste några skrupler med att älska med mig när du var här. Men jag inser att jag har haft fel om dig, du är inte den rejäla och ärliga man jag trodde att du var.

Först, när jag fick ditt brev, kände jag en ofattbar sorg, uppgivenhet och desperation. Men nu när jag har tänkt på saken, har jag insett att jag kan skatta mig lycklig som inte satsade min framtid på dig. Det hade säkert slutat med att du svikit mig och att jag hade blivit lämnad ensam och övergiven.

Om vår älskog har resulterat i ett barn vill jag att du ska veta att du aldrig kommer att få veta det eller ta del av barnets liv. Det är då mitt barn allena.

Jag vill ännu säga att jag känner för Magda och jag är orolig för henne. Hon är nu inte bara tvungen att föda barnet hon hatar, hon är också tvungen att gifta sig med dig mot sitt önskemål. Jag kommer för alltid att försvara och stå på den flickans sida och om hon någonsin meddelar att hon behöver mig igen, kommer jag att erbjuda henne hjälp på bästa möjliga sätt. Jag önskar henne allt gott och jag önskar dig en plats i helvetet, kära Alfred.

Med hälsningar,

Amalia Palmlöf

Hon räknar ut att brevet inte kommer att nå Alfred på länge, kanske inte förrän det är vår. Men det kvittar lika.

Hon tar mod till sig och går till kyrkan igen. Första gången hon kommer dit är den unga prästen inte där, men hon ser en notis om att kören skall uppträda med sina psalmer på helgen, så hon besluter sig för att besöka kyrkan då. Och då sitter han där. När alla andra besökare har lämnat kyrkan sitter hon kvar. Han noterar inte henne förrän han har klätt om och är på väg ut ur kyrkan. Prästen kommer vandrande ner genom gången och hon ser på honom med ett leende färdigt på läpparna. Han är stilig i hatt, kappa och vit halsduk. Han stannar till, ler tillbaka och kommer fram till henne.

"Behöver du hjälp", frågar han med skratt i rösten.

Hon reser sig – och noterar att han är huvudet längre än hon - och bjuder honom sin armkrok.

"Ja, jag är ensam", svarar hon. "Och jag behöver en kattunge", fortsätter hon.

De vandrar långsamt ut i kvällen. När de når Gamla Stan bjuder han henne på en mugg kryddat vin.

* * *

I vanlig ordning är tiden efter nyåret en ganska lugn och gemytlig tid på gården. Det faller mycket snö denna vinter och det är ett drygt arbete att skotta undan den vita massan. Drivorna är djupa och höga överallt. Det blir till och med problem med att hitta ställen att fösa snön till.

De får, som vanligt, hushålla med mat åt både människor och djur. Men de klarar sig, även om magen knorrar lite varje dag.

Magda känner hur barnet sparkar och vrider sig i magen. Det är en väldigt märklig och rolig känsla. Ibland glömmer hon till och med bort att hata barnet när hon känner dess livsglädje sparka i sitt inre. Men det händer bara korta stunder. Hon känner sig också väldigt kluven när hon hör Alfred prata om deras barn, om sitt barn och att de är lyckligt gifta när de träffar folk. Han ljuger som om det vore den mest naturliga saken i världen. Själv står hon mest tyst och tittar ner i marken, eller ler ett stelt, litet leende. Men hon är innerligt tacksam. Han har räddat henne. Det är något som hon ofta grubblar på, att han offrade sig för henne.

En kväll när de ligger i sin äkta säng efter att ha avklarat den stela godnatt-pussen orkar hon inte hålla sig.

"Alfred, varför gör du detta för mig, det har jag ännu inte begripit. Du står inte i skuld till mig på något vis?"

Alfred svarar inte direkt.

"Jag brukade vända ryggen mot Elna och bli sur när hon ville prata om mitt beteende eller andra svåra saker. Det har jag lovat mig själv att inte göra mot dig. Men något gott svar, som du kommer att bli nöjd med, har jag inte till dig. Jag gör detta för att jag vill. Och jag är helt övertygad om att du och jag kommer att få ett bra liv tillsammans om vi besluter oss för det. Vi kan göra det bra och försöka, eller så kan vi göra varandra illa och göra det svårt. Jag vill göra det bra. Vill du det?"

"Men du pratar om barnet som ditt och som vårt, tänker du behandla det som det också? Och tänk om jag inte kan det? Jag känner fortfarande hat mot livet som vrider sig inom mig", snyftar hon.

"Vi har inget annat val än att välja att leva med barnet och barnet har inte gjort något illa, du kan inte hata det för det är inte barnets fel att det växer i dig. Att hata mannen som gjorde det är en annan sak." Han tystnar ett ögonblick och tillägger:

"Jag känner på mig att mannen har fått vad han förtjänar. Att han inte skadar någon längre."

Magda rycker till.

"Vet du något du inte berättar Alfred?"

"Nåja, jo jag gör det. Men jag kommer aldrig att berätta heller. Du behöver bara veta att han inte våldför sig på kvinnor längre", viskar han. "Lova mig att aldrig prata om det, inte med mig och inte med någon annan", ber han.

"Jag lovar. Och jag ska också tänka på det du sade om barnet. Det är inte lång tid kvar tills det kommer", svarar hon.

Hon kryper sedan ihop invid honom.

Hon viskar: "Tack Alfred, för allt", sedan somnar hon hastigt.

Alfred ligger vaken. Han borde inte ha sagt någonting. Det hade han och Lasse kommit överens om. Och nu berättade han i alla fall. Det var riktigt dumt gjort och det blir nog bara en börda för Magda att veta att han gjort något, men ändå inte få veta exakt vad han gjort.

Men för Magda var det den bästa nyheten hon kunde få. Innan hon somnar hinner hon tänka på hur tacksam hon är mot Alfred. Han betyder oerhört mycket för henne, han har funnits vid hennes sida i vått och torrt.

20
Vår 1858

Magda och Stina pysslar i landet där de odlar både ätbara växter och sådant som de torkar till Elnas te. Våren är sen och det dröjer länge innan de väldiga mängderna med snö äntligen smälter bort. Men nu känns det på allvar att en ny sommar står för dörren. De river torra blad, vänder jorden och gör plats för en ny skörd.

Stina förmanar Magda och hon skulle helst inte vilja att Magda ens böjer sig ner med sin rejält stora mage. Men Magda är ivrig och lätt till sinnes. Hennes graviditet har varit lätt och hon har burit den vackert, trots de negativa känslorna. De senaste veckorna har hon tänkt allt mer på barnet som sitt eget och som hennes och Alfreds, inte som något otyg som våldsmannen lagt på henne. Och hon vet att det snart är dags. Tyngden ligger nu lågt och det känns nästan som om huvudet är på väg ut när det trycker neråt.

Vårens sysslor på gården betyder bråda tider för Alfred och arbetsfolket. De plogar, reparerar stängsel och gräver upp de stenar som tjälen skjutit upp under vintern. Dagarna startar i ottan, de hinner ta några korta matpauser och stupar i säng efter klockan tio varje kväll. De sover en orolig sömn för kroppen är så trött att det kryper i benen. Djuren är fortfarande inne, men de känner doften av vår och är otåliga i sina bås.

Alfred försöker intensivt undvika att tänka på att Magda snart ska föda barn. Det är med all säkerhet det värsta han vet, barnafödsel. Han har Elnas våndor och öde djupt rotade inom sig och han skulle inte klara av att genomgå en likadan pärs igen. Han ängslas också för hur det ska kännas att hålla barnet i sina armar och kalla det sitt. Tänk om det är fruktansvärt olikt både honom och Magda. Då börjar skvallret gå. Redan nu har de fått konstiga blickar när de har berättat om giftermålet och barnet. Han har lovat att ta hand om barnet och ta det till sig som sitt – det är inte många män som skulle göra det. Och han hoppas innerligt att han inte ska få ångra detta beslut någon dag. Han har ju dessutom redan två barn. Barnen blir både kusiner och syskon, en märklig blandning.

Magda rätar på sig när hon känner att den molande smärtan nere i ryggen mer övergår i något som liknar ett hugg. Hon stönar till och tar sig för ryggen. Stina är genast framme och stöder henne.

"Är det dags nu Magda?" frågar hon oroligt.

"Aj, aj! Hur skulle jag kunna veta det? Jag vet inte hur det ska kännas?" Men svaret får de utan desto mer krusiduller när vattnet skvalar ner över fötterna på Magda. Med ens blir smärtorna svårare och mer ihållande. Sedan går det undan. Just som Stina ska sända iväg en piga efter Anna som ska assistera vid födseln och en dräng att hämta Alfred från åkern, blir det bråttom.

"Nej, nej, kom hit istället, barnet kommer", skriker Magda från kammaren där hon lagt sig på sängen.

"Det är ingen brådska Magda lilla, det dröjer många timmar ännu", svarar Stina från köket där hon lagt vatten på spisen.

"Aaaaajjj! Du måste komma!" svarar Magda, nu med hopbiten, märkligt lugn och bestämd röst. Stina skyndar sig till kammaren.

Hon möts av att barnet redan är på väg och en sammanbiten Magda som försöker ta emot det hala barnet med egna händer. Stina drabbas av fullkomlig panik men hon lyckas rusa fram till Magda och ta emot barnet. Stina har inte varit med om något liknande förut, men hon har hört att det finns kvinnor som föder inom en timme efter att födseln satt igång. Men oftast gäller det bara omföderskor.

Omtumlad lägger hon barnet på Magdas bröst och breder ett rent lakan över dem. Hon är så överrumplad och chockad att hon varken noterar om det är en flicka eller pojke eller om barnet verkar helt och vid god hälsa. Men det gnyr, gnäller och börjar snart skrika, så det är i alla fall vid liv.

Lämpligt till efterbörden störtar Anna in i rummet. Hon vojar och ojar sig, men tar vid och styr upp arbetet. Hon lyfter barnet försiktigt och lägger det på rygg på sängen framför sig. Hon pysslar om det lite, stryker det med en blöt, varm tygbit och mumlar för sig själv.

"Men berätta då", viskar Magda.

Anna vaknar till och ler brett mot Magda.

"Ni har fått en liten dotter. Hon är helt perfekt, frisk och kry. Nu vill hon bara ligga hos sin mor. Men först måste vi ta hand om efterbörden."

Hon trycker lätt på Magdas mage. Ingenting händer och snart gnyr och snyftar Magda igen.

"Aj, aj, det gör så ont igen, vad är det som händer?" hulkar hon.

Stina slår händerna för ansiktet och rusar ut ur rummet, hon kan inte vara med om det som hände med Elna en gång till, det orkar hon inte. Stina stänger dörren bakom ryggen och går ut på förstukvisten.

Där finner hon Alfred. Han sitter där med sina barn i famnen, ett på vart knä. Hon hör hur han pratar mjukt med dem och ser dem nicka och le till svar.

"Idag ska ni få ett syskon, en babybror eller -syster. Han eller hon har Magda som mor, men ni har samme far och vi tänker inte på det. Ni ska nu också kalla moster för mor istället. Hon är nu min fru och er mor. Blir det bra så?" viskar han.

Stina sväljer tårarna och sätter sig ner bredvid dem. Hon vill inte visa att hon är upprörd.

Snart hör de ett genomträngande skrik och både Stina och Alfred far upp av trappan.

"Spring och hälsa på hönorna", säger Stina åt barnen och föser iväg dem. Stina och Alfred ser på varandra ett kort ögonblick innan de går in i stugan. Alfred vankar oroligt över köksgolvet. Stina står stilla utanför dörren till kammaren, hon försöker besinna sig så pass att hon klarar av att gå in.

Innan hon ens hinner öppna dörren stiger Anna ut ur rummet. Hon står i dörren med ett brett leende. När hon får syn på Alfred pekar hon mot honom.

"Gratulerar barnafadern, du har fått en dotter som föddes för en stund sedan och nu även en son. Det blev två friska ungar, bägge två fina och hungriga. Magda är utmattad men allt är väl. Du får ge mig och Stina lite tid att städa undan och torka barnen rena, sedan får du komma in och hälsa på. Unga frun kommer nog att behöva en handräckning för att klara två på samma gång."

"Vad, två barn?" säger Alfred utan att orka ta det till sig.

"Ja, det kallas tvillingar. Det kan väl inte vara en nyhet för dig att det kan bli två och till och med fler än det?" svarar hon.

"Nej, naturligtvis inte", säger han. "Tusen tack för allt. Är det klart med efterbörden nu, ingen blödning?"

"Allt är klart och allt är väl. Men hon kommer att behöva vila sig några dagar. Hon har också en reva i undre delen som kommer att behöva tid för att hela sig ett par månader så Alfred får hålla sig på egen sida om sängen."

"Javisst, tusen tack". Han rodnar.

Magda ligger och försöker balansera ett barn på var arm. Hon försöker också styra så att de ska få tag i varsitt bröst, men det är ju omöjligt. De söker och hackar med huvudet och försöker hitta fram.

"Nå men kära hjärtanes, jag tror vi behöver flera händer", viskar hon till dem.

Alfred öppnar dörren och kommer fram till dem med släpande steg. Magda känner oro i bröstet och hjärtat slår så det susar i öronen när han kommer.

Hon ängslas svårt för vad han ska tycka om barnen och hur han ska se på henne efter det hon har gått igenom och när hon känner sig både plufsig och ful. Hon inser att hon bryr sig väldigt mycket.

Han sätter sig intill henne, ser henne i ögonen och ler.

"Oj, tänka sig Magda, vilket jättearbete du har gjort. Två stycken som du både burit och fött. Tänk, de sade att du troligen miste ett barn i Stockholm, hur många har de riktigt varit egentligen. Otroligt!" han fnissar lite. "Får jag?"

"Ja Alfred du får, du får allt du vill och vågar."

Han böjer sig fram, styrker barnen på huvudet och ler.

"Vem är vem?" frågar han. Magda tittar från huvud till huvud, bägge huvudena är nästintill skalliga prydda med några ljusa fjun.

"Det här är fröken och detta är gossen. Eller nej, tvärtom. Hm, nej jag minns inte", säger hon till sist missmodigt.

"Nå, men inget problem. Då kollar vi det."

Han tar först barnet till höger, lägger det på sängen framför sig och lyfter på lakanet som är lindat runt det.

"Definitivt en pojke", skrattar han och lindar om det igen. Då tar han det andra barnet.

"Jag vet ju att detta är flickan, men jag vill även se på henne. Se att hon är välskapt också." Sedan han upprepar proceduren.

Magda tittar också, hon har inte sett sina barn så noggrant ännu. Hon stöder sig på armbågen. De räknar fingrar och tår på bägge barnen. De nyfödda är lika som vingarna på en fjäril en men ändå två.

Alfred placerar sedan barnen på sängen intill Magda och lägger sig på andra sidan. De ligger och tittar på barnen och varandra tills Magda somnar.

Anna tittar in efter en stund. Hon bara nickar till Alfred, gör tummen upp och viskar:

"Jag kommer in i morgon".

Alfred ligger och smeker barnen medan Magda sover. Han försöker se på dem om det syns några spår av våldsmannen. Han fick ju ändå en ganska god titt på honom. Men hur han än tittar ser de bara ut som barn. Han försöker också komma underfund med om det är hans egna barn som ligger där, eller om det för evigt kommer att kännas som en annan mans barn. Men det hittar han inget svar på. Men han kommer att försöka. Han ska försöka sitt allra bästa.

När Magda vaknar med ett ryck ligger barnen i hennes säng och Alfred är försvunnen. Barnen håller på att vakna och gnyr otåligt efter mat. Stina sitter på en stol i hörnet.

"Men se där är du ju. Hur känner du dig?" frågar hon glatt när Magda vaknar.

"Jag vet inte, jag skulle behöva gå på dass men jag vet inte om jag vågar använda mina nedre regioner, det känns som om jag vore helt mosig", svarar hon och försöker låta lite käck.

"Det är väl nog bara så, att du måste försöka, det går inte att hålla inne i all oändlighet. Gå du, jag är här med barnen", svarar Stina.

Magda sätter sig upp, men inser att det var en dålig idé och ställer sig brådskande upp istället. Men det börjar snurra i huvudet och hon får sätta sig ner igen. Då kommer tårarna.

"Ojdå, lilla vännen är visst ganska slut. Jag ska hämta en hink till dig så får du sitta på den medan håller jag i dig."

"Tack, jag orkar inte riktigt gå på dasset."

När hinkbestyren är avklarade och barnen skriker frågar Magda lågt Stina det som hon har tänkt på sedan hon vaknade.

"Var är Alfred?"

"Alfred är i snickarboden och snickrar på en vagga, han insåg att vi bara har sovplats för ett spädbarn. Han kom med väldig fart ut ur rummet och lade iväg till snickarboden med vaggan i famnen för ett par timmar sedan. Han lär nog hållas där en tid, gissar jag", skrattar Stina.

"Ah, javisst, vi har ju två barn och endast en vagga", säger Magda lättad.

När kvällen kommer lägger sig Magda och Alfred i sin säng. Invid Magdas sida av sängen står två små vaggor. Den ena gammal, sliten och grå med en sovande gosse i och den andra ny och ljus med en liten gnyende flicka i.

WASA

D en nya staden Wasa, eller Nikolaistad som den döptes till, drabbades också av Krimkriget. Det var flera kuststäder kring Östersjön och Kvarken som drabbades sommaren 1855 när den engelska flottan bombade de pågående byggarbetena i Brändö. Byggnadsarbetarna blev beordrade att lägga ifrån sig sina verktyg och ta till vapen istället. Stora delar av magasinsbyggnaderna i Brändö förstördes i bränder orsakade av beskjutningen.

Kanalen – den uppgrävda transportsträckan mellan den gamla och den nya staden – underhölls och muddrades så att transporter lättare skulle kunna skötas mellan de bägge orterna. Även den gamla hamnen på Hästholmen växte igen och behövde muddras.

I Nikolaistad byggdes gator och allmänna platser och staden sålde enskilda tomter. Privatpersoner började inte bygga på sina tomter förrän staden inlett byggandet, eftersom det inte fanns några garantier för förflyttningen av staden innan de allmänna byggnaderna börjat byggas.

De som blev utan hem i branden hade byggt upp sina nya hus kring platsen för den nya staden, på Brändö, vid platsen för den nedbrunna staden och i utkanten av Klemetsö. Tomterna i den nya staden såldes till tjänste- och köpmännen. Koncentrationen av de dyraste tomterna låg kring Strandgatan. Hantverkarna köpte de billigare tomterna.

Sommaren 1857 inleddes så byggandet av det första offentliga huset då hovrätts- och ämbetshuset började uppföras. Detta monumentala hus tog hela fem år att bygga, eftersom det var brist på hantverkare som kunde arbeta med det vackra, röda teglet.

Stenhuggare, murare, snickare och kakelugnsmakare fanns inte i trakterna, så de hämtades från Åbo och Stockholm för att färdigställa byggnaden. Sten bröts vid Rödgrynnorna trettio kilometer norr om staden. Byggnationen av den röda stenkyrkan inleddes lite senare. Arbetet var hårt för både människor och hästar.

Planen var att nya Wasa skulle vara klar och att invånarna skulle bo i den nya staden år 1861.

Författarens ord

Ä n en gång har jag lyckats slutföra ett bokprojekt, du håller det uppenbara beviset i din hand. För mig är det en skön känsla och jag hoppas att det för dig blir en behaglig läsupplevelse.

Jag har tagit mig friheten att återigen fantisera kring händelser på 1850-talet. Alla eventuella fel eller brister i texten är mina egna. Men de kan också finnas där för att historien skall ge en bättre läsupplevelse. Du håller prosa i din hand och den skall inte förväxlas med fakta.

Jag vill sända ett stort tack till dig, min läsare! Utan dig skulle detta inte vara hälften så roligt. Ni är många som hejar på mig och som ger mig kraft och inspiration att fullfölja min plan på en romanserie med start i Wasa brand år 1852. Nästa bok finns i mitt bakhuvud och när du läser Förändrad och bränd har jag redan börjat jobba på den.

Jag har också ett flankstöd utan vilket mina böcker inte skulle existera. Till att börja med: det starkaste stödet finns hemma hos mig.

Min man, Mikael, är i min ringhörna till fullo: mitt bollplank, min testläsare och inte minst banar han väg för att jag skall ha tid och möjlighet att dubbel-och trippelarbeta. Barnen håller mig på jorden och ser till att jag tänker på annat än mina fiktiva familjemedlemmar. Och inte minst mamma som läser och orkar lyssna.

Tusen tack!!

Ett stort, varmt tack också till alla er fina som hjälpt mig att få texten till en bok värd att läsa och som man kan bläddra i! Ni är guld värda!